GOLKONDA

Russel D. Mc Lean

Ed ist tot

Aus dem Englischen von Claudia Feldmann

Die amerikanische Originalausgabe erschien 2017 unter dem Titel »Ed's Dead« bei Contraband, einem Imprint von Saraband, Schottland

Deutsche Erstausgabe

MIX
Papier aus verantwortungsvollen Quellen
FSC® C014889

Umschlaggestaltung: © s.BENeš [http://benswerk.wordpress.com]
Lektorat: Claudia Alt
Korrektorat: Anne-Marie Wachs
Satz: Hardy Kettlitz, Berlin
Herstellung: Robert Gigler, München
Druck: Pustet, Regensburg

ISBN: 978-3-946503-47-7 (Buchausgabe)
ISBN: 978-3-946503-62-0 (E-Book)

www.golkonda-verlag.de

FÜR BUCHHÄNDLER ÜBERALL.

VOR ALLEM FÜR DIE,
DIE NIEMANDEN
UMGEBRACHT HABEN.

ERSTER TEIL

DIE LEICHE

1

Genau heute vor zwei Jahren ist meine Freundin verschwunden.

Nicht, dass jemand nachgeholfen hätte. Sie ist aus freien Stücken gegangen. Und wer könnte ihr das verübeln, nach allem, was passiert ist?

Die Zeitungen, die Blogger und die Fernsehsender behaupteten, sie hätte sich unter falschem Namen und mit einem Haufen Geld aus dem Staub gemacht. Das Geld stammte angeblich von ihrem Freund, einem Undercover-Bullen, der irgendwie illegal da drangekommen war.

Den einen Teil davon verstehe ich.

Den anderen nicht.

Aber was weiß ich schon?

Kat und ich, wir kannten uns, aber unterm Strich dann wohl doch nicht so gut. Wir trafen uns ab und zu mit ein paar gemeinsamen Freunden im Pub und ich war an dem Abend dabei, als sie ihren Freund kennenlernte – den, von dem sich dann herausstellte, dass er Undercover-Bulle war und es darauf abgesehen hatte, sich bei ihrer Familie einzuschleichen –, aber, ehrlich gesagt, weiß ich kaum was über sie, nur dass sie alle möglichen Sorten Weißwein mochte, außer Chardonnay. Das verband uns. Es gibt wackeligere Grundlagen für eine Freundschaft.

Oh, und sie hatte einen ziemlich guten Geschmack, was Männer anging. Jetzt mal abgesehen von dem Undercover-Typen, der total durchgedreht ist, ihre ganze Familie umgebracht hat und sich dann vom Acker machen wollte. Aber sonst hat er sie ziemlich gut behandelt. Außerdem waren sie nicht mehr zusammen, als er das getan hat. Er hatte sie schon abserviert, um näher an ihren Onkel heranzukommen, das eigentliche Ziel seines Einsatzes.

Manche Leute haben ein aufregendes Leben.

Ich wurschtle eher so vor mich hin.

Der Kerl da ist Reporter. Das sehe ich auf den ersten Blick. Der typische Gang und dann das Funkeln in seinen Augen, als er mich alleine am Tisch entdeckt. Verdammt – wusste er etwa, dass ich hier sein würde, oder hat er einfach nur Glück gehabt?

Wahrscheinlich wollte er bloß schnell einen Espresso trinken. Ich habe schon genug Probleme, ohne dass ich mir jedes Mal, wenn ich in ein Café gehe, einbilde, die Presse wäre mir auf den Fersen.

Ich versuche, ihn zu ignorieren. Starre stur geradeaus. Tue so, als würde ich auf jemanden warten. Aber er hat Blut gerochen. Und vielleicht sieht er die zweite Tasse nicht, oder er denkt, die hat jemand da stehen lassen. Er ist wie ein Wolf, der ein von der Herde verstoßenes Schaf entdeckt hat.

Ich sollte ihm sagen, dass er sich verpissen soll, bevor er auch nur den Mund aufmachen kann. Aber so bin ich nicht. Nie gewesen.

Gute, alte Jen. Das brave Mädchen. Immer höflich. Keine verborgene wilde Seite. Wozu sollte sie die auch brauchen?

Der Reporter sagt: »Sie kannten Kat Scobie.« Es könnte eine Frage sein, aber so, wie er es sagt, ist es eine Feststellung. Er braucht nicht zu fragen. Einer von der Sorte, die gerne nach Skandalen schnüffeln. Mittlerweile kenne ich so einige Typen von Reportern, ihre Einstellungen und Erwartungen.

Ein Fernseh-Interview. Ich dachte, das würde niemandem schaden. Ich dachte, ich könnte ein paar Missverständnisse aufklären.

Jetzt haben sie mich auf dem Kieker. Die Geschichte sollte längst Schnee von gestern sein, aber sie lassen einfach nicht locker. Vielleicht weil Kat jung und schön war und vermutlich die einzige Unschuldige in einer Familie von Kriminellen. Nach dem, was passiert ist, kann man sich das »mutmaßlich« wohl sparen.

Sie können sie nicht finden, und von denen, die direkt damit zu tun hatten, gibt keiner was preis. Also versuchen sie es bei Trotteln wie mir, die denken, sie tun was Gutes, wenn sie vor laufender Kamera sagen, was für ein nettes Mädchen Kat war.

Wenn ich gewusst hätte, was für einen Stress ich mir damit einhandele, hätte ich es nie getan.

Ich sehe aus dem Fenster. Leute gehen vorbei, die Schultern gegen den Regen hochgezogen. Ich halte nach Ed Ausschau. Hoffe, dass der Reporter kapiert, dass ich nicht alleine hier bin, und vor allem, dass ich nicht mit ihm reden will.

»Sie kannten sie, oder? Kat Scobie. Kommen Sie, ist doch kein Geheimnis. War ja schließlich im Fernsehen.« Ein leichter Hauch von Aggressivität. Nicht offensichtlich. Verborgen unter einem vorgeblich sachlichen Tonfall, als würde er lediglich Fakten aufzählen.

»Ja, ich kannte sie. Oberflächlich.« O Jen, was tust du? Warum redest du mit ihm? Steh auf und geh. Oder schick ihn in die Wüste. Lass dich nicht auf ein Gespräch ein. Das ist das Dämlichste, was du machen kannst.

»Aber Sie kannten sie?«

»Ich möchte in Ruhe meinen Kaffee trinken.« Bestimmtheit. Endlich. Wahrscheinlich ein bisschen zu spät.

Natürlich ignoriert er die Anspielung. Setzt sich mir gegenüber. Auf den Stuhl, auf dem keine fünf Minuten zuvor Ed gesessen hat. Der Kerl ist mager, mit schwarzen Haaren, die er mit Gel nach hinten gekämmt hat. Wahrscheinlich glaubt er, dass er damit cool wirkt, aber für mich sieht er eher aus wie ein Frauenschänder.

Ich versuche, mir meinen Abscheu nicht zu sehr anmerken zu lassen.

Er registriert die zweite Tasse vor ihm nicht.

Oder es ist ihm egal.

»Es ist jetzt fast zwei Jahre her, seit sie verschwunden ist. Haben Sie etwas von ihr gehört?«

»So nah waren wir uns nicht.«

»Keine Mail, keine SMS?«

»Wie ich schon sagte …« Mein Blick wandert zu etwas hinter seiner linken Schulter. Ich frage mich, ob es ihm auffällt.

»Das habe ich gehört, aber …« Er verstummt und blickt sich um.

Er bemerkt Ed und steht auf. Ed mustert erst ihn, dann mich, dann wieder den Reporter. »Wir zwei gehen jetzt mal vor die Tür«, sagt er.

Ed hält sich für taff. Eigentlich ist er ein Hungerhaken, aber mit den langen Haaren und den Klamotten weiß man nicht so genau. Er erinnert mich an die Bad Boys in den Hollywoodfilmen. In seiner Vorstellung ist er Johnny Depp. Manchmal rede ich mir ein, dass es stimmt.

Der Reporter sieht aus, als wüsste er nicht so recht, was er tun soll.

Ed ist klatschnass vom Regen. Seine schwarzen Locken kleben ihm am Kopf. Der Kerl würde sich in einen Taifun stellen, nur um eine rauchen zu können. Aber jetzt sieht er aus, als käme er direkt von den Dreharbeiten zu einem Horrorfilm, und dafür bin ich dankbar. Ein leicht eingeschüchtertes Gegenüber und er läuft zur Hochform auf.

»Wie heißen Sie?«

»Dan McCarthy, von der *Evening News*.«

»Okay, Dan«, sagt Ed. »Jetzt passen Sie mal auf …«

Ich schmunzele und trinke meinen Kaffee, während Ed Dan nach draußen führt. Ich schaue durchs Fenster zu. Nichts passiert. Niemand kassiert Prügel. Auf der Sauchiehall Street gehen die Leute vorbei, doch niemand beachtet die Auseinandersetzung, weil sie so leise abläuft. Die beiden stehen im Regen, Ed redet als Einziger, dann nickt er, als wäre alles geklärt, kommt wieder rein und setzt sich zu mir an den Tisch.

Ich schaue weiter aus dem Fenster.

Dan sieht mich an, doch als Ed sich zu ihm umdreht, schlägt er den Kragen hoch und verschwindet im Regen.

»Was hast du zu ihm gesagt?«

Ed grinst.

Eine von den Baristas geht an uns vorbei. Ein Mädchen um die zwanzig, das in allem gut aussehen würde, selbst in den Uniformen, die sie in solchen Cafés tragen müssen: formlose schwarze Hose, schlecht sitzendes Polohemd und diese albernen Caps, die aber wahrscheinlich immer noch besser sind als Haarnetze. Ed bemerkt sie. Hört auf, mich anzusehen.

Als wäre ich nicht mehr da.

Mittlerweile sollte ich mich eigentlich daran gewöhnt haben.

Innerhalb eines Fingerschnippens vom Ritter in schimmernder Rüstung zum Mistkerl.

Typisch Ed.

Ed tut so, als würden wir nach Hause fahren. Zu mir. Aber als wir im Taxi sitzen, nennt er dem Fahrer eine Adresse im East End – Bridgeton – und macht es sich neben mir bequem.

Ich sage nichts.

Natürlich nicht. Völlig zwecklos, mit Ed zu diskutieren, wenn er sich irgendwas in den Kopf gesetzt hat. Nicht dass er mich schlagen würde, wenn ich mich querstelle, er redet einen dann nur in Grund und Boden. Das ist seine Geheimwaffe. Als Verkäufer wäre er unschlagbar. Er hat das Talent, nahezu jedem nahezu alles aufzuquatschen.

Ich sage *nahezu* und das meine ich auch so. Der Dreier mit diesem Mädchen, das er letztes Jahr in einer Bar kennengelernt hat – Heidi hieß sie –, wird niemals stattfinden, ganz egal, was er mir erzählt und wie sehr er bettelt.

Der Fahrer zögert, als er die Adresse hört. »Sind Sie sicher?«

»Ja, bin ich. Hören Sie, ich gebe Ihnen was extra, wenn Sie da warten, okay? Ich muss bloß kurz …«

»Nee, lieber nicht.«

»Kommen Sie schon.«

»Ich hab keine Lust …«

»Nichts Illegales«, sagt Ed. »Ehrlich. Ich will nur einem Freund einen Gefallen tun und ihm was vorbeibringen.«

»So?«

»Ja, und anschließend fahren wir nach Partick, okay?«

»Partick?«

»Oben an der Hyndland Road«, sagt Ed, und jetzt knipst er seinen Charme ein. In seiner Stimme liegt etwas Samtiges, auf das man leicht reinfällt. Funktioniert nicht nur bei Frauen. Auch Männer glauben ihm meistens alles, was er sagt.

»Ich weiß nicht.«

»Leicht verdientes Geld für Sie«, sagt Ed.

»Und wenn irgendwas passiert?«, fragt der Fahrer.

»Ich kann auch ein anderes Taxi nehmen«, sagt Ed. »Ich bin nicht knauserig, was das Trinkgeld angeht.«

Darauf sagt der Fahrer nichts mehr. Ich höre ihn seufzen, aber er fährt los.

Ich sehe Ed an. Er erwidert den Blick und lächelt. Ein beruhigendes Lächeln, als wäre ich ein ängstliches Kind. Jetzt ist es zu spät, um zu protestieren. Ich will gar nicht wissen, warum wir ins East End fahren, aber ich gehe jede Wette ein, dass an diesem »Gefallen« etwas faul ist.

Diese Seite von Ed kannte ich von Anfang an. Er macht öfter Dinge, ohne groß über die längerfristigen Folgen nachzudenken. »Leb im Augenblick«, sagt er jedes Mal, wenn irgendwer seine Entscheidungen infrage stellt. Er raucht gerne, und nicht nur Tabak. Manchmal wirft er am Anfang des Abends eine kleine Pille ein. Er hat versucht, mich auch dazu zu überreden, aber das einzige Mal, als ich Ecstasy genommen habe, war ich achtzehn und wollte unbedingt dazugehören und alles, was ich dazu sagen werde, ist: Nie wieder.

Vielleicht bringt es manchen Leuten ja was. Mir nicht.

Mir wird schon übel, wenn ich nur daran denke.

Der Fahrer gibt Gas, um möglichst schnell bei der Adresse zu sein, die Ed ihm genannt hat. Die Ecke, in der wir landen, fühlt sich verlassen an, selbst für eines der ärmeren Viertel des East End.

Abseits der Hauptstraßen mit den Billigshops und den Schnapsläden mit kugelsicheren Scheiben herrscht totale Ödnis. Einige von den Häusern sind groß, aber sie sehen aus, als hätten die Leute schon lange aufgehört, sich darum zu kümmern. Als wir bei der genannten Adresse ankommen, hält der Fahrer nur zögernd an.

Ed zieht einen Umschlag aus seiner Jacke. »Sei ein Schatz«, sagt er zu mir. »Klopf an die Tür, frag nach Chris und gib ihm das hier.«

Ich frage nicht mal »Warum ich?«, sondern werfe ihm nur einen Blick zu.

»Wenn ich selbst gehe, will Chris garantiert reden und der Kerl kann einem echt ein Ohr abquatschen, verstehst du?« Er sieht mich mit großen Augen an – ein Trick, der bei mir jedes Mal funktioniert. Ich stehe schon seit jeher auf haselnussbraune Augen und seine können sehr groß und ausdrucksvoll sein, wenn er will.

Ich seufze.

Er lächelt.

Ich nehme den Umschlag. »Damit hab ich was bei dir gut«, sage ich.

»Lieb dich«, sagt er reflexartig und gibt mir einen schnellen Kuss. Ich gebe mir Mühe, nicht darauf zu reagieren.

Ich sehe, wie der Fahrer uns im Rückspiegel beobachtet. Vielleicht überlegt er, ob er etwas sagen soll, beschließt dann aber, was zwischen zwei Leuten hinten in seinem Taxi abläuft, geht ihn nichts an. Jedenfalls solange dabei keiner verletzt wird. Und vielleicht nicht mal dann.

Es hat aufgehört zu regnen, aber der Wind heult mir um die Ohren, als ich aus dem Taxi steige. Blödsinnige Idee. Hätte einfach Nein sagen sollen. Aber jetzt ist es zu spät.

Ich höre förmlich, wie meine Freundin Caroline mir sagt, ich soll aufhören, den Fußabtreter zu spielen, und mich wehren. Aber ich gehöre nun mal zu denen, die es immer allen recht machen wollen. Ich will, dass alle glücklich sind. Vielleicht habe ich einen Hang zum Märtyrertum, aber was kann ich schon dagegen tun?

Nicht viel.

Gib einfach den Umschlag ab. Denk nicht darüber nach, was da drin ist. Bring's hinter dich und dann geh zur Tagesordnung über.

Der Vorgarten ist zugewuchert. Die Überreste eines Plattenwegs führen zur Haustür, aber er ist halb verdeckt vom Unkraut, das zwischen den Ritzen hervorwächst. Unter meinen Füßen knirscht Glas, aber ich sehe nicht nach unten. Ich will nicht wissen, ob ich auf Flaschenscherben trete oder auf die Überreste von Spritzen.

Ich komme bei der Tür an. Keine Klingel. Ich muss klopfen. Das tue ich, so laut ich kann, und denke dabei, das ist jetzt wirklich das letzte Mal, dass ich für Ed den Lakai spiele. In jeder Beziehung gibt es Grenzen. Zumindest bei normalen Leuten.

So kann es nicht weitergehen.

Ich will schon seit einer Weile mit ihm reden, und jetzt ist es wirklich fällig. Wenn es nur sein Alphamännchen-Gehabe wäre, wie vorhin mit dem Reporter, oder die Angeberei und gelegentlich ein bisschen Flirten, dann könnte ich damit leben. Aber obendrein noch sein Egoismus und seine krummen Touren, das ist einfach zu viel.

Schluss mit dem Fußabtreter, Jen. Wehr dich.

Die Tür wird geöffnet. Vorsichtig. Ein Gesicht taucht auf. Nicht gerade einnehmend. Picklige, vernarbte Haut und eine dicke Brille, die mit Klebeband zusammengehalten wird. Der Typ könnte alles zwischen dreißig und fünfzig sein. Sein rechtes Auge zwinkert immer wieder, aber es ist eindeutig kein Flirtversuch, sondern eine unwillkürliche Bewegung. Vielleicht Nervosität.

»Ja?«, sagt er. »Was ist?«

»Bist du Chris?« Er nickt. »Ich heiße Jen … Ich bin eine Bekannte von Ed.«

»Oh. Ah. Ja.« Stottern? Macke? Oder zugedröhnt? Könnte alles davon sein.

Ich reiche ihm den Umschlag. »Das hier soll ich dir geben.«

Er späht an mir vorbei zum Taxi. »Ist Ed da?«

»Wir müssen weiter.«

»Keine Zeit für den kleinen Mann, was?«, sagt Chris und schüttelt den Kopf. »Hoffentlich ist alles da.« Er hält den Umschlag hoch. Ich kann mir schon denken, was drin ist.

»Ich geh dann mal.«

»Er hat nicht gesagt, ob er noch was bestellen will?«

»Nein.«

»Gut. Soll erst mal den Rest bezahlen.« Er starrt auf irgendwas, das anscheinend nur er sehen kann.

Ich weiche einen Schritt zurück.

»Nett, dich kennenzulernen«, sagt Chris. Dann schwenkt er plötzlich seinen Arm und zaubert etwas aus dem Nichts hervor. Sein kleiner Zaubertrick. Es ist eine Visitenkarte. Er hält sie mir hin. Ich nehme sie, obwohl ich sie gar nicht will, aber ich weiß nicht, was ich sonst tun soll. »Falls du mal irgendwas brauchst.«

»Danke«, sage ich, weil mir nichts Besseres einfällt, und stecke die Karte in meine Jeanstasche.

»Schönen Abend noch.«

Ich nicke und sehe zu, dass ich wieder zum Taxi komme.

»Ich mein’s ernst«, ruft er mir hinterher. »Keine Fragen. Kein Kommentar. Nur Service.«

Ich möchte lieber nicht darüber nachdenken, was für eine Art Service er meint. Ich will nur noch zurück ins Taxi und nach Hause.

Mit Ed reden.

Diesen Scheiß ein für alle Mal beenden.

2

Während der Rückfahrt sitze ich so weit von Ed weg, dass noch jemand zwischen uns passen würde. Er scheint es nicht zu merken und streckt immer wieder den Arm aus, um mit seinen langen Gitarristenfingern mein Bein zu berühren. Wahrscheinlich macht ihn meine sparsame Miene noch zusätzlich an.

Der Taxifahrer beobachtet uns im Rückspiegel. Nicht unbedingt so, als würde er auf eine heiße Nummer hoffen. Eher so, als ob er darauf wartet, dass es knallt.

Und das sollte es auch. Ich habe Ed etwas zu sagen. Etwas, das ich ihm schon eine ganze Weile sagen will. Der Abend heute ist eine Bestätigung für alles, für meine Gefühle, für das, was er mir antut.

Trotzdem mache ich wieder dieselben Fehler.

Wir sind kaum durch die Haustür, da begrapscht er mich schon. Mir ist nicht danach, ich denke immer noch an die Barista, an das, was in dem Umschlag war, was es mit diesem Chris auf sich hat. Während ich meine Wohnungstür im zweiten Stock aufschließe, überlege ich, ob ich ihm sagen soll, er schläft besser in seiner eigenen Bude. Und ich denke darüber nach, hier und jetzt mit ihm Schluss zu machen. Es ist mir egal, dass er im Café für mich eingetreten ist. Das hatte mehr mit seinem Ego zu tun als mit mir, eine Chance, den dicken Max zu markieren. Auf so was steht er, das törnt ihn an, deshalb ist er jetzt auch scharf (und natürlich wegen der Barista).

Ich versuche ihn abzuschütteln, aber er lässt nicht locker, und als wir im Flur sind, ist es passiert – mein Körper hintergeht mich, ignoriert alle vernünftigen Einwände meines Gehirns.

Es ist elektrisierend.

War es schon immer. Am Anfang dachte ich, es wäre Schicksal oder so. Wir waren zwei Objekte, die dazu bestimmt waren zusammenzustoßen. Trotz allem, was mich an ihm gestört hat, verlor ich die Kontrolle, sobald er mich berührte.

Wenn der Rausch vorbei ist, denke ich meistens, was für ein Fehler es war, ihn in mein Bett zu lassen. Und erst recht anderswohin.

Wir taumeln ins Wohnzimmer, er zieht meinen Slip runter und macht seine Hose auf, und wir tun es da, noch halb angezogen. Wie immer sieht er dabei nicht mich an, sondern irgendeinen Punkt ein paar Zentimeter neben meinem Kopf, als hätte er dort irgendwas gesehen, oder als würde er überhaupt nicht an mich denken.

Und ich weiß, dass er an die Kellnerin denkt und dass ich ihn ohrfeigen und ihn aus mir rausschmeißen sollte, aber, o Mann, das fühlt sich so elektrisierend an …

Er rollt sich von mir runter und ich ringe nach Luft.

»Du nimmst doch noch die Pille, oder?«

Ich nicke stumm. Ich weiß, dass er Kondome dabei hat, und ich weiß, dass ich Kondome in der Nachttischschublade habe, aber wenn er das mit mir macht, gehorcht mir mein Verstand nicht mehr. Das ist wohl mein Zugeständnis ans Risiko. Und es ist ein ziemlich großes.

»Wer war das?«, frage ich.

»Wen meinst du?«

»Den Typen, dem ich den Umschlag gegeben habe. Chris.«

Sogar im Dunkeln weiß ich, dass er grinst, auf diese Weise, die verrät, dass er mich für schwer von Begriff hält. Naiv wäre die nettere Formulierung. »Er ist einfach … Chris.«

»Ein Dealer?«

»Ja und nein. Wenn du irgendwas brauchst, gehst du zu Chris.«

»Drogen? Frauen? Waffen?«

»Ja, ja, und ... gut möglich. Er ist einfach einer von diesen Typen, die jemanden kennen, der jemanden kennt. Aber er ist in Ordnung. Ich meine, du hast ihm schließlich nur einen Umschlag gegeben. Darauf steht nicht die Todesstrafe.«

»Und du hast es nicht selbst getan, weil ...?«

»Wie ich schon sagte, weil er mich sonst zugequatscht hätte. Ehrlich.«

Ich richte meine Kleider, gehe ins Bad und schließe die Tür ab. Ich stehe eine Weile im Dunkeln da, bevor ich am Band der Neonröhre ziehe und mich im Spiegel betrachte.

»Verdammt, Jen«, murmele ich leise. Und im Gegensatz zu Ed sehe ich mir direkt in die Augen. »So viel zum Thema Schlussmachen.«

Ich wache nicht vom Wecker auf. Sondern von etwas, das sich an mich drückt, an meinen Po, sich daran reibt. Etwas Hartes. Und leider Vertrautes. Ein Arm schlängelt sich von meinem Bauch hoch zu meinen Brüsten.

Aber das Elektrisierende ist vorbei. Die ganze Energie, die mich gestern Abend dazu gebracht hat zu vergessen, warum ich so sauer auf ihn war, hat sich aufgelöst. Vielleicht war es nur das Adrenalin, der Kick, zu wissen, dass an der Sache mit dem Umschlag irgendwas faul war. Eine Mischung aus Sex und Verbotenem, Trieb und Gefahr.

Aber jetzt, am Morgen, ist alles anders. Vielleicht liegt es am Licht, das sich durchs Fenster hereinschleicht, oder an dem Traum, den ich hatte, wie er die Kellnerin in seiner Küche von hinten vögelt, mich dabei die ganze Zeit ansieht und mir zuzwinkert, als wäre es das Normalste von der Welt, und nicht versteht, wieso ich mich so aufrege.

Das Mädchen hat natürlich gegrinst und mich auch angesehen, als wäre das alles wahnsinnig witzig und ich die Einzige, die es nicht kapiert.

Schwesternschaft.

Solidarität.

Tja, wenn es um Ed geht, ist damit Schluss. Das sollte ich eigentlich wissen. Ich bin ziemlich sicher, dass ich ganz am Anfang die Andere war.

Ich schiebe ihn weg.

»Ich hab keine Lust.«

»Du hast immer Lust.«

Er gibt nicht auf. Seine Finger spielen auf mir, als wäre ich eine seiner kostbaren Gitarren. Aber meine Saiten geraten nicht ins Schwingen.

Ich stehe auf.

Scheiß drauf.

»Ich hab keine Lust.«

»Okay«, sagt er. »Schon gut.« Er steht auch auf. Stellt sich mit seinem Ständer völlig schamlos vor mich und spielt scheinbar geistesabwesend an sich herum. »Bist du sicher, dass ich dich nicht …«

»Geh einfach«, sage ich. Nicht ganz die Ansprache, die ich halten wollte, aber immerhin besser als sonst.

Er zuckt die Achseln, als wollte er sagen, selbst schuld, und verschwindet im Bad.

Ich ziehe mir was an, während er duscht – lieber Gott, hoffentlich ist das alles, was er macht –, und gehe in die Küche. Schiebe zwei Brotscheiben in den Toaster. Sehe auf die Uhr. Noch ungefähr zwei Stunden, bis ich los muss. Das sollte reichen.

Ich streiche gerade Butter auf den Toast, als er aus dem Bad kommt. Ich spüre seine Pose, bevor ich mich auch nur umdrehe. Ich tue so, als würde ich ihn gar nicht bemerken, aber wenn Ed auf die Art in einen Raum kommt, will er, dass man ihn fragt, warum.

»Ich finde, du solltest jetzt gehen«, sage ich.

»Okay«, sagt er. Obwohl er nicht mal angezogen ist. Hat sich nur eins von meinen Handtüchern um die Hüften geschlungen.

In seinen Haaren glänzt noch das Wasser, und ein paar Tropfen fallen herunter. »Ich hab ja gekriegt, was ich wollte.«

Ich drehe mich um.

»Was?«

»Na ja, ein Mann hat seine Bedürfnisse.«

»Ich glaub's nicht! In meiner Dusche?«

Er zuckt die Achseln.

»Ist nicht meine Schuld. Ich hab versucht, nicht dran zu denken, aber dann hab ich die Tasche gesehen. Die da drinnen an der Türklinke hängt.«

»Welche Tasche?«

»Die mit dem Mädchen drauf.«

Ich brauche einen Moment, bis ich kapiere, wovon er redet. Die Stofftasche, die ich mir in Venedig gekauft habe. Mit dem Bild darauf. Eine Frau, die lässig auf der Piazza sitzt: lange Beine, dunkle Sonnenbrille, blonde Haare, rote Lippen.

Aber stilisiert. Kunst. Nichts, wobei irgendwer auf die Idee käme … Ich meine … Nee, oder?

Er grinst. Anzüglich. Provozierend. Wie er es immer tut.

Aber jetzt zum letzten Mal.

Ich schleudere ihm den gebutterten Toast an den Kopf. Ein Teller oder Becher wäre besser gewesen, aber ich habe keine Zeit, darüber nachzudenken. Den Toast hatte ich sowieso schon in der Hand.

Er wartet einen Moment, dann wischt er sich die Butter von der Stirn. »Ich geh dann wohl besser.«

»Ja«, sage ich, so ruhig ich kann. »Und komm nicht wieder.«

Wieder ein Lächeln. Eins, das sagt, o doch, er kommt wieder, ich kann ja nicht ewig sauer auf ihn sein.

»Ich mein's ernst.«

Er sagt nichts, geht rüber ins Schlafzimmer.

Ich warte in der Küche. Grolle eine Weile still vor mich hin und beschließe dann, dass ich irgendwas tun muss, also hebe ich den Toast auf und werfe ihn in den Müll. Denke darüber nach, die Tasche gleich hinterherzuwerfen. So schön ich sie finde, ich glaube, ich kann sie nie wieder ansehen, ohne an ihn zu denken.

Als er aus dem Schlafzimmer kommt, zieht er den Reißverschluss seiner Jeans hoch und zwinkert mir zu.

Sobald er gegangen ist, schließe ich die Tür hinter ihm ab.

Dann gehe ich ins Bad.

Das Wort »Erleichterung« ist gar kein Ausdruck, als ich sehe, dass die Tasche unversehrt an der Türklinke hängt. Trotz all seiner Macken habe ich nicht geglaubt, dass er Spuren seiner Selbstbefriedigung hinterlassen würde. Aber auch wenn die Frau auf der Tasche unbesudelt ist – allein die Tatsache, dass er mich so geringschätzt, dass er zu der stilisierten Abbildung einer Frau auf einer Stofftasche wichst, sagt alles über ihn.

Ed.

Mannomann.

Aus irgendeinem Grund denke ich an den Reporter. Daran, wie die beiden draußen auf dem Gehweg standen. Dann denke ich, wovor verstecke ich mich eigentlich? Wenn der Trottel mir Geld dafür geben will, dass ich über eine Frau rede, die ich kaum kannte, dann soll er doch.

Außerdem muntert mich ein bisschen Extrakohle bestimmt auf.

3

»Eine Katastrophe, der Typ«, sagt Caroline, während sie ihren Spind abschließt.

Ich sitze am Tisch, trinke einen Kaffee und habe ihr gerade mitgeteilt, dass ich mit Ed Schluss gemacht habe. Das mit der Tasche habe ich ihr natürlich nicht erzählt.

Ich kann ihr nur zustimmen.

»Sei froh, dass du ihn los bist«, sagt sie. Dann schenkt sie sich auch einen Kaffee ein und setzt sich zu mir. Wir arbeiten beide die Schicht von halb elf bis sieben, was bedeutet, dass wir noch ein bisschen Zeit haben, bevor wir im Laden sein müssen.

»Und der Journalist?«

Ich schüttele den Kopf. »Eine Schnapsidee, oder?«

»Warte, bis du deine nächste Gehaltsabrechnung kriegst.« Sie grinst.

Ich sage nichts. Nein, es war eine Schnapsidee. Ich käme mir wie eine Betrügerin vor. Ich würde mir die ganze Zeit Gedanken darüber machen, was ich ihm erzählt habe. Und Sorgen, was passiert, wenn irgendwer, der für ihre Familie arbeitet, meine Worte aus dem Zusammenhang reißt.

Nein, ich halte mich besser aus alldem raus. Lebe weiter mein friedliches Leben.

»Und, hast du das Buch schon durch?«, frage ich.

Sie arbeitet sich seit fast vier Wochen durch ein Buch über die russische Geschichte. Lässt sich Zeit damit. Taucht richtig darin ein. Dazu noch der Kunstkurs. Sie hat ein ziemlich erfülltes Leben neben der Arbeit und ein Teil von mir ist ein bisschen neidisch.

Ich mache nicht viel, um mich weiterzubilden. Vor ein paar

Jahren habe ich mal ein Seminar zum Korrekturlesen belegt, weil ich dachte, ich könnte vielleicht im Verlag arbeiten statt im Buchhandel, aber nach einer Weile wurde es mir zu langweilig und ich habe die Sache sausen lassen. Genauso mit meinem Roman. Genauso wie mit fast allem, was mich weitergebracht hätte.

Was sagt das über mich aus?

Das mit Ed habe ich jahrelang durchgehalten, aber alles, was gut für mich war, habe ich nach ein paar Monaten, manchmal sogar nach ein paar Tagen hingeschmissen.

»Noch nicht«, sagt sie lächelnd. »Ich bin eine ziemlich miese Buchhändlerin, was?«

Ich lächle ebenfalls. Sie ist eine unglaublich langsame Leserin, aber ihr Wissen macht das mehr als wett. Sie hat irgendwie ein Gespür für Bücher, selbst für die, die sie nicht gelesen hat. Einen sechsten Buchhändlersinn.

Ich sehe auf die Uhr. Seufze. Wir kommen eine Minute zu spät in den Verkaufsraum.

»Hör mal«, sagt Caroline. »Was hältst du davon, wenn wir heute nach Feierabend was trinken gehen und auf das Ende von Ed anstoßen? Oder nein, wir erwähnen den Kerl überhaupt nicht, okay?«

Ich nicke. »Okay.«

»Na, dann los«, sagt sie. »Verkaufen wir den Massen Literatur.«

Die Leute denken immer, wer Bücher verkauft, steht hinter einem Tresen, dekoriert das Schaufenster und plaudert mit alten Damen über das neueste Buch von Jeffrey Archer oder Dan Brown oder so. Sie denken, es ist ein leichter Job. Stressfrei. Etwas, das man als Hobby betreiben könnte.

Ich frage mich, ob das überhaupt irgendwann mal so war.

An den meisten Tagen hast du gut damit zu tun, die Kunden nicht zu erwürgen. Sie erwarten von dir, dass du alles weißt, selbst wenn sie das Buch, das sie suchen, nicht beschreiben können. Sie erwarten, dass du auf deinen beschränkten Regalmetern jedes lieferbare Buch bereithältst. Und keiner denkt daran, wie schwer Bücher sein können, wenn die Kartons zu vollgepackt sind. Der körperliche Aspekt wird – neben allem anderen – am meisten unterschätzt.

An diesem Tag verbringe ich den größten Teil meiner Schicht damit, eine Lieferung im Lager zu verbuchen und einzuräumen. Das mache ich gerne. Es ist geradezu hypnotisierend in seiner Gleichförmigkeit. Es lenkt mich ab. Außerdem hält es mich von den Leuten fern. Gerade heute würde ich dem Ersten, der mich nach dem »blauen Buch« fragt, »das ungefähr vor einem Jahr irgendwo im Schaufenster lag«, die Faust ins Gesicht rammen. Gott, ich klinge schon genau wie Ed.

Ich war nie ein gewalttätiger Mensch, aber während ich die Kartons in den Laden schleppe, um die Bücher einzusortieren, denke ich darüber nach, wie es wäre, Ed einen schönen altmodischen Faustschlag zu verpassen. Keine Ohrfeige. Nein, das wäre viel zu sanft. Einen richtig saftigen Schlag in die Fresse. Ihm vielleicht sogar die Nase brechen. Das täte gut, obwohl er die gebrochene Nase wahrscheinlich noch ausnutzen und vor solchen Schnepfen wie der kleinen Kellnerin einen auf verwegen und gefährlich machen würde.

Natürlich ist er auch ein bisschen gefährlich. Geht gar nicht anders, wenn man solche Freunde wie Chris hat. Das war ja einer der Gründe, warum ich damals überhaupt auf ihn abgefahren bin. Allerdings ist es bei ihm mehr Show als sonst was. Die Leute, die er kennt, sind mir nicht geheuer, aber Ed ist so was von harmlos, dass es im Grunde lachhaft ist.

Pech nur, dass er so verdammt gut reden kann.

»Jen?«

Wenn man an den Teufel denkt, schickt er seine Lakaien.

Ich stelle den Karton ab, den ich gerade in die Geschichtsabteilung bringen wollte. Hier, im hinteren Bereich des

Erdgeschosses, sind wir ziemlich abseits von allen. Das gefällt mir gar nicht. Irgendwas an Big Dave macht mich nervös. Nicht nur die Art, wie er immer verstohlen in meinen Ausschnitt geiert, sondern dieses unbestimmte Gefühl, dass ein falsches Wort genügen würde und er würde jemandem den Hals umdrehen. Er ist echt massig. Er selbst würde sich wahrscheinlich als knuddelig bezeichnen, aber für die meisten anderen Leute wäre er schlicht fett.

Das kommt davon, wenn man den ganzen Tag auf dem Sofa hockt und Computerspiele spielt.

Ich habe keine Ahnung, wovon er eigentlich lebt. Irgendwie muss er sich seinen Lebensstil ja leisten können. Vielleicht hat er was geerbt. Oder er macht irgendwas mit Computern. Damit kennt er sich wirklich aus. Zumindest nehme ich das an, bei all dem Zeug, das in der Wohnung von ihm und Ed herumliegt – Drähte, Kabel, Kartons und so weiter.

»Hör mal, Dave«, sage ich, »wenn Ed dich hergeschickt hat …«

»Nö«, sagt er. »Wie kommst du darauf?«

Er weiß es noch nicht. Also kläre ich ihn auf. »Es ist aus«, sage ich. »Zwischen Ed und mir.«

»Oh«, sagt er. »Echt?«

»Ja.«

»Aber du hast immer noch seine Nummer, oder?«

»Du doch auch.«

»Aber er geht nicht dran.«

Weil er sich meinetwegen die Augen ausheult? Unwahrscheinlich.

»Ich weiß nicht, wo er ist«, sage ich. »Und es ist mir auch egal.«

»Schon gut«, sagt Dave. Er kommt näher. Will er mich womöglich umarmen? Um Himmels willen! »Ich glaub dir ja.«

Ich versuche, ruhig zu atmen, und trete einen Schritt zurück.

»Er ist ein Mistkerl«, sagt Dave. »Das weiß ich. Aber cool ist er auch, oder?« Ed hat immer behauptet, Dave würde für ihn schwärmen. Den Eindruck habe ich auch. Dave verehrt Ed wie eine Art Idol. Wahrscheinlich weil Ed die Frauen reihenweise zu Füßen fallen. Dave weiß nicht, wie er mit Frauen reden soll. Er stellt sich einfach so unglaublich ungeschickt an, dass man sich beim besten Willen nicht vorstellen kann, mit ihm ins Bett zu gehen.

»Ich weiß es wirklich nicht«, sage ich.

Dave nickt. »Okay, okay. Ich weiß, du hast jetzt anderes im Kopf, aber falls du ihn siehst, kannst du ihm sagen, dass er sich mal melden soll? Ich mache mir allmählich echt Sorgen.«

»In Ordnung«, sage ich. »Ich versuche, dran zu denken.«

Er grinst. »Danke«, sagt er. »Dann kommst du jetzt wohl nicht mehr so oft vorbei.«

»Sieht so aus.«

»Schade«, sagt er. »War nett, dich gekannt zu haben.«

»Gleichfalls«, sage ich und sehe rüber in den Laden, als hätte ich was Dringendes zu erledigen.

»Ich lass dich dann mal weiterarbeiten.«

Als er wieder im Laden verschwindet, frage ich mich, wieso ein Typ wie er mit jemandem wie Ed rumhängt. Und erst recht andersrum.

Ich glaube, ein paar Dinge an den Männern werde ich nie verstehen.

»Entschuldigen Sie?« Eine alte Frau holt mich aus meinen Gedanken. Sie wedelt mit einem Buch vor meinem Gesicht herum. Schwarzes Cover. Teaser: *Was würden Sie tun, wenn …?*

»Ja, bitte?«

»Ich möchte mich über dieses Buch beschweren.«

Mittlerweile müsste ich diese Leute auf hundert Meter erkennen können. Genau deshalb arbeite ich lieber im Lager. Ich bemühe mich, mir meinen Ärger nicht anmerken zu lassen, und lächle so freundlich wie möglich. »Was ist denn damit?«

»Haben Sie den ersten Satz gelesen? Ein Skandal!«

»Wie lautete er denn?«

Nach der Arbeit in der U-Bahn, auf dem Weg ins West End. Wir müssen uns beim Reden zueinander beugen, weil das Quietschen und Rattern der Waggons im Tunnel so laut ist.

»Was?«

»Der Satz, über den sie sich so aufgeregt hat.«

Ich sehe sie an. »Willst du das wirklich wissen?«

»Na klar.«

Ich hole tief Luft. Nicht unbedingt etwas, das ich laut rausposaunen möchte. Bei meinem Glück hält die Bahn wahrscheinlich genau in dem Moment an und dann hören mich alle.

Na gut, jetzt oder nie. »*Ich lutschte zwölf Schwänze in Magaluf.*«

Gott sei Dank scheint es niemand sonst gehört zu haben.

Caroline prustet los.

Ich lasse sie lachen.

Hinterher kann sie nicht aufhören zu grinsen. »Dass sie aber auch ausgerechnet *das* Buch genommen hat.«

»Hätte schlimmer sein können.«

»Echt?«

»Ich weiß nicht, ob du dich in der Belletristikecke umgeschaut hast. Ich glaube, Andy hat mal wieder auf eigene Faust bestellt. Da steht ein Buch mit dem Titel *Swinger*.«

»Nee, oder?«

»Doch. In Großbuchstaben, quer auf dem Cover.«

»Muss weiter hinten im Alphabet sein, wenn die Alte es nicht gesehen hat.«

»Vielleicht kommt sie morgen ja wieder.«

»Was für ein Glück, dass du frei hast.«

»Allerdings.«

»Dann lass uns so richtig einen heben, okay?«

Die Bahn rollt in Hillhead ein. Kommt ruckelnd zum Halten.

So richtig einen heben klingt gut. Ein Abend der Hemmungslosigkeit. Und der erste Abend seit Langem, an dem ich mich nicht fragen muss, was Ed wohl als Nächstes anstellt.

Alle Bedenken über Bord werfen.

Was soll denn schon groß passieren?

4

Ich bin irgendwo zwischen angeschickert und betrunken. Offenbar hat meine Stimmung Einfluss darauf, wie schnell der Prosecco wirkt. Als müsste er sich erst an dem ganzen angestauten Ärger vorbeischieben, bevor er irgendwas ausrichten kann. Normalerweise läge ich jetzt längst unter dem Tisch.

Liegt's am Adrenalin?

Kann beim Extrem-Freund-Abschießen schon mal vorkommen.

Caroline sieht mich aufmunternd an. »Komm schon«, sagt sie. »Jetzt mach dich mal locker.« Dann wandert ihr Blick zur Seite und ich verrenke mir den Hals, um zu sehen, was sie abgelenkt hat.

Hätte ich mir denken können. Der Kellner. Zurückgegeltes Haar und babyblaue Augen. Ungefähr neunzehn oder zwanzig. Caroline und ich sind Anfang dreißig, aber das hindert sie nicht daran, ihn zu beäugen. Und ich muss zugeben, ich habe auch nichts gegen einen netten Anblick.

Aber dann denke ich an Ed und seine Schwäche für jüngere Frauen.

Noch einen Prosecco. Ich kippe das Glas runter, das ich mir gerade eingeschenkt habe. Aber keine Wirkung. Morgen früh werde ich es bereuen.

Lebe im Augenblick.

Bedauere nichts.

»Du solltest ihn nach seiner Nummer fragen«, sage ich.

»Nein, *du* solltest ihn fragen«, sagt sie. »Um dir Ed aus den Knochen zu vögeln.«

Ich lächle und nicke, aber das ist nicht so mein Ding. Es geht nicht um Sex. Aber ich weiß nicht, ob ich Caroline das erklären kann. »Wenn's dir nichts ausmacht, würde ich mir Ed lieber aus den Knochen saufen.«

Sie erwidert nichts darauf und wir prosten uns zu.

Dann reden wir weiter, aber nicht mehr über Männer, sondern über die Arbeit und über Bücher. »Schreibst du eigentlich irgendwann deinen Roman?«, fragt sie.

Ich zucke die Achseln.

»Solltest du aber.«

»Ach, ich …« Der Satz endet, bevor ich ihm eine Chance gebe anzufangen. Was bereits erklärt, warum ich den Roman nie fertig gekriegt habe.

»Was hindert dich daran?«

Mir fällt keine Antwort darauf ein. Ich hatte immer vor zu schreiben. Habe mir sogar mal einen Agenten genommen, nachdem ich ein paar Kurzgeschichten in Zeitschriften und auf Websites untergebracht und ein Exposé zu meinem Großen Roman verfasst hatte. Aber daraus wurde nichts, weil ich nicht weiterkam. Trotz meiner detaillierten Pläne und Notizen und Zusammenfassungen war nach dem dritten Kapitel Schluss.

Fünftausend Wörter.

Toller Roman.

Woraufhin mir besagter Agent natürlich freundlich mitteilte, dass sich unsere Wege trennen würden. Ich habe nie jemandem davon erzählt und wenn mich jetzt jemand danach fragt, eiere ich irgendwie herum. Scham und Verlegenheit: zwei Eigenschaften, mit denen sich vermutlich alle Schotten herumschlagen.

Ich sehe Caroline an und vielleicht bin ich betrunken genug, um ihr zu antworten, doch in dem Moment kommt der Kellner wieder vorbei und meine Hand schießt nach oben, um seine Aufmerksamkeit auf mich zu lenken. »Noch eine Flasche bitte!«

Die Welt dreht sich zu schnell.

Morgen früh wird mir das leidtun, aber jetzt laufe ich wie auf Proseccoperlen, fast als würde ich schweben.

Die Nacht hat eine unerwartete Leichtigkeit.

Ich weiß auch, warum. Weil Ed weg ist. Endgültig.

Selbst wenn er zurückgekrochen kommt – und das wird er garantiert –, weiß ich, dass ich nicht noch mal weich werde. Scheiß auf seine Spielchen. Seinen ganzen … Mist.

In einem Anfall von Übermut werfe ich mitten auf einer langen Straße voller alter Häuser, in denen hauptsächlich Rentner und Leute mittleren Alters wohnen, mit einer Handvoll Studenten hier und da, die Hände in die Luft und schreie: »Fick dich, Ed!« Meine Stimme hallt zwischen den Häusern wider.

Irgendwo geht das Licht an.

Ich kichere wie ein ungezogenes Kind und renne dann die Straße hinunter, bevor irgendwer rauskommen und mich zurechtweisen kann.

Manche Frauen hätten um diese Zeit Angst, alleine nach Hause zu gehen. Ich bin, was das angeht, immer pragmatisch gewesen. Halte dich an gut beleuchtete Straßen und Orte, die du kennst. Trag vernünftige Schuhe. Und mach das nur, wenn du betrunken genug bist, um dich sicher zu fühlen, aber nicht so betrunken, dass du einem Kerl nicht noch in die Eier treten könntest.

Caroline hält mich für verrückt. Vielleicht hat sie recht. Aber da ist dieser Gedanke, dass man nicht klein beigeben darf. Die Angst gibt solchen Typen Macht.

Ich bin nur zehn Minuten von meiner Wohnung entfernt, und ich kenne diesen Teil der Stadt in- und auswendig. Im East End oder in der South Side würde ich es mir vielleicht zweimal überlegen, aber hier im gepflegten West End kenne ich die Statistiken. Natürlich passieren hier auch schlimme Sachen, aber mein Dad hat immer gesagt: Manchmal kannst du so vorsichtig sein, wie du willst, und du kriegst trotzdem was ab.

So ist nun mal das Leben.

Wie fast immer begegne ich auch an diesem Abend auf dem Heimweg niemandem, außer ein paar Leuten, die draußen vor dem Quarter Gill stehen, nicht weit von meiner Wohnung entfernt. Sie rauchen und interessieren sich mehr für ihre Gespräche als für mich. Nur ein Typ mit ganz kurzen weißen Haaren und einer feinen Narbe unter dem einen Augen sieht zu mir herüber und verzieht seine Lippen zu einem Lächeln, das er wohl für freundlich hält. Ich wende den Blick ab und gehe schneller.

Bin ich paranoid?

Wohl nicht mehr als sonst.

Als ich in meine Straße einbiege, drehe ich mich um. Doch da ist niemand.

Absolut niemand.

Schön. Soll mir recht sein.

Ich hole tief Luft und gehe auf meine Haustür zu. Ich brauche zwei Anläufe, um den Schlüssel ins Schloss zu kriegen, aber dann bin ich drinnen. Ich trotte die Treppe hinauf und bereite mich auf den Kampf mit dem Schloss meiner Wohnungstür vor.

Doch dazu kommt es nicht.

Die Tür ist bereits offen.

5

Als ich klein war, hatte ich immer Angst vor Ungeheuern im Schrank. Grund dafür war eine Fernsehsendung, die ich gesehen hatte. So läuft das manchmal: Du hast vor etwas Angst, weil dir jemand sagt, dass du davor Angst haben solltest.

Die Vorstellung, dass sich in dem Moment, wenn ich nicht hinschaue, plötzlich jemand oder etwas in eine vertraute Ecke schleicht, machte mir Angst. Mehr als Fremde auf der Straße. Oder Terrorangriffe. Oder Flugzeuge, die vom Himmel fallen. Wenn es mich packte, war es jedes Mal schlimmer als alles andere, was ich mir vorstellen konnte. Für Vernunft war da kein Platz. Der Gedanke grub sich in mein Gehirn und weigerte sich, wieder zu verschwinden.

Und ab und zu tauchte er aus seinem Winkel auf und nahm sämtlichen Raum in meinem Kopf ein.

So wie jetzt.

Ich starre lange auf die Tür, die einen Spalt offen steht, und überlege, ob ich sie hinter mir zugezogen habe, bevor ich gegangen bin. Ich kann mich partout nicht erinnern. Mein Verstand sagt, *natürlich hast du sie zugezogen*, aber er klingt ein klein wenig unsicher, als wäre es tatsächlich denkbar, dass ich heute einen Fehler gemacht habe, der mir noch nie zuvor passiert ist. Und so ganz unmöglich ist es ja auch nicht. Schließlich war der Morgen alles andere als normal. Der ganze Mist mit Ed könnte dazu geführt haben, dass ich beim Gehen vergessen habe, die Tür richtig zuzuziehen.

Was aber kein Problem ist, weil die Haustür zu war. Ohne Schlüssel kommt niemand hier rein.

Nur dass Mrs McDowell von oben manchmal vergisst, die

Hintertür wieder abzuschließen, wenn sie den Müll rausbringt.

Nein, nein. Das ist das Worst-Case-Szenario. Außerdem, warum sollte jemand einfach so in ein Haus eindringen, in der Hoffnung, dass zufällig irgendwer seine Tür offen gelassen hat? Vielleicht hatte ich einfach einen Aussetzer und alles ist gut. Lektion gelernt. Ich werde die nächsten Tage von Paranoia verfolgt werden, aber das ist okay.

Genau, so war's. Wenn ich wieder nüchtern bin und den Kater überstanden habe, werde ich darüber lachen.

Nur dass ich mich bereits stocknüchtern fühle. Das mit den Proseccoperlen unter meinen Füßen ist nur noch eine ferne und etwas peinliche Erinnerung.

Könnte auch seine Vorteile haben. Vielleicht komme ich so um den Kater herum.

Mein Nacken kribbelt. Genauso wie damals, als ich an die Ungeheuer im Schrank glaubte. Etwas, das du nicht beschreiben oder dir auch nur richtig vorstellen kannst, aber von dem du weißt, dass es da drinnen im Dunkeln lauert und darauf wartet, dich zu packen und zu töten.

»Sei nicht albern.«

Es laut auszusprechen, erdet mich wieder. Gibt mir Selbstvertrauen. Und das Gefühl, mich ein wenig kindisch zu benehmen. Ich bin dreiunddreißig. Kein Kind mehr, sondern verdammt noch mal erwachsen.

Na los, Jen, wenn du erwachsen bist, dann benimm dich auch so.

Ich gehe zur Tür, drücke sie weiter auf. Drinnen ist alles dunkel.

»Hallo?« Keine Antwort.

Das ist schon mal gut.

Ich gehe hinein, betrete jedes Zimmer und schalte das Licht ein. Mein Herz schlägt mir bis zum Hals. Ich bewege mich weiter, langsam und zielstrebig.

Im Bad fällt mir kein Platz ein, wo ein Eindringling sich verstecken könnte. Er müsste extrem schmal sein, um in den Badezimmerschrank zu passen, und außerdem müsste er vorher die Regalbretter rausnehmen. Trotzdem schaue ich sicherheitshalber hinein.

Natürlich ist da niemand.

So was Dämliches. Obwohl es keiner mitbekommt, weiß ich, dass das hier später eine meiner peinlichsten Erinnerungen sein wird. Wahrscheinlich sogar die peinlichste überhaupt. Die Art von Erinnerung, die dich immer wieder mal hinterrücks überfällt und bei der du am liebsten im Boden versinken würdest.

In der Küche überprüfe ich die Vorratskammer. Sie ist ebenfalls leer. Abgesehen vielleicht von den Getreidekäfern, die sich vermutlich in dem halben Dutzend angebrochener Mehlpackungen fröhlich vermehren.

Ich komme am Messerblock vorbei. Den habe ich mir mal in einem Anfall von Ehrgeiz gekauft, als ich dachte, ich könnte meine Kochkünste etwas aufpeppen. Der Anfall hat keine Woche angehalten, aber seither stehen mehrere Bücher von Nigel Slater, Jamie Oliver und Nigella unberührt neben besagtem Messerblock.

Ich bin echt paranoid. Oder vielleicht auch nicht.

Ich nehme das größte Messer heraus. Das, womit man laut Werbung auch einen alten Schuh zerschneiden kann, falls es sein muss. Und eine Blechdose, wenn ich mich richtig erinnere.

Könnte eine brauchbare Verteidigung sein, falls jemand auf mich losgeht.

Aber da ist keiner, Jen. Mach dich nicht verrückt.

Im Schlafzimmer auch Fehlanzeige, sogar unter dem Bett. Da versteckt sich nichts und niemand. Ich habe genug Bücher von Thomas Harris gelesen, um zu wissen, wie diese kranken Serienkiller vorgehen. Es gibt immer einen Ort, an den du nicht denkst.

Aber nicht bei mir.

So blöd bin ich nicht.

Ich atme ruhiger.

Mein Herz hört auf zu hämmern.

Allmählich wird die Verlegenheit stärker als die Angst. Ich weiß nicht, was schlimmer ist.

Im Wohnzimmer dasselbe. Da ist sowieso nichts, wo man sich verstecken könnte. Das weiß ich auch ohne nachzusehen. Trotzdem tue ich es.

Ich stehe vor dem Kamin und schaue in den Spiegel, der darüber hängt. Ich bin blass und mein Make-up ist ein wenig verschmiert. Ich sollte mich abschminken, aber ich merke, wie mein Schädel anfängt zu pochen. Der Schreck hat mich nüchtern gemacht, aber jetzt erwischt mich der Kater, früher als gedacht.

»Alles in Ordnung«, sage ich. »Alles in Ordnung.«

Ich atme.

Lausche auf die nächtliche Stille.

Da höre ich das Geräusch. Draußen im Flur. Ein Rascheln und Scharren. Und ich weiß, dass da etwas ist.

Im nächsten Moment denke ich:

Der Wandschrank.

Verdammt.

Der einzige Ort, an den ich nicht gedacht habe.

Im Flur. Wo das Licht kaputt ist. Der begehbare Wandschrank, den ich irgendwann mal zu einem kleinen Arbeitszimmer umbauen will. Natürlich erst, nachdem ich den ganzen Krempel, der sich da drin angesammelt hat, ausgemistet habe. Die Kartons, die alten Klamotten, die kaputten Computer und die Ordner mit den Unisachen.

Irgendwann mal heißt natürlich *nie*. Wie immer. Wie in dem Roman von David Nicholls. Wie das Erwachsenwerden. Wie die Suche nach einem Job, von dem man wirklich leben kann.

Der Wandschrank.

Der letzte Ort in dieser Wohnung, der mir als Versteck in den Sinn käme.

»Das waren nur die Dielen, die geknackt haben«, sage ich, den Blick immer noch in den Spiegel gerichtet, und versuche, eine abgebrühte Miene aufzusetzen.

Es stimmt schon, das Haus ist so alt, dass man hier nachts alle möglichen Geräusche hört, die klingen, als wäre ein Einbrecher unterwegs. Was halt so passiert, wenn es draußen kälter wird. Alte Häuser knarzen. Es zieht. All das, wovor man mich gewarnt hat, als ich hier eingezogen bin, aber es war mir egal, weil ich mich in der Wohnung vom ersten Moment an zu Hause gefühlt habe.

Das war vor fünf Jahren.

Aber jetzt fühlt sich mein Zuhause von einer Sekunde auf die andere fremd und beängstigend an. Als hätte es die ganze Zeit ein schreckliches Geheimnis vor mir verborgen.

»Schau einfach nach«, sage ich zu meinem Spiegelbild, aber es sieht nicht sonderlich überzeugt aus. »Da ist nichts im Schrank, und wenn du das siehst, wirst du lachen.«

Die Frau im Spiegel runzelt die Stirn. Die Falten auf ihrer Stirn bilden sich ein wenig zu leicht.

Guter Moment, um so was zu bemerken.

Ich halte das Messer hoch. Die Frau im Spiegel lächelt. Halbherzig, aber immerhin.

Das Gewicht des Messers in meiner Hand fühlt sich komisch an. Ich versuche, es richtig auszubalancieren. Erinnere mich an einen Selbstverteidigungskurs, den ich vor ein paar Jahren mit Caroline gemacht habe. Da haben sie uns gesagt, das Beste ist Weglaufen. Aber es gibt Situationen, in denen das nicht möglich ist.

Zum Beispiel, Jen?

Zum Beispiel dann, wenn du dich gar nicht zu verteidigen brauchst, weil du dir nur einbildest, dass jemand in deiner Wohnung ist.

Ich denke daran, was sie uns über das Messer gesagt haben, darüber, wie man es am besten festhält, damit es einem niemand abnehmen kann. Aber es fühlt sich nicht richtig an. Es widerspricht sämtlichen Instinkten, die Klinge mit der Spitze nach unten und von mir weg zu halten. Und was ist, wenn ich es mir falsch gemerkt habe? Für mich war es damals wie ein Spiel. Wann würde jemand wie ich sich schon mit einem Messer verteidigen müssen?

Was mal wieder beweist, dass man nie wissen kann.

Ich halte das Messer mit der Spitze nach vorne, bereit, auf jeden einzustechen, der mir nahe kommt. Ich kann ihn damit vielleicht nicht ausschalten, aber zumindest aus der Fassung bringen.

Ich gehe zurück in den Flur.

Zum ersten Mal bemerke ich, dass im Wandschrank Licht brennt. Normalerweise schalte ich es aus. Natürlich könnte ich es einfach vergessen haben, genau wie die Wohnungstür, aber diesmal bin ich mir sicher, dass meine Erinnerung mir keinen Streich spielt. Ich habe das Licht definitiv ausgeschaltet. Ich war seit Tagen nicht mehr in dem Schrank. Das Licht wäre mir schon längst aufgefallen.

Ich bin nicht paranoid. Die Ängste meiner Kindheit scheinen sich zu bewahrheiten.

Mein Herz fängt wieder an zu hämmern.

Meine Kehle ist wie zugeschnürt.

»Ist da jemand?«, sage ich und meine Stimme klingt überraschend scharf. Beinahe hätte ich am Ende des Satzes gehustet.

Nichts.

»Kommen Sie da raus.«

Ich überlege, ob ich die Polizei rufen soll. Aber was ist, wenn ich mich irre? Wenn da gar nichts im Schrank ist? Die Gefahr, dass sie mich wegen groben Unfugs festnehmen, ist zwar gering, aber ich würde mich tagelang in Grund und Boden schämen. Ich hätte das Gefühl, jeder könnte es mir von der

Stirn ablesen, als wüssten alle von der albernen Angsthäsin, die die Polizei gerufen hat, weil in ihrem Wandschrank Licht brannte.

»Kommen. Sie. Da. Raus.«

Okay, ganz ruhig.

Dann höre ich es wieder: Da drinnen bewegt sich etwas.

Etwas?

Nein. Jemand.

Die Tür geht auf.

Ich kriege die Panik.

Ein Umriss. Größer als ich, eindeutig ein Mann. Lauernd. Drohend.

Ich handle instinktiv.

Das Messer in meiner Hand fühlt sich solide an. Beruhigend. Der rutschfeste Griff liegt gut in der Hand, wie in der Werbung versprochen.

Ich hätte es schon längst mal benutzen sollen.

Ich halte das Messer am ausgestreckten Arm mit der Spitze nach oben, um mich vor dem Psycho im Wandschrank zu schützen. Er wird's schon kapieren.

»Was zum … ?«

Der Umriss bleibt nicht stehen, im Gegenteil, er fällt auf mich zu. Mit ausgestreckten Armen, als wollte er mich wegstoßen. Aber wie soll ich mich bewegen, wenn er auf mich drauffällt?

Mein Arm bleibt, wo er ist, auf Taillenhöhe ausgestreckt.

Der Umriss riecht irgendwie vertraut. Ich kenne den Geruch, aber ich kann ihn nicht zuordnen, weil mein Gehirn brüllt, dass ich verschwinden soll. Abhauen. Nichts wie weg.

Aber ich kann nicht.

Sein Gewicht drückt gegen mich. Ich schaffe es nicht dagegenzuhalten. Meine Knie geben nach und ich falle.

Ich knalle auf den Boden. Der Messergriff bohrt sich schmerzhaft in meinen Brustkorb, direkt unter meinen Brüsten.

Scheiße, tut das weh.

Ich lasse das Messer los und stoße den Umriss mit beiden Händen von mir. Rolle mich zur Seite.

Dann liege ich auf dem Rücken. Taste die Stelle ab, wo der Messergriff mich getroffen hat. Das wird einen riesigen blauen Fleck geben, aber ich glaube, sonst ist nichts passiert. Wenn eine Rippe gebrochen wäre, würde ich das bestimmt merken.

Der Mann – der Umriss – rührt sich nicht. Aber ich höre, wie er atmet.

Ich drehe den Kopf und sehe mir den Kerl an.

»Was zum Teufel machst du denn hier?«

6

Ed gurgelt etwas.

Aus seinem Mund läuft Blut.

Seine Hände greifen nach etwas irgendwo in der Nähe seiner Brust.

Ich habe das Messer nicht mehr in der Hand.

Das steckt nämlich jetzt in ihm. Das scharfe Ende ist unterhalb seiner Rippen, mit der Spitze schräg nach oben. Deshalb kann er nicht sprechen. Hat wahrscheinlich seine Lunge angeritzt. Oder so was in der Art.

»O Gott«, sage ich und irgendwie scheint das nicht stark genug zu sein.

Ed macht wieder ein Geräusch, aber diesmal ist es nur ein seltsames, ersticktes Wimmern, wie eine verletzte Katze.

Ich rappele mich hoch und knie mich neben ihn. Seine Augen sind weit aufgerissen und voller Panik. Aber er lebt. Er lebt. »Okay«, sage ich. »Okay, das wird schon wieder. Das wird schon wieder.«

Was mache ich jetzt?

»Ich rufe einen Rettungswagen«, sage ich zu ihm. »Alles wird gut.«

Er packt mit beiden Händen den Messergriff.

»Ich glaube, das ist keine gute …«

Doch er hört nicht zu. Zieht an dem Messer.

Reißt es heraus.

Ein Schwall Blut schießt hervor und durchtränkt seine Kleider. Er lässt das Messer fallen und fängt an zu zittern.

Ich lege meine Hände auf die Wunde und drücke. Machen sie das nicht immer so? Warum habe ich nicht an dem Erste-Hilfe-

Kurs teilgenommen, den sie mir angeboten haben? Obwohl sie uns da sicher nicht beigebracht hätten, wie man mit so einer Situation umgeht.

Blut quillt zwischen meinen Fingern hindurch. Der Druck macht alles noch schlimmer.

Ed heult und zuckt unter mir.

Ich habe mir schon öfter vorgestellt, ihn umzubringen, aber die Wirklichkeit ist hässlich und brutal. Das Blut ist dickflüssig und warm und die Geräusche, die er von sich gibt, sind unmenschlich, grauenvoll.

Und dann hört er auf.

Ein letztes Keuchen.

Der Blutfluss lässt nach.

Ich stehe auf. Sehe auf meine Hände. Bedeckt mit Eds Blut.

Seine Augen sind glasig.

Er rührt sich nicht mehr.

Ich starre ihn noch etwa fünf Sekunden lang an.

Ed.

Ed. Ed. Ed.

In meinem Kopf herrscht totales Chaos. Ich spüre einen Druck in der Brust. Als wollte ich schreien. Manchmal, wenn ich träume, genügt das, um wach zu werden. Aber ich schaffe es nicht. Es kommt nur ein Quieken heraus.

Außerdem weiß ich, dass es kein Traum ist. Sosehr ich es mir auch wünsche.

Ich atme ein paarmal tief durch. Stehe auf.

Meine Beine sind zittrig. Ich schlucke und schlucke, um nicht loszuheulen.

Ich sehe auf Ed hinunter.

Er sieht merkwürdig aus. Wenn das Messer nicht wäre und das Blut, dann könnte man denken, dass er bloß schläft. Betrunken reingestolpert, hingefallen und einfach da eingeschlafen, wo er liegt. Wäre nicht das erste Mal. Ich habe den Fehler gemacht, ihm einen Schlüssel zu geben. Manchmal, wenn er in der Nähe war, ist er einfach vorbeigekommen. Die Male, als er zu betrunken war, um auch nur auf die Idee zu kommen, sich zu mir ins Bett zu schleichen – nicht um zu schlafen, das nie –, lag er im Flur auf dem Boden.

Am liebsten würde ich ihm jetzt einen Tritt verpassen, wie bei den anderen Malen. Versuchen, ihn auf diese Weise loszuwerden.

Sein Gesicht ist seltsam entspannt. Als ihn das Messer durchbohrt hat, war es grotesk verzerrt von Schreck und Überraschung. Ich dachte, das würde im Tod so bleiben, eine Art Zeichen, dass er qualvoll gestorben ist. Aber so ist es nicht. Alles an ihm ist auf einmal völlig entspannt.

Ein merkwürdiger Geruch hängt in der Luft, mit dem ich nicht gerechnet habe. Die Entspannung hat auch seine Eingeweide erreicht.

Ich starre auf das Telefon, das auf der antiken Kommode steht, die ich als Telefontisch benutze.

999.

Eine ganz einfache Nummer.

»Welchen Dienst benötigen Sie?«

»Die Polizei.«

»Bitte schildern Sie die Art des Notfalls.«

»Ich habe gerade meinen Freund erstochen – also, genau genommen meinen Exfreund –, und zwar mit einem Messer, von dem sie in der Werbung gesagt haben, dass man damit auch Lederstiefel und Blechdosen zerschneiden kann. Ich weiß, dass er, während ich direkt nebenan in der Küche war, mit dem Bild auf einer Stofftasche onaniert hat, aber das ist nicht der Grund, warum er tot ist. Das ist einfach irgendwie passiert.«

Klar, das nehmen die mir sofort ab.

Ich kann mich nicht dazu durchringen. Ich weiß einfach nicht, was ich sagen soll. Außerdem, wenn er schon tot ist, handelt es sich dann überhaupt um einen Notfall?

Ich denke lange darüber nach. An die Gedanken selbst erinnere ich mich später nicht mehr, als hätte ein Teil meines Gehirns beschlossen, die interne Debatte zu löschen. Vielleicht waren Argumente darunter, an die ich mich besser nicht erinnere.

Aber jetzt bin ich fertig, ich habe einen Plan.

Ich nehme den Hörer von der Gabel.

Die Nummer, die ich wähle, hat mehr als drei Ziffern.

7

Als Dave bei mir ankommt, habe ich mich umgezogen. Das, was ich anhatte, als ich Ed erstochen habe, liegt eingeweicht in der Wanne. Jetzt trage ich eine alte Jeans und einen Pulli, den ich sonst nur im Winter anziehe. So einen aus dicker Wolle, der sich anfühlt wie eine Umarmung. Genau das, was ich jetzt brauche.

Dave sieht aufgedreht aus. Seine Augen sind gerötet und ich vermute, er hat was geraucht. Es ist mir ein Rätsel, wie er es hierher geschafft hat, ohne angehalten zu werden. Na ja, wahrscheinlich hat die Polizei Besseres zu tun, als das West End nach bekifften Autofahrern abzusuchen.

Als Dave Eds Leiche erblickt, sieht er nur hinunter und sagt: »Wow«, wie so ein kalifornischer Surfertyp. »Er ist echt tot?«

»Jepp.«

»Und du hast … ?« Er deutet auf das Messer, das immer noch neben Ed auf dem Boden liegt.

»Ja.«

»Alles okay mit dir?«

Ich zucke die Achseln.

»Warum zum Teufel hast du das getan?« Dave geht um Ed herum und mustert ihn eingehend, als würde er vielleicht etwas entdecken, was ich übersehen habe. Einen Atemzug. Oder eine Bewegung der Hand.

Aber ich weiß, dass Ed sich nicht bewegen wird. Er kann es nicht. Er ist tot.

Und du hast ihn umgebracht, Jen, vergiss das nicht. Du hast ihm ein Messer in den Körper gerammt und nichts unternommen, als er es rausgezogen hat. Was? Erzähl mir nicht, du hättest nicht gewusst, dass das eine richtig schlechte Idee ist.

Dave geht neben der Leiche in die Hocke. Er hat Gummihandschuhe an. »Was hat er gemacht?«

»Warum die Handschuhe?«

»Was hat er gemacht?«

»Warum hast du Handschuhe an?«

»Du hast mich um Hilfe gebeten«, sagt er. »Ich dachte, das wäre angebracht.«

»Wieso?«

»Hast du vor, die Polizei zu rufen?«

Ich antworte nicht.

Er nickt. »Dachte ich mir.«

»Ich dachte, du würdest …«

»Was hat er gemacht?«

»Er war im Wandschrank«, sage ich.

»Was?«

»Er war im Wandschrank. Er ist hier eingebrochen. Na ja … er hatte noch den Schlüssel. Ich hab vergessen, ihn mir zurückgeben zu lassen. Aber er wusste, dass er hier nichts mehr zu suchen hatte. Ich hab ihm gesagt, er soll verschwinden. Dann ist das doch ein Einbruch, oder?«

»Wann hast du vergessen, dir den Schlüssel zurückgeben zu lassen? Ich meine, wie lange ist das her?«

»Heute Morgen.«

»Hä?«

»Als ich Schluss gemacht habe.«

»Ah.«

Dave wirkt erstaunlich ruhig. Liegt wohl zum Teil an den Drogen. Er ist einer von denen, die mehr oder weniger immer high sind. Aber zum Teil liegt es auch daran, dass Dave einfach ist, wie er ist. Er ist die lebende Definition von *stoned*. Er lebt für sein Gras. Einer der Gründe, weshalb er gerne mit Ed zusammengewohnt hat: Ed war Daves Quelle. Mehr war er aber offenbar nicht, wenn Dave schon mit Gummihandschuhen anrückt.

Hat er womöglich eine Säge im Kofferraum?

Im ersten Moment finde ich die Vorstellung komisch, doch dann überläuft mich ein kalter Schauer.

Dave blickt zu mir hoch. Er beißt sich auf die Unterlippe und zieht die Stirn kraus. Er sieht aus, als wollte er etwas sagen, doch dann scheint er seine Meinung zu ändern.

»Ich will einfach nur, dass das hier vorbei ist«, sage ich. »Wenn ich die Polizei rufe, glaubt mir keiner, dass es ein Unfall war. Nach allem, was zwischen Ed und mir war, weiß ich, was die Leute sagen würden, wenn die Polizei sie fragt, und ich kann's nicht beweisen.«

»Es war aber ein Unfall, oder?«

»Ja«, sage ich. »Ja, natürlich.«

»Okay.« Er steht auf, sieht zum Wandschrank. Die Tür steht immer noch offen und das Licht ist noch an. Dave steigt über Eds Leiche und geht zum Schrank. »Er war hier drin?«

»Ja.«

Er sagt erst mal nichts weiter, steht nur da und sieht sich um, als würde ihm gleich einfallen, warum Ed sich im Wandschrank versteckt hat.

»Komm mal her«, sagt er dann.

Ich stelle mich neben ihn. Eds Leiche liegt jetzt hinter uns. Ein Teil von meinem Gehirn stellt sich vor, wie er sich auf einmal bewegt, aufsteht und die Hände nach uns ausstreckt, um uns den Hals umzudrehen, als Rache für das, was wir ihm angetan haben.

Wir?

Ich.

Mir dreht sich der Magen um. Ich schlucke, um mich nicht zu übergeben. Dann fällt mir etwas ein, das ich mal in einem Thriller gelesen habe. Vielleicht von Patricia Cornwell. Dass Lächeln gegen den Würgereflex hilft. Was ich veranstalte, ist wohl eher eine Grimasse, eine Art Placebo, aber es funktioniert.

»Was siehst du?«

Ich blicke mich um. »Müll.« Eine traurige Beschreibung für Dinge, die mich an diverse Zeiten in meinem Leben erinnern. Alte Schuhe, sogar alte Drucker und Computer, von denen ich nicht wusste, was ich damit machen sollte. Mehrere Kartons mit Fotos aus der Zeit, bevor ich angefangen habe, alles digital zu fotografieren und auf Facebook hochzuladen.

»Irgendwas Ungewöhnliches?«

»Ich …« Ich glaube nicht. Bis mein Blick auf zwei ledernen Sporttaschen landet, die definitiv nicht mir gehören. Sie sind alt, mit einem Logo von Head, und das Leder ist abgewetzt und brüchig.

»Die da kenne ich nicht.«

Dave nickt. Greift nach den Taschen. Hebt sie hoch, um ihr Gewicht zu prüfen. Dann nimmt er sie, steigt erneut über Eds Leiche und trägt sie ins Wohnzimmer. Plötzlich sieht er nicht mehr wie der harmlose Kiffer aus, den ich zu kennen glaubte. Da ist ein Ernst, eine Zielstrebigkeit, die ich bei ihm nie vermutet hätte.

Ich folge ihm. Alles fühlt sich irgendwie an wie im Traum, als würden meine Füße den Boden nicht berühren, als wäre mein Körper gar nicht richtig hier.

Wir setzen uns aufs Sofa.

Dave öffnet die Taschen nicht sofort, sondern schaltet erst mal den Fernseher an und klickt sich zum Nachrichtensender von BBC durch. »Wenn ich was hasse«, sagt er, »dann ist es Stille.«

Es juckt mich, etwas zu entgegnen wie: »Selbst wenn im Flur eine Leiche liegt?«, doch der Scherz bleibt mir Hals stecken. Ich glaube, ich möchte nie wieder sprechen. Ich will ins Bett kriechen, mir die Decke über den Kopf ziehen. Wie Ebenezer Scrooge, als ihm Marleys Geist erscheint, will ich, dass das alles nur eine Halluzination ist, ausgelöst durch das Essen von Käse vor dem Schlafengehen.

Aber das hier ist keine Halluzination.

Es ist wirklich passiert. Ich kann dem nicht entkommen. Auch wenn ich mich in die Arme kneife, bis sie lauter blaue Flecken haben, werde ich nicht aufwachen.

Dave nimmt die erste Tasche, zieht den Reißverschluss auf und kippt den Inhalt auf den Fußboden. Mit einem dumpfen Poltern landen lauter Bündel auf den Dielen. Zum Glück steht die Wohnung unter mir momentan leer. Bei dem ganzen Lärm heute Nacht wäre sonst schon längst die Polizei hier.

»Heilige Scheiße«, sagt er.

»Allerdings.«

Was soll ich sonst sagen?

Die Bündel sind Geldscheine. Fest zusammengewickelt. Hundert-Pfund-Scheine sind mir bisher nur selten begegnet. In den Läden will sie keiner annehmen, weil sie oft gefälscht sind. So viele auf einmal habe ich noch nie gesehen.

Ich hebe eines davon hoch.

»Was ist das?«

»Wonach sieht's denn aus?«

»Ich meine, woher kommen die?«

Dave nickt wissend. »Ich wusste, dass Ed Geld hatte«, sagt er. »Eine Menge Geld, das ihm nicht gehörte. Er hat es hier versteckt. Wahrscheinlich dachte er, dass du nie in den Schrank gucken würdest.«

»Das ist so was wie meine private Müllkippe. Ich will da schon seit einer Ewigkeit mal ausmisten, aber …« Ich denke daran, wie meine Mum und ich nach dem Tod von meinem Dad beschlossen, den Dachboden aufzuräumen, wo er alles Mögliche gelagert hatte, von dem er meinte, dass man es irgendwann noch mal gebrauchen könnte. Das meiste von dem Zeug war völlig wertlos. Aber vielleicht habe ich das ja von ihm geerbt, diese Unfähigkeit, irgendetwas wegzuwerfen.

Selbst alte Klamotten, die mir nicht mehr passen, landen im Wandschrank. Nur für den Fall …

»Und dann hast du ihn ausgemistet.«

Ich sehe Dave an. Er sieht mich auch an und überlegt ganz offensichtlich, wie er mir klarmachen kann, was er meint. »Du hast ihn in die Wüste geschickt«, sagt er, »und da war ihm klar, dass er die Taschen nicht hier lassen konnte.«

»Also hat er gewartet, bis ich weg war …«

»Und dann ist er hergekommen, um sie zu holen.«

»Nur dass ich ihn dabei überrascht habe.«

»Ende der Geschichte.«

Ich starre auf die vielen Bündel.

Dave leert die zweite Tasche.

Diesmal ist es kein Geld.

Trotzdem macht der Inhalt eine Menge Krach, als er auf dem Boden landet.

»Mich laust der Affe«, sagt Dave nach einem Augenblick andächtigen Schweigens.

8

Geld und Drogen.

Ich hatte keine Ahnung. Ehrlich. Nicht die geringste. Mir war zwar klar, dass er gedealt hat, aber ich hätte nie gedacht, dass er mich da mit reinzieht. Noch dazu ohne mein Wissen.

Wie lange hat er das Zeug schon in meiner Wohnung gebunkert? Hatte er vor, mir je was davon zu sagen?

Das Geld macht mich richtig sauer. Ed hat immer so getan, als wäre er abgebrannt und könnte es sich kaum leisten, auszugehen oder sich ein Taxi zu nehmen, um zu mir zu kommen. Manchmal hat er angerufen, er wäre komplett pleite, und ich dumme Nuss bin mit ein paar Supermarkttüten zu ihm gefahren und habe sogar noch für ihn und Dave gekocht.

Dave hat wirklich kein Geld, das weiß ich. Er gibt alles, was er hat, für Dope aus und denkt selten weiter als bis zum nächsten Joint.

So viel Geld.

Meine Güte.

»Was glaubst du, wie viel das ist?« Wir haben alle Bündel ordentlich aufeinandergestapelt. Die Drogen liegen immer noch auf dem Boden verstreut. Ich bemühe mich, nicht daran zu denken.

»Keine Ahnung«, sagt Dave. »Vielleicht so sechzig- oder siebzigtausend.« Er wirkt ungewöhnlich konzentriert. Statt des gemütlichen Kiffers sitzt da plötzlich jemand, der alles mit einer geradezu beunruhigenden Ehrfurcht und Aufmerksamkeit mustert. Sein Blick ist klar, jede Bewegung gezielt.

»Echt?«

Er sieht zu den Drogen. »Vielleicht sogar ’ne Million … Wenn wir einrechnen, was wir kriegen, wenn wir das da …« Er beendet den Satz nicht. Er weiß, was ich von Drogen halte. Auch von den sogenannten weichen. Er versucht es immer wieder mal mit dem alten Argument, das wäre ja dasselbe wie Alkohol, aber das zieht bei mir nicht. Es ist nicht dasselbe. Kann es gar nicht sein.

Ich mache es ihm so leicht wie möglich. »Wenn wir das da verkaufen.«

»Ja.«

Ich nicke. Dann stehe ich auf. »Und was machen wir mit …?« Ich bringe es nicht mal über mich, seinen Namen auszusprechen. »Ich meine, sollen wir die Polizei rufen?«

»Du hast mich angerufen.«

»Und?«

»Und nicht die Polizei.«

»Ich hab dir doch gesagt, ich konnte nicht klar denken.«

»Und jetzt?«

»Ich weiß nicht.«

Er nickt. Lehnt sich im Sofa zurück und atmet aus. »Ich könnte ein bisschen Nachschub vertragen.«

»Meine Wohnung, meine Regeln.«

»Schon klar.« Er deutet mit dem Kopf Richtung Ed. »Ich sehe ja, was passiert, wenn ein Mann dagegen verstößt.«

Die Beiläufigkeit seiner Bemerkung gibt mir den Rest. Meine Beine geben nach, und ich sacke zusammen. Tränen laufen mir übers Gesicht. Ich habe das Gefühl, aus meinem Körper rauszuschweben, so als würde ich ihn aus einigem Abstand von hinten sehen. Die Welt ist instabil, als bestünde alles aus schmelzender Eiscreme.

Dave fängt mich auf, bevor ich auf dem Boden lande. Es ist tröstlich, von ihm gehalten zu werden. Er riecht ein wenig. Ein bisschen nach Schweiß, aber nicht unangenehm. Erinnert mich aus irgendeinem Grund an meinen Dad. Er hält mich fest, damit ich nicht wieder zusammensacke.

»Tut mir leid«, sagt er. »Tut mir leid.«

Er wartet, bis meine Beine wieder funktionieren, und führt mich dann an Ed vorbei, wobei er dafür sorgt, dass ich ihn nicht sehe. »Ich kümmere mich darum«, sagt er. »Ich kümmere mich um alles.«

Er bringt mich ins Schlafzimmer.

Ich lege mich ins Bett.

Schließe die Augen.

Bei Dave bin ich sicher.

Bei Dave bin ich sicher.

Als ich aufwache, schaue ich auf den Wecker. Die grünen Zahlen zeigen 09:43 an.

Ich strecke mich und denke, vielleicht war alles nur ein böser Traum. Aber ich will es gar nicht wissen. Ich bleibe noch eine Weile unter der Decke liegen, denn wenn ich mich nicht rühre, dann brauche ich auch nicht nachzusehen, was letzte Nacht wirklich passiert ist.

Ich rieche gebratenen Speck.

Wieso rieche ich gebratenen Speck?

Die Tür knarzt. Dave steckt den Kopf herein. »Ich hab Frühstück gemacht.«

Frühstück?

Er sieht meinen Gesichtsausdruck und lächelt. »Keine Sorge«, sagt er. »Alles in Ordnung.«

Da ist keine Leiche.

Da ist keine Leiche.

Dave ist in der Küche. Gebratener Speck und Kaffee. Brutzelndes Fett in der Pfanne. Ganz häuslich und normal. Wenn ich es nicht besser wüsste, würde ich denken, Dave tut so, als hätten wir die Nacht zusammen verbracht.

Aber ich sehe nirgends eine Leiche.

Da ist nicht mal ein Fleck auf den Dielen.

Ich ziehe meinen Morgenmantel an und gehe in die Küche. Dave dreht sich um und sagt: »Setz dich.« Nicht direkt ein Befehl, aber nahe dran. Er ist ein sanfter Riese. Und ich weiß nicht, ob er überhaupt geschlafen hat.

Ich setze mich. Sage nichts. Er wendet sich wieder dem Gebrutzel in der Pfanne zu.

Dann serviert er mir den Speck auf mehligen weißen Brötchen und sagt: »Du musst was essen.«

»Ja.«

»Es war kein Traum.«

Ich nicke.

»Ed ist tot.«

Die Worte klingen irgendwie unwirklich. Da kommt nichts. Keine Schuldgefühle, kein plötzliches Bild von dem Blick in Eds Augen, als er begriff, dass er mein Messer im Bauch hatte. Alles, was ich spüre, ist ein kleiner tauber Fleck, wo mein Herz sein sollte.

Ich weiß nicht, ob das gut ist oder schlecht.

Hätte ich die Polizei rufen sollen?

Wo ist Ed?

Wenn er tot ist, wo ist er dann?

Dave reicht mir die Tomatensauce und ich drücke sie auf den Speck.

»Du behältst die Kohle«, sagt er. »Ich nehme den Stoff.« Es klingt ein bisschen seltsam, wie ein Satz aus einem Film, nicht wie irgendwas, das jemand im normalen Leben sagt.

»Mach damit, was du willst«, erwidere ich. Meine Stimme klingt tonlos, wie nach einer Erkältung.

Grinsend setzt er sich ans andere Ende des Tisches und sieht mich an. »Oh, ich weiß, was du denkst. Dass ich mir das alles selber reinziehe. Nee. Das harte Zeug ist nichts für mich. Aber ich kann's bestimmt verkaufen.«

»Was ist, wenn jemand danach sucht?«

»Wer denn? Wenn Ed bei jemandem in der Kreide stand oder

nicht geliefert hat, weiß doch keiner, dass das Zeug hier war. Das hier war sein Versteck, oder? Also ist er davon ausgegangen, dass hier keiner danach sucht.«

»Nicht mal ich.« Nichts von alldem fühlt sich richtig an. Vielleicht geht es mir ja besser, wenn ich den Speck esse.

»Und wem auch immer das Geld gehört, der denkt jetzt bestimmt, Ed ist damit verschwunden, und sucht ihn überall, aber ganz sicher nicht hier.«

»Er ist nicht verschwunden.« Doch, ist er. Wo ist die Leiche? Wo ist Ed?

»Aber bald.«

»Und wo ist er jetzt?«

Mir wird übel. Gleich kommt der Speck wieder hoch. Ich zwinge mich, ihn unten zu behalten. So weit werde ich mich nicht erniedrigen.

Dave atmet hörbar durch die Zähne ein und gibt dann ein leises Pfeifen von sich. Offensichtlich ist ihm nicht ganz wohl bei der Frage. »Hör mal, vielleicht …«

»Was hast du mit der Leiche gemacht?«

»Die ist bei mir im Kofferraum.«

»Oh.« Dave hat einen Mini. »Das dürfte aber ganz schön eng sein.« Die Worte stammen von mir, aber es fühlt sich so an, als hätte sie jemand anders gesagt, der genauso klingt wie ich. Die Stimme ist ruhig. Gefasst. Geradezu sachlich. Eigentlich sollte ich jetzt durchdrehen und schreiend durch die Küche rennen, stattdessen mache ich flapsige Bemerkungen.

»Ist einfacher, wenn man sie auseinandernimmt.«

»Was?«

»Während du geschlafen hast, habe ich getan, was getan werden musste.«

Ich lege das Speckbrötchen weg. »Großer Gott.« Schock. Es muss der Schock sein.

»Letzte Nacht waren wir uns einig, dass es keine gute Idee ist, die Polizei zu rufen.«

»Ja, aber …«

»Aber wenn du die Polizei nicht rufst, kannst du nicht einfach eine Leiche bei dir im Flur rumliegen lassen, die irgendwann höllisch anfängt zu stinken. Du warst völlig neben der Kappe. Jemand musste nachdenken und eine Entscheidung treffen.«

»O Gott.«

Dave fragt: »Arbeitest du heute?«

»Nein. Nein, ich hab frei.«

»Dann machen wir einen Ausflug.«

»Wohin?«

»Ich dachte mir, zum Loch Lomond.«

»Oh.«

»Zu einem hübschen, abgeschiedenen Plätzchen am Ufer.«

»Aha.«

»Ein paar Steine, ein kleiner Schubs, und keiner wird je was davon erfahren.«

»Bist du sicher?«

»Außer den Fischen. Die könnten was mitkriegen. Aber wem sollten sie es erzählen?«

Ich kann nur nicken, als wäre ich mit allem einverstanden, was er sagt. Vielleicht schlafe ich noch. Vielleicht träume ich noch. Das alles kann nicht wirklich passieren.

»Komm schon«, sagt er. »Iss deinen Speck auf. Und heute Nachmittag vielleicht ein bisschen Shoppingtherapie? Damit du den Kopf klar kriegst. Begreifst, dass es nur auf diese Weise laufen konnte. Und mach dir keine Gedanken darüber, was du kaufst. Ist ja nicht so, als hättest du kein Geld, oder?«

Er lächelt.

Ich nicht.

Vielleicht ist ja alles wieder in Ordnung, wenn ich die Leiche losgeworden bin. Vielleicht schaffe ich sogar, das alles zu vergessen.

Tja, gibt wohl nur einen Weg, das rauszufinden.

9

Wir machen uns bereit, zum See zu fahren. Ich ziehe irgendwas über, ohne darüber nachzudenken, wie ich aussehe. Schminken tue ich mich nicht. Wozu auch? Dave sieht mich an, zuckt die Achseln und sagt nur: »Na, dann.«

Als wir bei seinem Auto ankommen, bitte ich ihn, den Kofferraum zu öffnen. Muss ich es wirklich sehen? Er schüttelt den Kopf. »Spinnst du? Doch nicht hier.«

Ich will schon widersprechen, aber dann blicke ich auf. Ich sehe die Fenster überall um uns herum, auf beiden Seiten der Straße. Ich bemerke die Sonne. Die Leute, die vorbeigehen und keine Ahnung haben, was letzte Nacht passiert ist, deren Leben weiterläuft wie immer, mit den üblichen Alltäglichkeiten, den üblichen Sorgen um Arbeit, Geld, Familie.

Dann denke ich daran, was im Kofferraum ist.

Kleine Plastikbündel mit blutigem Fleisch.

Ich steige auf der Beifahrerseite ein und warte darauf, dass er sich ans Steuer setzt. »Entspann dich«, sagt er. »Es könnte schlimmer sein.«

»Wie das?«

»Du könntest auf dem Weg ins Gefängnis sein.«

Stimmt auch wieder.

Während wir die Hyndland Road runter und auf die Great Western Road fahren, lehne ich das Gesicht an die Seitenscheibe und sehe zu, wie die Welt an mir vorüberzieht. Auf der Anlage läuft eine Playlist mit Songs aus den Sechzigern. Größtenteils Kiffermusik. Irgendwas von wegen *bogarting a joint*, das aus dem Soundtrack von *Easy Rider* stammt, wie er mir erklärt. Als ob mich das interessiert. Als ob ich den Film je gesehen hätte.

Draußen zieht die Stadt vorbei.

Wir fahren auf die Autobahn. Ich starre hinaus auf die Landschaft.

»Die Zähne«, sage ich.

»Was?«

Ich muss dauernd darüber nachdenken, wie er die Leiche in den Kofferraum gekriegt hat. »Die Zähne. Man kann jemanden anhand seiner Zähne identifizieren. Ich weiß, wahrscheinlich verschwindet er einfach, aber falls ihn doch jemand findet …«

»Ich weiß, was ich tue.«

»Ach ja? Wie viele Leichen hast du denn schon entsorgt?«

»Noch keine. Aber es gibt ja Google.«

Ich lache. Ein wenig zu laut.

Er nicht.

Irgendwann schlafe ich ein. Als ich aufwache, tut mir die eine Kopfseite weh und ich begreife, dass ich die ganze Zeit über gegen die Scheibe gestoßen bin.

Wir sind rundum von Bäumen umgeben. Dicke Stämme und Äste und jede Menge Blätter, die den Himmel verdecken. Die Straße, auf der wir fahren, ist kaum mehr als ein Feldweg und der Schotter knirscht unter den Reifen.

»Wohin fahren wir?«

»Zu einer Stelle, die ich kenne.«

»Aha.«

Ich recke mich. Sehe rüber zu Dave. Seine Augen sind knallrot und ich denke, er könnte Augentropfen gebrauchen. Wie lange ist es jetzt her, seit er den letzten Joint geraucht hat? Ich glaube, ich habe noch nie erlebt, dass er länger als ein paar Minuten Pause gemacht hat.

»Hast du überhaupt geschlafen?«

»Ich schlafe nicht«, sagt er.

»Jeder Mensch schläft.«

»Manchmal mache ich ein Nickerchen.«

»Ach ja?«

»Ist reine Zeitverschwendung.«

Beinahe muss ich lachen. Das sagt ausgerechnet Dave, der den größten Teil seines Lebens damit verbringt, zwischen zwei Joints auf seiner Xbox *Grand Theft Auto* zu spielen.

Wir fahren immer noch. Ab und zu gibt es Lücken zwischen den Bäumen und ich sehe, dass links von uns der Fluss ist. Bisher ist uns kein anderes Auto begegnet. Falls uns jemand entgegenkommt, müssen wir vom Weg runter, um ihn vorbeizulassen.

»Was ist, wenn jemand kommt?«, frage ich.

»Hier kommt keiner her«, sagt er. »Oder jedenfalls nicht so oft, dass wir uns Sorgen machen müssten.«

Bei mir im Fußraum ist eine Plastiktüte. Die war vorher nicht da. Wahrscheinlich ist sie unter dem Sitz durchgerutscht. Eine kleine Plastiktüte, oben zugeknotet. Neugierig greife ich danach. Da ist eine rote Flüssigkeit drin und …

Ich lasse die Tüte fallen.

»Scheiße«, sagt Dave. »Die hatte ich ganz vergessen.«

»Was … ?«

»Du hast doch nach den Zähnen gefragt«, sagt er.

Die Tüte liegt jetzt zwischen meinen Füßen. Ich starre sie an.

»Ein paar Fingerspitzen müssten auch da drin sein.«

»Was zum …?«

»Hör mal, ich hab dir gesagt, ich regel das. Die Tüte entsorgen wir woanders, sobald wir den Rest von ihm ins Wasser geworfen haben.«

»O Gott.«

»Denk nicht darüber nach, Jen«, sagt er. »Ist besser so, denn du weißt, dass du ihn umgebracht hast. Wir stecken da beide mit drin.«

Ich sehe zu ihm hinüber. Er konzentriert sich aufs Fahren, aber ich frage mich doch, warum er solche Mühen auf sich nimmt, um mir zu helfen. Was habe ich je für ihn getan?

Schließlich halten wir an einer Stelle, die etwas oberhalb des Sees liegt. Wir steigen aus, schließen das Auto ab und schlagen uns zwischen Bäumen und Gestrüpp hindurch bis zum Ufer. Es ist windstill und das Wasser sieht aus wie eine feste Fläche: ein riesiger Spiegel, der den Himmel reflektiert.

Ich blicke nach unten.

»Hier ist es tief«, sagt Dave.

»Aha.«

»Wir schmeißen ihn rein und verschwinden. Ich habe dafür gesorgt, dass die Tüten untergehen.«

»Okay.«

»Er kommt nicht wieder hoch.«

Ich schaue aufs Wasser. So ruhig. So friedlich.

Dave legt mir die Hand auf die Schulter. »Es war nicht deine Schuld«, sagt er. »Du hast nichts falsch gemacht. Was wir hier tun, ist bloß die Verhinderung eines Justizirrtums.«

Ich sehe ihn an. »Auf die Idee wär ich nie gekommen.«

Er lächelt. »Also los«, sagt er. »Wir haben noch einiges vor uns.«

10

Als ich die ordentlich verschnürten kleinen Päckchen im Kofferraum sehe, kann ich einfach nicht glauben, dass das Ed sein soll. Erst als ich eine davon in die Hand nehme, spüre, wie das Fleisch unter meinem Griff nachgibt und das Blut durch das schwarze Plastik schwappt.

»Keine Sorge«, sagt Dave. »Alles in Ordnung.«

Stück für Stück tragen wir Ed vom Auto zum Rand des Sees. Die Tüten sind schwerer, als ich dachte, und Dave erklärt mir, dass er Steine mit hineingepackt hat. Ich frage ihn nicht, woher er die hat und wie er überhaupt darauf gekommen ist, die Leiche zu zerteilen und hier zu versenken. Seine Antwort wäre sowieso dieselbe wie immer: *Internet* oder *Google*.

Ich lasse eine Hand hineinfallen. Einen Arm. Etwas, das ein Oberschenkel sein könnte. Die Plastiktüten landen im Wasser und zerstören die makellos glatte Oberfläche. Dann sind sie weg. Verschluckt. Als hätte es sie nie gegeben.

Dave hat die letzte Tüte in der Hand. Selbst mit den Steinen, die die Form verändern, ahne ich, was es ist.

»Ist das …?«

»Der Kopf, ja.«

»Oh.«

Er betrachtet ihn, hält die Tüte im Arm, als wäre es ein Baby. Dann macht er eine Bewegung, als wollte er mir den Kopf anbieten, mir die Möglichkeit geben, diesen letzten Akt selbst zu vollziehen, das letzte Stück von Ed dem Wasser zu übergeben.

Ich winke ab und drehe mich um. Ich sinke auf die Knie und lasse mich ins hohe Gras fallen.

Dave kommt zu mir, hockt sich neben mich. »Es ist vorbei«, sagt er. »Alles erledigt.«

Als wir wieder vor meinem Haus sind, sage ich zu Dave, dass er mich nicht raufbegleiten muss. Er will etwas einwenden, doch ich steige aus und knalle die Beifahrertür zu, um ihm klarzumachen, dass ich nicht weiter mit ihm reden will. Immerhin versteht er den Wink und fährt weg.

Ich sehe ihm von der Haustür aus nach, bis er an der Kreuzung abbiegt, dann gehe ich hinein.

Ich schleppe mich die Treppe hinauf und werde mit jedem Schritt müder. In meinem Magen ist ein Klumpen, der mich an die Steine erinnert, mit denen die Teile von Ed im See versunken sind.

Meine Wohnungstür ist zu. Und abgeschlossen. Ich vergewissere mich zweimal, bevor ich vorsichtig aufschließe.

Drinnen schaue ich zuerst in den Wandschrank und in jedes Zimmer. Dann gehe ich in die Küche, drehe den Hahn auf und trinke mehrere Gläser Wasser. Anschließend wanke ich ins Schlafzimmer und lasse mich aufs Bett fallen.

Ich schließe die Augen.

Es gibt keine Lücke zwischen Wachsein und Schlafen.

Und es gibt auch keine Träume.

Als ich irgendwann wieder aufwache, ist mein erster Gedanke: Es ist vorbei.

Doch das stimmt nicht. Es fängt gerade erst an.

11

Das Klingeln des Telefons weckt mich. Laut und beharrlich.

Ich rappele mich hoch, schlurfe in den Flur und greife nach dem Hörer. »Hallo?«

»Jen, wo zum Teufel steckst du?«

»Was?« Ich kriege kaum die Augen auf. Ich blinzele ein paarmal, bis ich halbwegs scharf sehen kann.

»Wo. Zum. Teufel. Steckst. Du?« Caroline. Wütend. Drängend.

»Zu Hause. Sonst wär ich ja nicht am Telefon.«

»Du solltest aber hier sein.«

»Wieso, es ist doch … « Mein Blick fällt auf die Uhr am Backofen. Es ist erstaunlich hell, dafür, dass es spätabends ist.

Mein Gehirn schaltet sich ein. Es ist nicht spätabends. Ich habe bis zum nächsten Morgen durchgeschlafen. »Ach, du Scheiße.«

»Allerdings. Robin ist auf dem Kriegspfad.«

»Glaube ich sofort.«

»Suzy hat ihn angerufen, als du nicht aufgekreuzt bist.«

»Verstehe.«

»Er ist echt sauer.«

»Verstehe.«

»Bist du krank?«

»Ich komme.«

»Ich kann sagen, dass du krank bist.«

»Ich komme.« Dave hat gesagt: Verhalte dich völlig normal. Der Kerl hat eine Menge Stuss geredet, aber damit hatte er ausnahmsweise mal recht. Trotz der ganzen Geldbündel in meinem Schrank muss ich so tun, als wäre alles wie immer.

Was bedeutet, ich muss zur Arbeit gehen.

Ich lege auf und ziehe mich an, so schnell ich kann. Im Rauslaufen schicke ich Robin eine SMS. Wahrscheinlich guckt er gar nicht auf sein privates Handy, aber zumindest kann er hinterher nicht behaupten, ich hätte mich nicht gemeldet.

Als ich im Laden ankomme, fühle ich mich, als hätte ich einen Marathon hinter mir. Zehn Minuten mit der U-Bahn und noch mal zehn Minuten Sprint. Vielleicht bin ich doch nicht so fit, wie ich dachte. Vielleicht liegt es auch nur daran, dass ich so abrupt aus dem Schlaf gerissen worden bin. Mir ist schwummrig, als könnte ich jeden Moment umkippen. In Anbetracht dessen, wie lange ich geschlafen habe, kann es nicht einfach nur Müdigkeit sein.

Nachdem ich mich vergewissert habe, dass Robin nicht im Verkaufsraum ist, schleiche ich mich so unauffällig wie möglich hinein. Caroline, die an der Hauptkasse steht, sagt mir, dass er unten im Tresorraum ist. »Alles okay?«, fragt sie. »Du siehst ganz schön angeschlagen aus.«

»Keine Sorge. Mir geht's gut.«

Ich gehe nach unten. Unter dem Laden befindet sich ein regelrechter Kaninchenbau aus Gängen. Ganz hinten liegt der Mitarbeiterraum. Man muss an sämtlichen anderen Räumen vorbei, um dorthin zu kommen. Und es ist fast unmöglich, an irgendeinem Raum vorbeizugehen, ohne dass einen jemand bemerkt. Trotzdem versuche ich, so leise wie nur möglich am Tresorraum vorbeizuhuschen, und hoffe inständig, dass Robin mich nicht hört.

Von wegen. Der Kerl hat Ohren wie eine verdammte Fledermaus.

»Jen? Kommst du bitte mal kurz rein?«

Ich mache mich auf etwas gefasst und öffne die Tür. Sie ist unverschlossen. Robin schließt sie nur ab, wenn der Tresor geöffnet ist. Jetzt überprüft er lediglich irgendwelche

Ausdrucke. Er liebt Ausdrucke. In seinem Kopf besteht die Welt nur aus Zahlen und Tabellen und Statistiken.

»Du bist zu spät«, sagt er, als ich eintrete. Er sitzt nicht an seinem Schreibtisch, sondern steht neben dem Drucker. Er sitzt überhaupt nur selten. Wahrscheinlich hat er Angst, dass es seine Produktivität mindern könnte.

»Tut mir leid.«

»Das sieht dir gar nicht ähnlich.«

»Ich hatte ein paar harte Tage.« Als ob ihn das interessiert.

Er sieht mich mit schräg gelegtem Kopf an. Ich spüre förmlich, wie sein Gehirn nach der besten Reaktion sucht. Er hat in den letzten Monaten an einem vorgeschriebenen Sensitivitätstraining teilgenommen und seitdem reagiert er immer leicht verzögert, wenn er mit Leuten zu tun hat, als hätte er Angst, etwas Falsches zu sagen. »Gibt es … etwas, das du mir sagen möchtest?«

»Nein.«

»Ich …«, beginnt er, beendet den Satz aber nicht.

Ich sehe ihn an. »Was?«

Er holt tief Luft. »Nun ja, man kriegt ja ab und zu was mit, und … na ja, wie soll ich sagen … Ich weiß das mit Ed.«

Mir bleibt das Herz stehen. Ich warte darauf, dass zwei Polizisten von hinten kommen und mir die Hand auf die Schulter legen. *Jennifer Carter, ich verhafte Sie wegen des Verdachts der Ermordung und Zerstückelung von Edward …*

Doch nichts passiert.

»Ich weiß, dass du dich von ihm getrennt hast.« In einem Laden wie unserem ist es schwer, ein Geheimnis zu bewahren. Wir sind ein kleines Team. Alles spricht sich herum, selbst wenn keiner was sagt.

»Ach so.«

»Manchmal beeinflussen solche Dinge unsere Arbeit. Das ist nur natürlich.«

»Äh, ja.«

»Was ich damit sagen will, ist, ich bin bereit, ein wenig Nachsicht zu zeigen, da du bisher immer pünktlich warst und ausgezeichnete Arbeit geleistet hast. Vor allem Weihnachten, als du so flexibel warst.«

Flexibel. Ich hab den verdammten Laden quasi allein geschmissen, während unser stellvertretender Chef krank war und Robin in einer anderen Filiale ausgeholfen hat, wo es noch schlimmer war als bei uns.

Aber das werde ich jetzt natürlich nicht sagen.

»Wenn du dir ein paar Tage frei nehmen willst …«

»Nein«, sage ich. »Es wird nicht wieder vorkommen. Ich will arbeiten.«

»Okay«, sagt er ganz sanft, als hätte er Angst, wenn er zu schnell oder zu laut spricht, könnte irgendwo eine Bombe hochgehen. »Aber falls du irgendwas brauchst, sag es mir einfach.«

»Ja, klar. Mache ich.« Ich will nur noch hier weg und mir irgendeine hirnlose Tätigkeit suchen, die mich ablenkt und mir das Gefühl gibt, dass die Welt nicht komplett aus den Fugen geraten ist.

Als unsere Schicht zu Ende ist, fragt Caroline, ob wir zusammen zur U-Bahn gehen. Ich will eigentlich keine Gesellschaft, aber ich weiß, dass ich mich möglichst normal verhalten muss. Also sage ich: Klar, warum nicht?

»Und was war jetzt? Hast du einfach verschlafen?«

Wir machen uns auf den Weg zur Station St. Enoch. Ungefähr zehn Minuten vom Laden aus. Auf der Argyle Street ist viel los, wie immer. In der Fußgängerzone sind lauter Essensstände aufgebaut. Es riecht nach Bratwurst und Paella, was zumindest den Gestank der Abgase halbwegs überdeckt. Eine angeblich peruanische Band spielt auf Panflöten, zu blecherner Begleitmusik aus dem Ghettoblaster.

»So was kommt vor.«

»Aber nicht bei dir.«

Ich gehe so flott, wie ich kann. Wir schlängeln uns zwischen den Passanten hindurch. Caroline hat Mühe, mit mir Schritt zu halten. Am liebsten würde ich ihr sagen, sie soll verschwinden, aber ich weiß ja, dass sie sich nur Sorgen macht.

Mann, wenn die wüsste.

»Tja, die letzten paar Tage …«

»So betrunken warst du doch nicht, oder? Zwei Tage Kater?« Sie lacht. »Meine Güte!«

Ich lächle und nicke, als hätte sie mich erwischt. »Ich hab mir zu Hause noch ein bisschen Bacardi genehmigt. Ich fand irgendwie, dass die Party zu früh vorbei war. Na ja, und dann …«

»Ich kann's mir denken.« Sie schüttelt den Kopf. »Ich sag dir, dieser Kellner mit dem Knackarsch …«

In der U-Bahn-Station gehe ich mit meiner Smartcard durch die Schranke und warte auf Caroline, die es immer noch nicht geschafft hat, sich auch eine anzuschaffen. Sie zahlt immer noch jeden Tag den normalen Fahrpreis.

Wir gehen runter zum Bahnsteig und warten auf den kleinen orangenen Zug. Als er anrollt, verspüre ich plötzlich den verrückten Drang, zum Tunneleingang zu laufen und mich auf die Gleise zu werfen. Obwohl, die Glasgower U-Bahnen sehen im Vergleich zu denen in London, Paris oder New York so mickrig aus, dass ich mich frage, ob sie mir überhaupt großen Schaden zufügen würden.

Na ja, es würde vermutlich reichen.

Aber damit würde ich alle Leute aufhalten, die darauf warten, nach Hause zu kommen.

Höflichkeit kann manchmal echt nervig sein.

Caroline steigt eine Station vor mir aus. Ich sage ihr, dass ich morgen pünktlich sein werde, und sie lacht. Dann sagt sie noch: »Gib ihm nicht noch mal eine Chance. Selbst wenn er angebettelt kommt.«

Ich nicke nur.

Und kämpfe gegen den Lachreiz an, der in mir aufsteigt.

Eine ganze Gruppe von Leuten steigt ein. Obwohl es genug freie Plätze gibt, lässt sich so ein alter Knacker direkt neben mir nieder. Er sieht mich an, während er sich setzt. Ich denke bei mir, dass er ruhig ein bisschen Abstand halten könnte. Das gehört sich doch wohl so. Aber nein, er drückt sich so eng an mich dran, als wäre der Wagen rappelvoll.

Mit einem Ruck fährt die Bahn los. Alle schwanken. Die Hand des alten Mannes streift meinen Oberschenkel.

Und bleibt da liegen.

Ich sehe ihn an.

Er erwidert den Blick. Seine grauen Augen unter der Schirmmütze sind klar. Er weiß, was er tut.

»Nehmen Sie die Hand von meinem Bein.«

»Sorry, Süße. War keine Absicht.«

»Nehmen Sie die Hand von meinem Bein.« An jedem anderen Tag wäre ich aufgestanden und weggegangen, als wäre das Ganze meine Schuld. Oder falls ich gerade nicht gut drauf wäre, hätte ich es einfach über mich ergehen lassen und darum gebetet, dass es bald vorbei ist. Aber nicht heute.

»Nehmen Sie Ihre verdammte Hand von meinem Bein«, sage ich, ohne den Blick abzuwenden. In seiner Miene liegt ein leises Zögern, als hätte er plötzlich etwas in meinen Augen entdeckt, womit er nicht gerechnet hat. Er greift nach einer der Festhaltestangen, zieht sich hoch und schlurft davon. Brummelt leise etwas. Definitiv ein Wort mit »F«.

Mir gegenüber sitzt eine Frau um die fünfzig. Ihr blondes Haar ist von Grau durchzogen und sie hat tiefe Falten im Gesicht. Sie lächelt mir zu. »Gut gemacht«, sagt sie. »Jemand muss diesen Mistkerlen ja mal zeigen, wo der Hammer hängt.«

Ich lächle nur zurück.

Was sollte ich sonst tun?

Im Lauf der nächsten Tage kehrt wieder normaler Alltag ein.

Mehr oder weniger.

Ich warte immer noch darauf, dass ich Albträume kriege wegen Ed. Aber das passiert nicht. Ich träume überhaupt nicht. Ist das ungewöhnlich? Ich weiß es nicht. Wie kann ich so ruhig bleiben? Wieso klappe ich nicht zusammen?

Es ist kein Schock.

Es ist etwas anderes. Vielleicht etwas, von dem ich gar nicht wusste, dass es in mir steckt.

Die Kollegen bei der Arbeit sagen, dass ich besser aussehe als seit Langem und dass ich umgänglicher geworden bin. Ich komme besser mit den Kunden zurecht. Ich lasse mich nicht mehr von dummen Fragen oder überheblichen Idioten nerven.

Abends hole ich manchmal das Geld heraus und fange an, es zu zählen. Schein für Schein.

Ich werde nie fertig. Packe es immer vorher weg, als würde ich allein durch die Anerkennung seiner Existenz der Welt verraten, was ich getan habe.

Vier Abende.

Das Leben geht weiter. Nichts passiert. Ich fange an zu denken, dass die alten Sprüche von wegen alles, was wir tun, hat Konsequenzen, Blödsinn sind und dass manchmal etwas geschieht und das Leben geht trotzdem einfach weiter. Der Boden tut sich nicht auf und verschlingt dich.

Dann klopft es an der Tür.

Laut. Selbstbewusst. Auffordernd.

So, wie die Polizei vielleicht klopfen würde. Bevor sie mit dem Rammbock die Tür aufbrechen.

12

Ich mache die Tür auf und vor mir steht ein Mann in einem schwarzen Anzug mit dunklen, grau melierten Haaren und einem Gesicht, das offenbar schon eine Menge schlimme Dinge gesehen hat. Selbst wenn er versuchen würde zu lächeln, würde er wahrscheinlich noch traurig aussehen. Nein, schwermütig. Ich glaube, das trifft es besser.

Hinter ihm ist eine Frau, blond, vielleicht ein paar Jahre jünger als er und mit dem Gesicht einer Grundschullehrerin: weich und sanftmütig, ein Gesicht, dem man sich anvertrauen möchte. Sie trägt ebenfalls einen dunklen Hosenanzug und eine weiße Bluse.

Der Mann zeigt mir seinen Ausweis.

»Detective Inspector Crawford, Police Scotland«, sagt er. »Das ist meine Kollegin, Detective Sergeant Hendricks. Dürfen wir reinkommen?«

Ich übergebe mich beinahe auf seine Schuhe. Aber ich schaffe es irgendwie, ruhig zu bleiben, und sage: »Natürlich.« Meine Stimme klingt ganz heiser vor lauter Anstrengung, mir meinen Schreck nicht anmerken zu lassen.

Ein Rülpser steigt mir in die Kehle. Ich schlucke ihn wieder runter. Obwohl ich den zumindest auf mein Abendessen schieben könnte.

Keiner von beiden legt mir Handschellen an. Stattdessen folgen sie mir ins Wohnzimmer, wo Crawford fragend auf das Sofa deutet. Ich nicke, bleibe aber stehen.

Warum?

Will ich abhauen?

Wohin sollte ich denn abhauen?

Und was würde das bringen?

Alles Quatsch, das mit den Taten, die keine Konsequenzen haben.

»Wir möchten Ihnen nur ein paar Fragen stellen«, sagt er.

»Reine Routine«, fügt Hendricks hinzu.

»Gut«, sage ich. »Hauptsache, Sie sind nicht gekommen, weil ich jemanden umgebracht habe.« Ich lache und verstumme dann sofort wieder.

Super Idee.

Wirklich genial.

Die beiden Detectives wechseln einen Blick.

Mir bleibt das Herz stehen.

Das war's. Leb wohl, Partick. Hallo, Cornton Vale.

»Nein«, sagt Crawford langsam, als wüsste er nicht so recht, wie er reagieren soll.

Mein Herz nimmt das als Erlaubnis, wieder zu schlagen, allerdings dreimal so schnell wie zuvor. Er denkt, es war ein schlechter Scherz, aber immerhin hält er es für einen Scherz.

Hendricks fragt: »Kennen Sie Edward Matthieson?«

Ich schlucke. »Ja, ich … ich kannte ihn.«

»Kannte?«

»Wir waren … Ich meine, er war … Wir haben uns getrennt.«

Hendricks souffliert: »Sie waren ein Paar?«

Ich lächle, dankbar, dass sie mir aus der Patsche hilft. Wir wechseln einen Blick. Sie denkt wahrscheinlich, weibliche Solidarität. Sie weiß nicht, warum ich so froh bin, dass sie mir die Worte in den Mund gelegt hat. Ich war kurz davor, mich zu stellen. Aber das geht jetzt natürlich nicht mehr.

»Ja, leider«, sage ich.

Mein Lächeln ist zu breit. Zu aufgesetzt. Das weiß ich, ohne es zu sehen. Meine Wangen schmerzen vor Anstrengung. Meine Augen sind wahrscheinlich zu weit aufgerissen.

Ich kann nur raten, wie ich auf die beiden Detectives wirke. Durchgeknallt? Oder schuldig?

Mit einem Seufzer frage ich: »Was hat er jetzt wieder angestellt?«

»Das wissen wir nicht«, sagt Hendricks. »Er ist seit ein paar Tagen verschwunden.«

»Ach?«

Crawford sagt: »Er isst jeden Dienstag mit seiner Mutter zu Mittag.«

Ich nicke. Das wusste ich nicht. Komisch, dass man an so was gar nicht denkt. Nur weil Ed nie über seine Familie gesprochen hat, heißt das ja nicht, dass er keine hatte. Wer weiß, vielleicht hat er sogar irgendwo eine Frau und drei Kinder. Seltsamerweise wäre das für mich weniger überraschend gewesen als die Tatsache, dass er eine Mutter hat, obwohl ihn natürlich irgendwer geboren haben muss. Eine Mutter, mit der er jeden Dienstag zu Mittag isst.

»Diese Woche ist er nicht gekommen.«

»Und heute ist Donnerstag«, ergänze ich.

Hendricks nickt. Crawford schweigt. Er ist ein Mann weniger Worte. Irgendwie wirkt er merkwürdig verhalten. Ich glaube, unter der Traurigkeit, die ich vorhin an ihm bemerkt habe, liegt Ärger. Als fände er, dass diese Unterhaltung irgendwie unter seiner Würde ist; als wäre er lieber woanders und würde sich um wichtigere Dinge kümmern.

Ist das eine Art Vorspiel? Genau so laufen in den ganzen Fernsehkrimis die entscheidenden Szenen ab: ein scheinbar harmloses Gespräch, das dann plötzlich zu einer Verhaftung führt. Die Columbo-Methode. Ich muss versuchen, Ruhe zu bewahren. Ich bleibe stehen. Schließlich sind die meisten Leute nervös, wenn die Polizei bei ihnen aufkreuzt, oder? Daran muss ich immer wieder denken, dass die meisten Leute ein schlechtes Gewissen haben, selbst wenn sie völlig unschuldig sind.

»Er gilt offiziell als vermisst«, sagt Hendricks.

»Er ist ein erwachsener Mann.«

»Aber die Umstände sind ungewöhnlich. Seine Bank- und Kreditkarten sind nicht benutzt worden. Sein Mitbewohner weiß nicht, wo er ist …«

»Dave?«

»Ja«, sagt Crawford. »David Miller.«

Hendricks sagt: »Er hat uns Ihre Adresse gegeben. Die Mutter von Mr Matthieson wusste nicht, dass er eine Freundin hatte.«

»Und ich wusste nicht, dass er eine Mutter hat.« Ich merke, was ich gerade gesagt habe. »Ich meine, natürlich wusste ich, dass er eine Mutter hat, ich meine nur …«

Crawford winkt ab. Er macht sich Notizen. Kritzelt in sein kleines Büchlein und blickt nur auf, wenn er etwas zu sagen hat.

Hendricks sagt: »Wir möchten nur wissen, ob Sie eine Idee haben, wo wir ihn finden könnten.«

Crawford fügt hinzu: »Wann haben Sie ihn zuletzt gesehen?«

Ich tue so, als würde ich darüber nachdenken. »Das ist ein paar Tage her«, sage ich. »Fast eine Woche, um genau zu sein.«

»Darf ich fragen, warum Sie die Beziehung beendet haben?«, sagt Hendricks.

Ich hole tief Luft. »Er war … Nun ja, ich möchte eigentlich nichts Schlechtes über ihn sagen, falls ihm etwas passiert ist, aber … er war ein ziemlicher Mistkerl.«

Hendricks lächelt mir verhalten zu. Wir haben alle schon mal eine miese Beziehung gehabt, scheint ihr Blick zu sagen. Obwohl ich Ed eher in eine eigene Kategorie einordnen würde.

Mit einem Blick auf seine Notizen sagt Crawford: »Können Sie das etwas genauer erläutern?«

»Wir passten einfach nicht zusammen«, antworte ich. Dann füge ich hinzu: »Er hat es mit der Treue nicht so genau genommen.«

»Wissen Sie, ob er zum Zeitpunkt der Trennung eine andere hatte?«, hakt Crawford nach.

Hendricks springt ein, um die Frage abzumildern. »Wir wissen, wie schwer es für Sie sein muss, über diese Dinge zu reden.«

»Ich weiß nicht«, sage ich. »Er war nicht der Affären-Typ, mehr die Sorte One-Night-Stand und große Entschuldigung, falls es rauskam. Und da waren noch andere Sachen, ein ganzer Haufen von …« Meine Stimme wird angespannter, ich rede schneller. Ich lasse den Satz unbeendet.

»Tut mir leid«, sagt Crawford ausdruckslos. »Wir müssen das fragen.«

»Ich habe ihm gesagt, er soll gehen«, sage ich. »Und er ist gegangen.«

Die beiden Detectives erheben sich. »Falls Ihnen noch irgendwas einfällt«, sagt Crawford und zieht eine Karte aus seiner Innentasche, »rufen Sie uns an. Ganz egal, wann. Es wird immer jemand da sein, mit dem Sie reden können.« Er klingt, als würde er sich lieber sämtliche Zähne ziehen lassen, als diesen Fall weiter zu untersuchen. Ist mir nur recht. Graben Sie nicht zu tief, Inspector. Machen Sie lieber was Sinnvolleres und lassen Sie mich mit meiner Schuld leben, was bestimmt Strafe genug ist.

»Danke«, sage ich. »Ich hoffe, es geht ihm gut.«

»Davon gehen wir aus«, sagt Hendricks. »Alles, was wir bisher erfahren haben, deutet entgegen den Aussagen seiner Mutter darauf hin, dass er nicht besonders zuverlässig ist. Vielleicht ist er einfach irgendwo versackt.«

»Gut möglich«, sage ich. »Würde zu ihm passen. Schauen Sie doch mal in Massagesalons oder so.« Ich quatsche zu viel. Klinge zu eifrig, zu bemüht, ihnen zu helfen. Schlecht. Ganz schlecht. Die merken so was.

Beim Rausgehen zögert Crawford. Der letzte Teil der Columbo-Technik: die plötzliche Erinnerung an ein wichtiges Detail. »Das ist vielleicht eine unangenehme Frage«, sagt er, »und keine Sorge, Sie bekommen deswegen keinen Ärger. Aber wissen Sie zufällig, ob er Drogen genommen oder vielleicht sogar damit gedealt hat?«

Ich mache ein nachdenkliches Gesicht. »Möglich wär's. Aber nie, wenn ich dabei war.«

Sie gehen durch den Flur.

An der Tür sagt Crawford: »Danke für Ihre Hilfe.« Hendricks sieht mich nur an.

Ich bleibe in der Tür stehen und sehe ihnen nach, während sie die Treppe hinuntergehen. Dann renne ich zurück ins Wohnzimmer und verfolge vom Fenster aus, wie sie die Straße überqueren und in einen dunkelblauen Wagen steigen. Ich versuche, es nicht so aussehen zu lassen, als würde ich sie beobachten, und laufe ein wenig im Wohnzimmer umher, als würde ich etwas suchen. Nur für den Fall, dass sie sich fragen, warum ich aus dem Fenster schaue.

Als ich höre, wie der Motor anspringt, trete ich wieder ans Fenster und sehe zu, wie sie davonfahren.

In meiner Brust liegt ein schweres Gewicht.

Diesmal haben sie mich nicht erwischt. Aber was ist, wenn sie wiederkommen? Was ist, wenn irgendein Freizeitangler ein Stück von Ed am Haken hat? Schließlich kann man nicht unbegrenzt lügen.

13

Ich drücke die Tür auf, als sie von innen geöffnet wird. Er weicht zurück, die Hände in einer Unterwerfungsgeste erhoben. Ist mir egal. Ich gehe durch ins Wohnzimmer und laufe zwischen dem Sofa und dem neuen Riesenfernseher hin und her. Er hat Computerspiele gespielt. Auf dem Bildschirm ist eine Karte von einem Ort namens »Liberty City« zu sehen.

»Scheiße, Dave!«, sage ich.

Er kommt hereingeschlurft und lässt sich aufs Sofa fallen. Hebt erneut die Hände. »Was ist?«

»Was ist?!« Irgendwie muss ich fast lachen.

»Ja, was ist?«

»Du hast die Polizei zu mir geschickt!«

»Davor hat seine Mutter sie zu mir geschickt. Was sollte ich denn machen? Du musst so tun, als wäre alles wie immer.« Er kratzt sich am Kinn. »Du hast doch so getan, als wäre alles wie immer, oder?« Er ist ruhig. Nicht zugekifft-ruhig, sondern völlig-entspannt-ruhig. »Hast du dir schon was gekauft?«

»Nein.«

»Solltest du aber.«

Da lache ich dann wirklich. Drehe mich um und betrachte den Fernseher.

»Verdammt … Hast du den etwa angehabt, als die Polizei hier war?« Die Kiste ist nagelneu. Die Verpackung liegt noch daneben, als hätte Dave es gar nicht abwarten können, sein neues Spielzeug auszuprobieren.

Impulskontrolle. Damit haben manche Männer echt ein Problem.

»Ja.«

Dazu fällt mir nichts mehr ein. Ich gebe nur ein Schnauben von mir.

Er sitzt einfach da und schüttelt den Kopf.

»Dave«, sage ich, »ich meine es ernst. Du warst doch derjenige, der gesagt hat, wir müssen vorsichtig sein. Mit dem Geld. Und den … na ja, du weißt schon …«

»Mit der Ware. Ja, ich weiß. Ich bin vorsichtig. Ein paar Typen, die Ed kannte, waren hier und haben nach ihm gefragt. Sie sagten, er hätte ihnen öfter was verkauft. Ich hab gesagt, ich wüsste, wo er eine Reserve hat. Sie haben bar bezahlt.«

»Und dann hast du dir den da gekauft?« Ich zeige auf den Fernseher.

»Super zum Spielen. Und hast du schon mein neues Surround-System gesehen?«

Ich schaue in die Ecken des Zimmers. Lautsprecher auf Ständern. Jede Menge Kabel. Am liebsten würde ich ihn ohrfeigen. Stattdessen atme ich nur tief durch.

Er sagt: »Leb ein bisschen. Ich meine, wer bemerkt schon einen neuen Fernseher?«

»Jeder«, erwidere ich. »Jedenfalls wenn die Verpackung direkt daneben liegt.«

Ich lasse mich neben ihn aufs Sofa fallen. Er grinst. »Bier ist im Kühlschrank, wenn du willst.« Er hebt die Konsole vom Boden auf und spielt weiter.

Ich schaue eine Weile zu, wie die Figur auf dem Bildschirm durch eine Stadt rennt und Chaos und Zerstörung verursacht. Dave feuert sie dabei an.

Auf dem Bildschirm sterben Leute. Pixeliges Blut spritzt. Daves Figur wird übel zusammengeschlagen, gibt sich ein paar Sanipacks und macht einfach weiter, als wäre nichts passiert.

Ich frage mich, ob Dave, als er neulich Eds Leiche da liegen sah, überhaupt begriffen hat, dass er einen echten menschlichen Körper zerteilen musste, oder ob er alles um sich herum einfach als eine Art computeranimierte Kunstwelt gesehen hat. Erfunden. Zweidimensional. Und damit völlig irrelevant.

Drei Stunden später. Eine Flasche Prosecco von Oddbins. Ich zappe durch Movies on Demand. Normalerweise würde ich was lesen, aber ich kann mich einfach nicht konzentrieren. Ich war mitten in einem Buch über eine Kindheitsfreundin von Mary Shelley, als Ed starb. Gut geschrieben, aber die Tatsache, dass sie ihren Mann umgebracht und dann den Rest ihres Lebens im Irrenhaus verbracht hat, ist mir unter den gegebenen Umständen dann doch zu heftig.

Vielleicht hat Dave recht. Vielleicht sollte ich einfach das Geld genießen. Loslassen. Akzeptieren, dass alles vorbei ist. Selbst wenn die Polizei Ed findet – oder einen Teil von ihm –, was beweist das?

Hier in der Wohnung habe ich meinen Frieden. Hier sind keine Gespenster. Selbst die Befragung erscheint mir nur wie eine kleine Störung, nicht weiter wichtig. Jetzt, da ich das hinter mir habe, ist das Schlimmste überstanden.

Ich habe einen Mann getötet. Und bin damit durchgekommen.

Warum kümmert mich diese Vorstellung nicht?

Wegen dem, was Ed getan hat? Oder weil es unterm Strich nicht meine Schuld war? Letzten Endes war das Ganze nichts weiter als ein unglücklicher Zufall. Warum soll ich für etwas bezahlen, das nie in meiner Absicht lag?

Ich entscheide mich für den Sherlock-Holmes-Film mit Robert Downey Jr. Leichte Kost. Ich muss mich entspannen. Abschalten. Aufhören, darüber nachzudenken, warum ich mich nicht so fühle, wie ich mich eigentlich fühlen sollte.

Ich klicke auf »Ja, kostenpflichtig bestellen«. Und zwar in HD. Scheiß auf das Geld. Ich will diese haselnussbraunen Augen in allen Einzelheiten sehen, mich darin verlieren.

Ich lehne mich zurück und versuche, die beunruhigende Tatsache zu vergessen, dass ich ungestraft einen Mord begangen habe.

ZWEITER TEIL

SMILEYS LEUTE

14

Drei Wochen.

Eine komplett neue Garderobe.

Ein neuer Herd.

Wohnzimmer frisch gestrichen.

Etwas übertrieben?

Vielleicht.

Aber mich plagt das schlechte Gewissen nicht mehr. Was Ed zugestoßen ist, war ein Unfall. Niemand kann mich damit in Verbindung bringen. Schließlich war ich ja nicht diejenige, die ihn zerteilt hat.

Und das Geld?

Wer sollte das mit mir in Verbindung bringen?

Da sind Zweifel. Lauter kleine Momente, die mich verrückt machen. Aber sie werden weniger. Ich werde nur ein bisschen verrückt. Ich gehe zur Arbeit wie immer. Die anderen beneiden mich um meinen Urlaub in New York nächsten Monat, löchern mich immer wieder, ob ich einen reichen Freund habe, von dem ich ihnen nichts erzählt habe.

Die beste Antwort?

Lächeln und schweigen. Sollen sie sich doch ihren Teil denken.

Wird ja wohl keiner auf die Idee kommen, dass ich so reich bin, weil ich Ed ermordet und das Drogengeld behalten habe, das er in meiner Wohnung versteckt hat.

Das glaube ja nicht mal ich selbst. Und ich war dabei.

Ich komme nach der Arbeit nach Hause. In letzter Zeit bin ich nicht mehr so müde. Vielleicht weil ich das Gefühl habe, ich brauche mir in nächster Zeit keine Sorgen zu machen. Das Geld ist ein Polster und all das, was ich unbedingt haben wollte, bevor das Geld da war, finde ich auf einmal gar nicht mehr wichtig.

Mir geht's prima. Der einzige andere Mensch, der Bescheid weiß, ist Dave und der wird schon aus eigenem Interesse niemandem davon erzählen.

Wenn mich irgendwas manchmal beschäftigt, dann ist es das Handy.

Ich habe es an dem Morgen, nachdem ich zu spät zur Arbeit gekommen bin, im Wandschrank gefunden, zwischen den umgekippten Kartons und dem übrigen Chaos, das entstand, als Dave und ich gründlich nachschauten, ob Ed mir vielleicht noch andere kleine Überraschungen hinterlassen hatte.

Aber das Handy hatten wir übersehen.

Als ich es fand, erkannte ich es sofort. Ed war stolz auf sein Samsung S9. Er wollte immer von allem das neueste Modell haben. Ganz im Gegensatz zu mir. Was Handys angeht, reicht es mir, wenn ich Empfang habe.

Der Akku war fast leer, aber es gab mehrere verpasste Anrufe und ungelesene Nachrichten. Wie hätte ich da widerstehen können? Natürlich wollte ich wissen, ob sie von der kleinen Barista aus dem Café waren oder von irgendeiner anderen Schnepfe, von der ich gar nichts ahnte.

Ich wählte die Mailbox an und lauschte.

»Du miese kleine Ratte. Wir haben dich gewarnt. Das war deine letzte verdammte Chance.«

Ich ließ das Handy fallen, bevor die Stimme weitersprechen konnte. Dann gab der Akku den Geist auf. Später ging ich runter zum Clyde und warf das Handy von der Squinty Bridge.

Das ist jetzt drei Wochen her und ich habe die Stimme von der Mailbox fast vergessen. So, wie wenn man versucht, sich nach einer Weile an einen Albtraum zu erinnern, der zu dem Zeitpunkt ziemlich verstörend war.

Ich bin etwas später zu Hause als sonst, weil ich noch bei Sainsbury einkaufen war. Mein Plan ist simpel: eine Pizza, und dann vielleicht endlich wieder lesen. Vor dem … Zwischenfall … habe ich so was wie drei Bücher in der Woche gelesen. Jetzt habe ich in fast einem Monat nicht mal eine halbe Seite geschafft.

Ich packe gerade meine Einkäufe aus, als ich das grüne Lämpchen an meinem Anrufbeantworter blinken sehe. Ich halte kurz inne und gehe hinüber – wahrscheinlich wieder irgend so ein Werbeanruf. Lärmschutzfenster. Gewächshäuser. Oder Highspeed-DSL.

Ich drücke auf Wiedergabe.

»Sie haben eine neue Nachricht.«

»Jen …« Es ist Dave. Vielleicht ist er erkältet. Seine Stimme klingt ganz rau, als hätte er eine Käsereibe verschluckt. »Jen … du musst mich anrufen. Du musst …« Dann ein dumpfer Knall, als würde jemand gegen die Wand treten.

»Keine weiteren Nachrichten.«

Mir wird flau.

Ich checke mein Handy. Es ist auf stumm geschaltet. Wie so oft habe ich länger nicht nachgeschaut. Wer sollte mich schon wegen irgendwas Wichtigem anrufen?

Fünf verpasste Anrufe. Alle von Dave.

Ohne die Kühlschranktür zuzumachen und ohne mich umzuziehen, renne ich runter auf die Straße, weiter bis zur Dumbarton Road und winke mir ein Taxi. Als ich dem Fahrer sage, wohin ich will, erwidert er: »Das sind doch nur zwei Minuten zu Fuß.«

»So geht's schneller.«

Er seufzt, beschließt aber, dass eine kurze Fahrt immer noch besser ist als gar keine, und bringt mich hin. Als ich aussteige, fragt er: »Notfall?«

»Ich hoffe nicht.«

»Soll ich warten?«

Ich überlege kurz. »Nein.«

»Wie Sie wollen.« Er hält mich offenbar für durchgeknallt. Dabei sollte er dankbar sein. Das Trinkgeld, das ich ihm gebe, ist höher als der Fahrpreis.

Die überdimensionierte Wohnung von Dave und Ed liegt im zweiten Stock eines in Einzelwohnungen aufgeteilten viktorianischen Stadthauses; die Art von Gebäude, wo die Nachbarn kaum wissen, wer nebenan wohnt.

Ich drücke auf die Klingel.

Nichts passiert.

Denk nach, Jen. Denk nach.

Ich klingele im Erdgeschoss. Die Frau, die zur Tür kommt, sieht etwas gestresst aus und dann sehe ich auch, warum: Ein paar Katzen sind mit ihr in den Hausflur gekommen, aber sie will natürlich nicht, dass sie durch die Haustür nach draußen laufen. Sie ist blond und obwohl es erst acht ist, hat sie einen dicken dunkelblauen Morgenrock an. Sie sieht mich an und sagt: »Sie sind eine Freundin von Dave und Ed, nicht?« Offenbar sind wir uns hier schon mal über den Weg gelaufen. »Na ja«, korrigiert sie sich, »jetzt ist es ja wohl nur noch Dave.«

»Er macht nicht auf.« Wahrscheinlich sehe ich aus wie eine Irre. Weit aufgerissene Augen und grundlos panisch.

»Vielleicht ist er weggegangen.«

»Hören Sie, bitte lassen Sie mich rein!«

Sie sieht mich an, als würde sie überlegen, ob ich vielleicht was von dem Zeug genommen habe, das Dave konsumiert. Aber vielleicht sieht sie irgendwas Sympathisches in meinem Gesicht, oder sie hat einfach nur Angst, dass ihr die Katzen entwischen, jedenfalls gibt sie nach und lässt mich ins Haus.

Während sie die Katzen zurück in die Wohnung scheucht, gehe ich die Treppe hinauf. Ich höre sie rufen: »Mycroft! Komm her! Nein! Böser Kater!«

Ich komme im zweiten Stock an. Eine Menge Stufen, so groß, wie das Haus ist. Ich bin ziemlich außer Puste.

Die Tür von Daves Wohnung ist zu. Ich klopfe.

Jemand kommt die Treppe herauf.

Ich drücke versuchshalber auf die Klinke.

Die Tür geht auf. Normalerweise ist sie von innen verschlossen. Aber heute geht sie einfach auf. Als hätte die Wohnung mich erwartet.

Ich gehe hinein. »Dave?«

Keine Antwort.

Durch ins Wohnzimmer. Der riesige Fernseher. Das Sofa. Und wieder dieselbe Karte auf dem Bildschirm, die von dem Computerspiel.

Aber Dave spielt nicht.

Er sitzt auf einem der Stühle, die sonst hinten am Esstisch stehen. Der Stuhl ist in die Mitte des Wohnzimmers gestellt worden und jemand hat ihn so daran gefesselt, dass ihm gar nichts anderes übrig bleibt, als aufrecht darauf zu sitzen. Und er ist nackt. Schlaffes, bleiches Fleisch, für jedermann sichtbar. Sein zusammengeschrumpelter Penis wirkt irgendwie lächerlich unter dem dicken Bauch.

Ein stechender Geruch steigt mir in die Nase.

Ich sehe die Pfütze zu seinen Füßen.

Und noch mehr.

Das Blut auf seiner Brust, das in einem schmalen Rinnsal zwischen seinen Männertitten hinunterläuft. Nicht, dass die ihm jetzt noch peinlich wären.

Jetzt ist ihm vermutlich gar nichts mehr peinlich.

»Ich wollte mich nur vergewissern, dass alles in Ord…« Die Frau von unten. Sie bleibt abrupt in der Tür stehen und starrt mit offenem Mund auf Dave.

»Großer Gott! Ist er …?«

Ich nicke nur.

Sie starrt weiter.

Dave starrt zurück. Mit glasigen Augen.

15

»Ms Carter«, sagt Crawford, als er hereinkommt.

Ich bin in der Wohnung im Erdgeschoss, in einem kleinen Zimmer an der Rückseite des Hauses, das als Büro dient. Es gibt einen Computer und mehrere Bücherregale und ein billiges Schlafsofa, auf dem ich jetzt sitze und darauf warte, befragt zu werden. Als die Polizei kam, haben sie mich und die Frau von unten getrennt. Sie ist vorne in ihrem Wohnzimmer, ich hinten im Arbeitszimmer. Vermutlich wollen sie verhindern, dass wir uns absprechen. So können sie prüfen, ob unsere Aussagen sich widersprechen. Für den Fall, dass eine von uns schuldig ist – oder sogar wir beide.

Ich verbringe den größten Teil meiner erzwungenen Wartezeit damit, die Bücherregale zu mustern und mir ein Bild von der Bewohnerin zu machen. Sie arbeitet wahrscheinlich an der Uni, nach der Sammlung von Wälzern mit Titeln wie *Enzyklopädie der Philosophie des Geistes* zu urteilen. Die gerahmte Doktor-Urkunde an der Wand deutet auch darauf hin.

Diesmal bleibt Crawford stehen und ich bin diejenige, die sitzt. »Möchten Sie etwas trinken? Vielleicht ein Glas Wasser?«

Ich schüttele den Kopf.

Sein Verhalten ist anders als beim letzten Mal. Jetzt, da ich tatsächlich verdächtig bin – oh, ich weiß, er wird sagen, ich sei nur eine Zeugin, aber man muss schon ziemlich blöd sein, um das einfach nur für Pech zu halten und nicht etwas Schlimmeres dahinter zu vermuten –, behandelt er mich seltsamerweise mit einem gewissen Mitgefühl.

Trotzdem holt er das Notizbuch raus. Und den Stift.

Schließlich ist er Polizist. Auf der Suche nach dem Schuldigen. Und ich bin bisher die einzige offensichtliche Verbindung zwischen den beiden Todesfällen.

Da muss man nicht Sherlock Holmes sein, um zwei und zwei zusammenzuzählen.

»Können Sie mir schildern, wie Sie den Toten gefunden haben?«

Ich zögere. Was soll ich ihm sagen?

»Ich weiß, das ist nicht einfach …«

Ich schüttele erneut den Kopf. Tue so, als würde ich mich räuspern. »Nein, nein«, sage ich. »Es geht schon. Ich … Nun, er hat mich angerufen.«

»Sie und Mister Miller sind befreundet?«

»Ja.«

»Hat diese Freundschaft vor oder nach dem Verschwinden Ihres Freundes begonnen?«

Ich versuche, nichts in diese Frage hineinzudeuten. »Vorher, aber … Ich meine, wir sind nicht näher befreundet. Aber nachdem Ed sich verdünnisiert hatte, haben wir uns ab und zu getroffen, um zu hören, ob einer von uns etwas Neues wusste. Wegen Ed.«

Er macht sich Notizen, schaut mich an. Aber ich glaube, er sieht mich gar nicht richtig. Crawford scheint einer von denen zu sein, die viel nachdenken und sich in ihren Gedanken verlieren, wenn sie versuchen, etwas herauszufinden.

»Verdünnisiert«, sagt er, und vielleicht ist da die Andeutung eines Lächelns. »Okay … und Sie waren also hier, um – was? Über Ihren Ex zu plaudern? Oder nur auf einen Drink? Oder …«

Ich bleibe so dicht bei der Wahrheit, wie es geht. »Er hat mich vorhin angerufen. Er klang … beunruhigt.«

»Beunruhigt?«

»Als hätte er Angst.«

»Hat er gesagt, dass er Angst hatte?«

»Nein. Er bat mich nur herzukommen. Ich meine, er hat mir eine Nachricht auf den Anrufbeantworter gesprochen.«

Crawford nickt. »Die Nachricht brauchen wir.«

»Natürlich.« Ich versuche mich zu erinnern, was Dave gesagt hat. Ob da irgendwas war, das Crawford einen Anhaltspunkt geben könnte, was wirklich mit Ed passiert ist. So, wie er sich eben über mein »verdünnisiert« amüsiert hat, nehme ich an, er hat einen Verdacht, auch wenn er ihn nicht beweisen kann.

»Nun?«

»Was, nun?«

»Wir brauchen Ihr Handy.«

»Nein«, sage ich, vielleicht ein bisschen zu schnell. »Er hat auf meinem Telefon zu Hause angerufen.« Ich will nicht, dass er die Nachrichten hört, die Dave auf meinem Handy hinterlassen hat. Ich habe sie ja selbst noch nicht abgehört. Ich muss erst sicher sein, dass es ungefährlich ist, sie an Crawford weiterzugeben.

Wobei, nach dem, was mit Dave passiert ist, ist »ungefährlich« wahrscheinlich ein relativer Begriff.

»Okay. Wir schicken jemanden, um den Anrufbeantworter abzuholen.«

»Ja, natürlich.«

Einen Moment herrscht Schweigen. Crawford blickt sich um. Er schaut zu den Büchern in den Regalen. Dann zu mir. »Das war ein schwieriger Monat für Sie, nicht?«

»Ich … Na ja, ich werde heute Nacht bestimmt kein Auge zumachen.«

»Wir können jemanden zu Ihnen nach Hause schicken, wenn Sie möchten. Wenn Sie sich nicht sicher fühlen.«

Ich denke an die Tasche mit dem Geld in meinem Wandschrank und an die Fragen, die vermutlich kommen, falls jemand sie entdeckt. »Nein«, sage ich. »Nicht nötig. Ich meine … warum sollte irgendjemand …« Ich bekomme einen Kloß im Hals, als würde ich gleich anfangen zu weinen. Ich fange tatsächlich gleich an zu weinen, und ich will nicht, dass Crawford das sieht. Ich weiß nicht, warum. Wahrscheinlich denkt er, das ist nur Show.

Krokodilstränen.

So würde Crawford mich sehen. Ganz bestimmt.

Ich schlucke und blinzele und sage: »Dave war ein netter Kerl. Nicht, dass ich was von ihm wollte, aber …« Ich höre auf zu reden, versuche, erst zu überlegen, bevor ich etwas sage. Es fällt mir immer schwerer, klar zu denken. Ich muss mich konzentrieren. »Gut, er war ein Kiffer …«

»Ach ja?«

»Wie so viele andere.«

»Sie auch?«

Ich zögere. Wittere eine Falle.

»Ich versuche nur, mir ein Bild zu machen«, sagt Crawford. »Mich interessiert nicht, ob Sie ein bisschen Gras zu Hause haben. Ist ohnehin nicht mein Bereich. Ich versuche nur herauszufinden, wer Ihrem Freund schaden wollte.«

»Gedealt hat er nicht«, sage ich. »Zumindest soweit ich weiß. Er hat nur ganz gerne mal was geraucht.« Aber ich muss immer wieder daran denken, wie er Eds Drogen mitgenommen hat. Das Pulver war zu hart für Dave, aber ich schätze mal, er kannte Leute, die ihm das gerne abgekauft hätten. Vielleicht war es also gar nicht jemand, der hinter Eds Geld her war, sondern jemand, den Dave – wahrscheinlich versehentlich – übers Ohr gehauen hat, oder jemand, der das Zeug umsonst haben wollte. Wenn ich eins aus den ganzen Spätfilmen gelernt habe, dann dass Leute für Päckchen mit diesem Pulver töten. Und zwar richtig brutal. Meistens als Warnung für andere.

»Aber möglich wäre es schon?«

»Vielleicht. Haben Sie denn da oben irgendwas gefunden?«

Crawford verneint. »Wir suchen noch. Es ist nur seltsam, dass der Täter offenbar gar nichts mitgenommen hat.« Er sieht mich direkt an. »Scheint also was Persönliches gewesen zu sein.«

Ich sage nichts. Aber ich denke bei mir, Mord ist immer was Persönliches.

»Tut mir leid um Ihren Freund«, sagt er mechanisch. »Ich weiß, Sie haben in den letzten Wochen mehr durchgemacht, als die meisten von uns je erleben möchten.«

»Kann ich jetzt gehen?«

»Ich lasse Sie von einer Beamtin begleiten.«

»Das ist nicht …«

»Ich bestehe darauf.«

»Na ja, ich nehme an, Sie wissen, was Sie tun.«

»Wir reden morgen weiter«, sagt er.

»Okay.«

Ich stehe auf. Er bedeutet mir, noch einen Moment zu warten, und geht hinaus. Ich schaue wieder auf die Bücher.

Die Ethik des Alltäglichen.

Alltäglich ist das, was mir passiert, eher nicht.

Crawford kommt mit einer Streifenpolizistin zurück. Sie ist höchstens eins fünfzig groß, sieht aber so aus, als könnte sie sich durchsetzen. Ihre Bewegungen strahlen Selbstvertrauen aus. Ich kann mir vorstellen, dass sie Missetäter allein mit einem soliden Anpfiff zur Räson bringt. Ihr Gesichtsausdruck ist irgendwo zwischen ernst und sanft, genau lässt sich das nicht sagen. Hängt wahrscheinlich davon ab, wer du bist und was sie von dir will.

»Das ist Constable Deeren. Sie begleitet Sie nach Hause.«

Ich nicke dankend und gehe zur Tür. Deeren folgt mir und draußen führt sie mich zu einem Streifenwagen. Sie hält mir die hintere Tür auf und ich setze mich auf die Rückbank. Nicht nach vorne, wo ich Ärger machen könnte.

Während der Fahrt beuge ich mich vor und schaue zwischen den Vordersitzen hindurch auf die Straße. Ich bin jetzt zappelig. Nervös. Ich muss etwas sagen, Konversation machen. Damit meine Gedanken nicht mit mir durchgehen.

»Sind Sie schon lange bei der Polizei?«

Sie sieht mich nur im Rückspiegel an.

»Nur so aus Neugier«, sage ich.

»Tut mir leid, dass Sie Ihren Freund so finden mussten.«

»Ja, mir auch.«

»Crawford … Ich kenne ihn nicht, aber ich bin sicher, dass er alles tun wird, um herauszufinden, wer das war.«

»Bestimmt.«

»Falls Ihnen noch was einfällt …«

»Ja, das hat er schon gesagt.«

Wir biegen in meine Straße ein. Ich zeige ihr, wo sie halten kann. »Ich bringe Sie noch nach oben.« Es fühlt sich grotesk an, von ihr nach Hause gefahren zu werden. Ich wohne zu nahebei. Die Fahrt war ein Witz.

»Nein«, sage ich, wieder ein wenig zu schnell. »Ich meine, ist nicht nötig. Ich komme schon klar.«

»Falls er fragt«, erwidert sie, »kann ich sagen, dass ich alles getan habe, um dafür zu sorgen, dass Sie sicher nach Hause kommen.« Ich sehe ihr Gesicht im Rückspiegel. Sie lächelt, aber es wirkt echt. Sie hat keine Hintergedanken. Vielleicht hat Crawford sie nicht in seinen Verdacht eingeweiht, dass ich möglicherweise meinen Ex umgebracht habe.

Was soll ich da groß widersprechen? Ich warte, bis sie mir die Autotür aufmacht. Das polizeiliche Gegenstück zur Kindersicherung, nehme ich an.

Als sie mich rauslässt, gehe ich direkt auf die Haustür zu, die offen steht.

»Ist das immer so?«

»Manchmal«, sage ich. »Die alte Dame aus dem obersten Stock vergisst ab und zu, sie zuzumachen.«

Deeren nickt, aber sie sieht besorgt aus. Sie denkt an das Schlimmste. Liegt vielleicht an ihrem Job. Ich finde, man kann's mit der Vorsicht auch übertreiben. Aber das ist ja nicht weiter überraschend. Ich will sie nicht in meiner Wohnung haben. Ich will überhaupt niemanden in meiner Wohnung haben.

Während ich hineingehe, checke ich mein Handy. Nur, um nicht mehr als unbedingt nötig mit Deeren reden zu müssen. Drei Nachrichten. Von Caroline.

Wo bleibst du?

Ich könnte mich in den Hintern treten. Bei der Arbeit habe ich zugesagt, dass ich mit ihr zu irgend so einem dämlichen Ceilidh im Zentrum gehen würde. Ich hatte es schon vergessen, bevor ich zu Hause war.

Meine Wohnungstür steht auch offen. Genau wie die Haustür. Ich weiß, dass ich sie abgeschlossen habe. Seit der Sache mit Ed bin ich geradezu paranoid geworden, was das angeht.

Ich kann in meinen Flur sehen, zum Wandschrank. Da ist jemand drin und sucht etwas. Ein kräftiger Kerl in einem dunklen Anzug, der nicht weiß, dass wir hier sind. Deeren sieht mich fragend an. Ich schüttele den Kopf: Nein, den Mann kenne ich nicht. Sie bedeutet mir, zur Seite zu gehen, und betritt den Flur.

»Polizei«, sagt Deeren. »Sie sind in eine fremde Wohnung eingedrungen. Drehen Sie sich um, aber langsam.«

Der Mann hebt die Hände und dreht sich um. Er ist selbst ein Schrank. Nicht nur groß, sondern ein einziges Muskelpaket unter dem locker sitzenden Anzug. Er grinst, als er Deeren sieht. Er blickt kurz zu mir, dann konzentriert er sich wieder auf sie. Sie ist offensichtlich die größere Bedrohung.

Der Eindringling ist kahl, aber ich kann nicht erkennen, ob das Natur ist oder ob er sich den Schädel rasiert. Er hat eine große Nase, die schon mal gebrochen war und nicht gerichtet wurde, und eine auffällige, wulstige Narbe, die sich wütend über seine rechte Wange zieht. Es ist eine alte Narbe, eine von der Sorte, die nie richtig heilt. Sie ist ein Teil von ihm und verrät dir, was für ein Typ Mann er ist.

»Was machen Sie da?«

Ein verhaltenes Lachen, dann sagt er: »Wonach sieht's denn aus?«

»Bleiben Sie, wo Sie sind«, sagt Deeren und tritt ein Stück vor. Sie ist jetzt in der Wohnung, greift nach dem Funkgerät an ihrer Schulter.

»Das würde ich lassen«, sagt der Kahlkopf.

Sie sieht ihn an. Er deutet mit dem Kopf Richtung Küche, außerhalb meines Sichtfelds.

Sie rührt das Funkgerät nicht an. Sie schluckt und hebt ihrerseits die Hände.

Der Kahlkopf sieht zu mir. »Immer rein in die gute Stube.«

Deeren bewegt sich vorsichtig Richtung Wohnzimmer. Ich betrete die Wohnung und schaue in die Küche. Da ist noch ein jüngerer Mann in einem weißen Anzug mit schwarzem Hemd. Er hat hellbraune, deutlich zu lange Haare. Sieht aus, als wäre er auf dem Weg zu einer Achtziger-Jahre-Party, verkleidet als einer von den Typen aus *Miami Vice*. Und dafür hält er sich auch. Ich kenne diesen großspurigen Blick. Erinnert mich an Ed, bevor er … Nun ja.

»O-kaay«, sagt er aus dem Mundwinkel heraus. Er kaut tatsächlich Kaugummi. »Und jetzt bitte Tür zu.«

Er hat eine Pistole in der Hand. Ich könnte absolut nicht sagen, was für eine, nur dass sie genauso aussieht wie all die anderen, die ich in den Filmen gesehen habe: schwarz und gefährlich. Vielleicht ist sie nicht echt, aber ich schätze, Deeren hat dasselbe gedacht und beschlossen, es nicht drauf ankommen zu lassen.

Ich mache die Tür zu.

Der jüngere Typ grinst.

Ich versuche, nicht zu zittern.

16

Sie zwingen uns, auf dem Sofa Platz zu nehmen. Der Typ mit der Pistole ist hibbelig, er kann nicht stillstehen, tritt von einem Fuß auf den anderen. Erinnert mich an ein Kind, das dringend aufs Klo muss, aber nicht gehen kann.

Ein Kind mit einer Pistole.

Vergiss die Pistole nicht, Jen.

Vergiss nie die Pistole.

Deeren sieht ihn immer wieder an, den Kopf leicht zur Seite geneigt. Als würde sie ihn von irgendwoher kennen, könnte ihn aber nicht einordnen. Vielleicht hat sie sein Gesicht in einer Akte mit Verdächtigen gesehen. Vielleicht ist er nur auf der Straße an ihr vorbeigegangen. Sie sieht aus, als wollte sie etwas sagen, könnte aber nicht die richtigen Worte finden.

Der andere, der Große, ist im Gegensatz dazu die Ruhe in Person. Er hat eindeutig das Sagen. Obwohl er schätzungsweise in den Vierzigern ist, hat er keinen Bauch oder sonst irgendein Zeichen der Erschlaffung. Er ist vom Natur aus kräftig, aber mir scheint, er hält sich auch gezielt fit. Viele harte Kerle lassen sich gehen, wenn sie in die mittleren Jahre kommen. Der hier weiß, dass er sich nicht nur auf seinen Körperbau verlassen kann – er muss imstande sein, sich zu verteidigen.

Er erinnert mich an Kat und das immer noch ungelöste Geheimnis ihres Verschwindens. Nein, nicht an Kat. An ihre Familie. Ein paar von ihren Leuten habe ich kennengelernt. Ihr Cousin Ray war der Unheimlichste von allen. Er wirkte irgendwie gar nicht menschlich.

Was den Kerl hier angeht, bin ich mir nicht sicher. Noch nicht.

»Sie müssen entschuldigen«, sagt er. »Wenn Sie ein paar Minuten später gekommen wären, wäre das hier nicht nötig gewesen.« Etwas an der Art, wie er spricht, lässt mich vermuten, dass er nicht nur Muskeln hat, sondern auch Grips. Er hat einen leichten East-End-Akzent, aber da ist noch etwas anderes. Als hätte er gelernt, sich auch bei Leuten verständlich zu machen, die nicht aus Glasgow stammen. Und er hält sich sehr gerade. Vielleicht war er beim Militär. Vielleicht suche ich auch nur nach etwas, woran ich mich später erinnern kann.

Falls es ein Später gibt.

Vielleicht ist das hier das, was man Karma nennt. Daran habe ich nie geglaubt, aber wie konnte ich glauben, dass das, was mit Ed passiert ist, keine Konsequenzen haben würde?

Deeren sagt: »Es ist noch nicht zu spät, eine Lösung zu finden.« Sie ist ruhig. Gefasst. Als würde so was andauernd passieren. Was sie verrät, sind die tiefen Atemzüge, wenn sie nicht spricht. Sie reißt sich mit aller Kraft zusammen. Auf ihrer Stirn glänzt Schweiß.

»Doch, ich fürchte, es ist zu spät.« Er schüttelt den Kopf, setzt sich in den Sessel gegenüber und sieht Deeren an. »Kann ich Sie was fragen?« Sie nickt. »Kennen Sie mein Gesicht irgendwoher?«

»Nein.«

»Kann eigentlich auch nicht sein. Bin nie verhaftet worden. Nie erwischt. Bin immer unterhalb des Radars geblieben.«

»Und so soll es auch bleiben«, sagt der jüngere Typ. Er zappelt jetzt noch mehr herum. Das ist nicht die Verzweiflung eines Kindes, das auf die Toilette muss, sondern die eines Kindes, das unbedingt etwas sagen will. Oder das vorm Weihnachtsbaum steht und fünf Minuten warten soll, bevor es die Geschenke aufmacht.

»Aber Sie kenne ich irgendwoher«, sagt Deeren.

»Ich wusste, dass das eine Scheißidee ist«, sagt der Jüngere und richtet die Pistole auf Deerens Gesicht. »Ich hab echt gehofft, dass es nicht so weit kommt. Dass wir beide verschwinden und nie wieder an das hier denken müssen. Dass wir …«

»Michael«, sagt der Kahlkopf, ohne den Jüngeren auch nur anzusehen. »Halt deine verd-«

Der Schuss ist ohrenbetäubend. Dann höre ich nichts mehr außer dem Summen in meinen Ohren. Es ist, als würde ich ohnmächtig. Ich weiß nicht, was los ist. Die Welt verliert plötzlich jeglichen Zusammenhang. Vor meinen Augen verschwimmt alles und mir wird übel.

Als ich wieder zu mir komme, drehe ich langsam den Kopf. Deeren sitzt immer noch auf dem Sofa. Aber sie ist zusammengesackt und hat ein zerfranstes rotes Loch zwischen den Augen. Ich sehe Blut und Knochen und Stücke von einer grauen Masse. Und den Schweiß von eben. Er vermischt sich mit dem Blut und verleiht ihm einen seltsamen, klebrigen Glanz. Ich will nicht daran denken. Ich weiß, wie ihr Hinterkopf aussehen muss. Aber ich versuche, nicht daran zu denken.

Der Kahlkopf steht wieder und jetzt hat er die Pistole in der Hand. Es ist, als hätte jemand die Vorspultaste gedrückt.

Der jüngere Typ – Michael – liegt auf dem Boden. Ich habe gerade auf ein anderes Programm umgeschaltet und bin mitten in einer Szene gelandet, für die mir der Zusammenhang fehlt.

Diese Sicht der Dinge macht es mir leichter. Sie gestattet es mir, mich innerlich zurückzulehnen, als würde ich einen Film sehen, als wüsste ich, das alles ist nicht real. Es ist erfunden, reine Show. Es betrifft mich nicht.

»…m Teufel soll der Scheiß?« Jetzt kommt auch der Ton zurück. Der Kahlkopf versetzt seinem Partner einen Tritt und der lässt es einfach über sich ergehen. Sieht nicht gut aus. Dann hebt der Kahlkopf die Pistole, während sich sein Zeigefinger um den Abzug legt. Der Lauf ist auf den Kopf des Jüngeren gerichtet.

»Nein, bitte nicht.« Das ist kein Spiel mehr. Keine Spannung, sondern echte Angst. Schlagartig und übermächtig.

»Du hast ’ne verdammte Bulette abgeknallt.«

»Nein, nein.«

»Doch, doch, du Vollidiot!«

»Aber es ist schiefgelaufen.«

»Und das ist deine verdammte Schuld. Wir hätten sie ohne Probleme anders loswerden können. Leise. Aber, nein, du mieser, zugekokster Vollidiot musst ja unbedingt …«

Vorsichtig und so leise wie möglich stehe ich auf. Vielleicht kann ich abhauen, während sie abgelenkt sind. Dieser Streit könnte meine Rettung sein. Raus aus der Wohnung, Treppe runter, irgendwo nebenan rein und die Polizei rufen.

Bitte schildern Sie die Art des Notfalls.

In meiner Wohnung sind ein Kahlkopf, eine tote Polizistin und ein verletzter Psychopath. Wenn ich Sie neulich angerufen hätte, wäre jetzt alles in Ordnung. Aber ich bin selbst schuld, also kommen Sie am besten her und verhaften die beiden. Und mich gleich mit.

Gerade als ich mich rausschleichen will, dreht sich der Kahlkopf um und richtet die Pistole auf mich. »Mach keinen Fehler«, sagt er. Dann, zu dem Jüngeren gewandt: »Steh auf, du Niete.«

Michael gehorcht. Trotz Anzug und *Miami-Vice*-Frisur sieht er nicht mehr so großspurig aus wie vorhin. Der Anzug ist jetzt zu groß. Die durchgeknallte Vorfreude darauf, seine Pistole zu benutzen, ist längst verschwunden, stattdessen strahlt er eine so armselige Angst aus, dass es sogar mich abstößt.

Der Kahlkopf sagt: »Wir verschwinden. Die Sache ist im Arsch.« Er wendet sich zu Michael. »Schaff sie ins Auto.«

Michael nimmt meinen Arm, als wollte er mich zu einem Date ausführen. Nur dass er mehr an mir herumzieht, als ich es bei Männern schätze. »Ist ja gut«, sage ich. »Ich komme schon.« Entweder ich gehe mit ihm oder er reißt mir den Arm ab. Wobei er mir nicht droht; er hat mindestens genauso viel Angst wie ich.

Ich begreife einfach nicht, was mit Deeren passiert ist. Dass er ihr einfach in den Kopf geschossen hat. Noch dazu ohne jeden erkennbaren Grund.

Anscheinend geht es Kahlkopf ähnlich, so wie er Michael verdroschen hat. Vielleicht hätte Michael jetzt auch eine Kugel im Kopf, wenn ich nicht aufgestanden wäre. Vielleicht auch nicht. Vielleicht hätte ich auch eine im Kopf. Ein dreifacher Mord. Eine dreifache Tragödie. Natürlich würde es eine Untersuchung geben, aber ich bezweifle, dass irgendwer das alles durchblicken würde.

Vielleicht ist Kahlkopf doch nicht so schlau, wie ich dachte. Oder mir ist irgendwas entgangen.

Als wir in den Hausflur treten, bete ich im Stillen darum, dass jemand den Schuss gehört hat. Bestimmt hat schon jemand die Polizei gerufen.

Doch im ganzen Haus rührt sich nichts.

So viel zum Nutzen von Gebeten.

Michael zerrt mich die Treppe hinunter.

Draußen überqueren wir die Straße. Ich verdrehe den Hals, um zum Haus zurückzublicken. Da geht Licht an. Endlich. Jemand im dritten Stock schaut aus dem Fenster. Sieht er mich? Ich würde am liebsten winken und rufen, doch ich halte die Klappe und lasse mich von dem Kerl in dem schlecht sitzenden Anzug auf den Rücksitz eines großen schwarzen Autos verfrachten.

Fast gleichzeitig setzt sich Kahlkopf auf den Fahrersitz. Michael bleibt hinten bei mir.

»Scheiße«, sagte Michael. »Scheiße, Scheiße, Scheiße!«

Kahlkopf reicht ihm etwas nach hinten. »Mach keinen Mist«, sagt er. Es ist die Pistole. Er gibt Michael die Pistole zurück.

Ist sie wieder geladen?

Will ich es drauf ankommen lassen?

Kahlkopf lässt den Motor an. Während er losfährt, ganz ruhig und gemütlich, als wollte er einen Sonntagsausflug machen, sagt er zu Michael: »Wenn du auch nur ein verdammtes Wort sagst, du nutzloser kleiner Wichser, dann wirst du dir wünschen, du wärst genauso schnell gestorben wie die Bulette.« Ich kann ihn im Rückspiegel sehen und weiß, dass er mich auch sehen kann. Seine Augen – grau und klar – wandern zu mir. »Und was dich angeht – das alles hätte so schön einfach sein können. Kann es immer noch, wenn du brav bist. Verstanden?«

»Verstanden«, sage ich und greife automatisch nach dem Gurt, um mich anzuschnallen. »Wohin fahren wir?«

Keiner von beiden antwortet.

Definitiv kein gutes Zeichen.

17

Wir fahren ein Stück über die M8, nehmen die Abfahrt Tradeston und halten in der Nähe des Neubaugebiets.

Kahlkopf dreht sich um und sagt: »Wie wär's, wenn wir noch mal mit der Vorstellung anfangen?«

Ich nicke.

Er deutet auf seinen Freund. »Das ist Michael«, sagt er, für den Fall, dass ich es noch nicht mitbekommen haben sollte. »Wie du sicher schon gemerkt hast, hält er sich für Clint Eastwood. Nein, Mel Gibson. Ist eher seine Generation. Mich nennen sie Smiley.«

Ich nicke wieder. Vielleicht wartet er auf eine Frage, wegen des Namens, aber ich stelle sie nicht. Vor meinem inneren Auge sehe ich den Buchladen und das Regal, wo dic Bücher von le Carré stehen.

»Und du bist Jen, stimmt's? Den Namen hat uns der Dicke genannt, bevor …« Er lässt den Satz in der Luft hängen. Nicht aus Grausamkeit, eher weil er nicht einschätzen kann, wie ich reagiere. Im Moment herrscht Ruhe. Er ist nicht scharf darauf, dass es wieder Stress gibt.

»Ja.«

»Weißt du, warum wir in deiner Wohnung waren, Jen?« Ich erinnere mich an ein Verkaufstraining, an dem ich mal teilgenommen habe. Sie haben uns erklärt, sobald wir den Namen des Kunden wissen, sollen wir ihn so oft wie möglich verwenden, um eine falsche Atmosphäre von Vertrautheit zu schaffen.

Doch Smiley kommt mir nicht vor wie ein Verkaufstrainingstyp. Der gehört zu einer anderen Sorte von Soziopathen.

»Nein.«

Michael gibt einen *Mööp*-Ton von sich. »Leider die falsche Antwort!«

»Komm, gib dem Mädel eine Chance«, sagt Smiley. Dann wendet er sich wieder mir zu. »Aber du kennst Ed, oder?«

Ich zögere.

»Leugnen ist zwecklos. Ich weiß genau, was mit euch beiden war.«

»Ach ja?«

»Das war der Fettwanst«, sagt er. »Er hat uns deinen Namen und deine Adresse verraten. Ich glaube, er hat versucht, dir eine Nachricht zu hinterlassen.«

»Ich habe sie gehört.«

»Bist du deshalb da hingerannt und hast die Polizei gerufen?«

»Ja. Ihr hättet ihn nicht umbringen müssen.«

»Er war unkooperativ«, sagt Smiley. »Und dann ist alles etwas aus dem Ruder gelaufen. Nicht so schlimm wie vorhin mit der Polizistin …« Er wirft Michael einen durchdringenden Blick zu, dann sieht er wieder mich an. »Aber so ist es nun mal. Dave war nicht sehr gesprächig und wollte uns auch nicht helfen zurückzubekommen, was uns gehört.« Er lässt das einen Moment wirken. »Aber du, Jen, du siehst aus wie jemand, der gerne hilft, der anderen gerne einen Gefallen tut.«

»Ich weiß nicht, was …«

»Ed war dein Freund, stimmt's? Zumindest nach dem, was wir aus Dave rausgekriegt haben.«

»Ja.«

»Und du wusstest, was er so treibt?«

»Ich wusste, dass ich mich auf einen verdammten Idioten eingelassen habe.«

Smiley nickt. Aber lächelt immer noch nicht. Ich frage mich allmählich, ob das einer von diesen ironischen Spitznamen ist. »Gut, gut«, sagt er. »Sehr gut. Ich bin ihm nur ein- oder zweimal begegnet, aber das reicht, um zu wissen, dass er ein Arsch ist. Aber irgendwas muss er ja gehabt haben, nicht?«

»’nen großen Schwanz?«, sagt Michael.

Niemand lacht.

»Etwas, das dir viel bedeutet hat?«, fragt Smiley, als hätte der Jüngere nie den Mund aufgemacht.

»Jetzt nicht mehr.«

»Gab’s Ärger?«

»Ich habe ihn vor drei Wochen rausgeschmissen.«

»Vor drei Wochen?«

»Ja.«

»Da hat er sich aus dem Staub gemacht.«

»Was?«

»Vor drei Wochen hatten dein Freund – oder Exfreund oder was auch immer – und ich ein kleines Treffen. Einen Plausch. Reden kann er ja, der Schaumschläger, aber wenn’s hart auf hart kommt … Na ja, sagen wir einfach, er hat seine Rechnungen nicht gerne pünktlich bezahlt.«

»Wer tut das schon?« Ich weiß nicht, woher dieser freche Spruch auf einmal kommt. Vielleicht das Adrenalin. Ich ziehe eine Show ab, um mir nicht anmerken zu lassen, was für eine Heidenangst ich habe. So ähnlich wie neulich bei der Sache mit Ed.

Ich nehme mir vor, mich nie beim Psychiater auf die Couch zu legen.

»Willst du wissen, wie viel er uns schuldet?«

»Wahrscheinlich nicht.«

Smiley schweigt einen Moment. Seine grauen Augen fixieren mich im Rückspiegel. Ich glaube, während dieses gesamten Gesprächs hat er kein einziges Mal geblinzelt.

Basilisk.

»Fast eine Million. Kaum zu glauben, was?«

»Wie kam es denn dazu?«

Er schüttelt den Kopf. »Das willst du gar nicht wissen. Er sollte meinem Boss den einen oder anderen Gefallen tun, aber stattdessen hat er uns alle verarscht. Der Kerl denkt, er wäre

’ne ganz große Nummer. Dabei ist er bloß ein mieser kleiner Wichser. Hält sich für ganz ausgebufft, aber hat nicht für fünf Cent Hirn in der Birne.« Er atmet tief durch. »So, jetzt weißt du Bescheid und kannst mir sagen, wo er steckt.«

Ich sehe zu Michael, der immer noch die Pistole in der Hand hat. Lässig und tief. Irgendwie werde ich den Eindruck nicht los, dass der Typ sich für einen Filmstar hält. Alles, was er tut, wirkt affektiert, als würde er eine Rolle spielen, sich benehmen, wie er meint, dass es von ihm erwartet wird. An ihm ist nichts Natürliches, nichts Echtes. Womit er und Smiley das perfekte schräge Killerpaar abgeben.

»Du hast die Polizistin getötet.«

Ich weiß nicht, ob es nur Einbildung ist, aber mir scheint, Michael wird blass, als ich das sage. Alle Schauspielerei der Welt kann nicht verbergen, dass ihm der Arsch auf Grundeis geht. Bestimmt hat er sich schon öfter ausgemalt, jemanden zu töten, aber ich vermute, das war das erste Mal, dass er es tatsächlich durchgezogen hat.

Und es war ganz bestimmt nicht geplant.

Denn in seinem Gesichtsausdruck liegt etwas, das ich nicht zu fassen kriege. Er hat nicht nur Schiss vor dem Zorn seines Partners. Da ist noch etwas anderes. Aber was?

Smiley sagt: »Bleib bei der Sache, Jen.«

Er ist so anders als Michael. Wahrscheinlich hat er sich den Jüngeren nicht freiwillig als Partner ausgesucht. Ich weiß, dass Smiley schon getötet hat. Er ist dermaßen tiefenentspannt. Der Tod erschüttert ihn nicht.

»Ich will wissen, warum er sie getötet hat«, sage ich und deute zu Michael.

Smiley schüttelt den Kopf. »Ich hatte eigentlich vor, das unter vier Augen mit dir zu klären«, sagt er und sein Blick wandert im Rückspiegel zu seinem Partner. »Aber die Kleine hat recht und ich wüsste das auch gerne. Also, warum zum Teufel hast du abgedrückt?«

»Verdammter Mist.« Michael sieht nervös zu Smiley. »Du hast doch selbst gesagt, sie hatte da nichts verloren, und früher oder später hätte sie irgendwas versucht.« Er spricht schnell, die Worte überschlagen sich fast.

»Und dann hätten wir uns darum gekümmert.« Der Gegensatz zwischen ihnen könnte nicht größer sein. Smiley spricht deutlich und ungerührt. »Aber jetzt ist sie tot. Weißt du, was noch schlimmer ist, als einen Bullen zu verletzen?«

Michael schweigt.

Smiley gibt ihm noch einen Moment, bevor er selbst antwortet. »Einen Bullen zu töten. Weißt du, was das für einen Wirbel gibt?« Wieder schüttelt er den Kopf. Dann sieht er zu mir. »Meinst du, sie haben sie inzwischen gefunden?«

»Das muss das ganze Haus mitgekriegt haben«, sage ich. »Irgendwer hat bestimmt nachgeschaut, was bei mir los ist.« Ich versuche mich zu erinnern, ob wir die Tür offen gelassen haben.

Ich denke daran, wie alt einige von meinen Nachbarn sind. Die Vorstellung, dass eine von den alten Frauen meinetwegen einen Herzinfarkt kriegt, finde ich noch schlimmer, als dass Deeren erschossen worden ist.

Was sagt das über mich?

Und was sagt es über mich, dass ich nie irgendwem von der Sache mit Ed erzählt habe?

Vielleicht bin ich ja bei den beiden genau in der richtigen Gesellschaft gelandet.

Michael lacht. »Glaubst du, die wissen, dass das ein Schuss war? In Partick? Im ruhigen, spießigen West End? Die wissen doch nicht mal, was eine Pistole ist.«

»Was soll es sonst gewesen sein? Eine Fehlzündung, in meinem Wohnzimmer?«

Smiley nickt, den Blick nun nach vorn auf die Straße gerichtet. »Sie werden die Bullen angerufen und die Leiche in deiner Wohnung gefunden haben.«

»Vermutlich«, sage ich.

»Das sieht aber nicht gut aus.«

»Nein.«

»Was willst du ihnen sagen, wenn sie dich fragen?«

»Ich weiß es nicht.«

»Nein?«

Ich überlege. Wie grotesk meine Geschichte klingen würde. »Vielleicht dass zwei Psychopathen in meine Wohnung eingedrungen sind und nach Geld gefragt haben, das mein Ex ihnen schuldet. Derselbe Ex, der vor drei Wochen verschwunden ist und von dem ich immer noch nicht weiß, wo er steckt.«

Smiley schüttelt den Kopf. »Ich merke genau, wenn jemand mich anlügt, Jen«, sagt er. »Ich war nicht immer ein Shylock, weißt du.« Was für eine merkwürdige Anspielung. Aber ich habe jetzt keine Zeit, da nachzuhaken.

Natürlich hat er recht.

Ich weiß, wo Ed ist.

Aber auch wenn Smiley meine Lüge durchschaut hat, weiß er nicht, dass es ihm nichts nützen wird, wenn er erfährt, wo Ed steckt. Bei einem Toten kann man keine Schulden eintreiben.

Smiley würde sicher nicht zögern, jemanden zu töten, der ihm im Weg ist oder ihm nichts mehr nützt. Ich schätze, sobald er das mit Ed rauskriegt, schreibt er das Geld ab und sieht zu, dass er mich loswird. Immerhin kann ich mich damit trösten, dass es nichts Persönliches ist.

»He«, sagt Smiley. »Kommt da noch was?«

»Ja, ich weiß, wo er ist«, sage ich. »Dave hätte es euch bestimmt auch gesagt. Er wusste es nämlich.«

»Der Kerl war überraschend stur für einen übergewichtigen Kiffer«, sagt Smiley. »Hat mich fast beeindruckt.«

»Ich kann euch zu Ed bringen«, sage ich. »Das ist bloß etwas kompliziert. Ich könnte euch den Weg zeigen, aber es wäre einfacher, wenn ihr mich fahren lasst.«

Großer Gott, Jen, was tust du?

Was tust du?

Michael schüttelt den Kopf und hebt die Pistole. Ich versuche, nicht vor ihm zurückzuweichen. »Vergiss es. Kommt nicht in die Tüte.«

Smiley sagt: »Du zeigst uns den Weg. Du fährst nicht. Keine Debatten. Du hast eine tote Polizistin in deiner Wohnung, als Beweis, dass wir keinen Spaß verstehen. Aber wir sind nicht herzlos. Wenn du uns zu Ed bringst, wenn wir mit ihm reden können, dann lassen wir dich am Leben. Das ist doch ein Angebot, das du nicht ablehnen kannst, oder?«

»Ja«, sage ich. Verhandeln war noch nie meine Stärke. Jedes Mal, wenn ich es versuche – zum Beispiel wenn mein Telefonvertrag ausläuft und ich einen neuen zu günstigeren Konditionen haben will –, habe ich danach das Gefühl, dass ich irgendwie schlechter dastehe als vorher.

Allerdings gibt es in diesem Fall vermutlich sowieso keine günstigeren Konditionen.

Smiley sieht zu Michael. »Sieht aus, als hätten wir einen Plan.«

Ich hole tief Luft.

Okay, ich habe ein wenig Zeit gewonnen. Aber was mache ich damit?

18

Ich bin ganz ruhig.

Das ist das Merkwürdigste.

Während ich darüber nachdenke, wie ich hier rauskomme, spüre ich keine Panik, keine Angst. Mein Herz rast nicht. Mein Atem wird nicht flach. Meine Gedanken überschlagen sich nicht.

Ich bin ganz ruhig.

Cool.

Gelassen.

Fühlt es sich so an, wenn man unter Schock steht?

Schließlich muss ja irgendwann mal die Grenze dessen erreicht sein, was ein Mensch verkraften kann. Den toten Dave finden, miterleben, wie Deeren erschossen wird, gezwungen werden, zwei Gangstern zu zeigen, wo du deinen Exfreund versenkt hast – das alles bleibt ja nicht ohne Folgen.

Vielleicht beschließt das Gehirn einfach irgendwann, dass es jetzt das Beste ist, so zu tun, als wäre alles, was geschieht, vollkommen normal.

Another Day in Paradise.

Okay, ich stehe definitiv unter Schock, wenn ich mich mit einem Song von Phil Collins zu trösten versuche.

Smiley, der nach meinen Anweisungen fährt, wirft mir einen verstohlenen Blick zu, als ob ihn etwas beschäftigt. Vielleicht vermutet er etwas. Würde mich nicht wundern. Er ist nicht dumm. Er ist gewalttätig – das merkt man an der Art, wie er sich bewegt, und an seiner Stimme –, aber er ist nicht grausam oder dumm.

Ich überlege, ob ich ihm die Wahrheit sagen soll, lasse es

dann aber bleiben. Es ist nicht so sehr seine Reaktion, die mir Sorgen macht. Ob er wütend wird oder das Ganze einfach hinnimmt, ändert an der augenblicklichen Situation nichts. Nein, was mir Sorgen macht, ist, dass die Sache mit Ed dann Wirklichkeit wird.

Die letzten Wochen waren wie ein Traum und wenn ich jetzt darüber rede, wache ich auf und begreife, dass alles wahr ist.

»Wir hätten eine Lösung finden können«, sagt Smiley. »Er und ich. Dein Freund, dein Ex oder was auch immer er jetzt für dich ist.« Er schüttelt den Kopf. »Ich weiß, du hast gesagt, ihr seid nicht mehr zusammen, aber wenn du sein Versteck kennst, dann bedeutet er dir noch was. Und du sollst wissen, dass ich ihm jede Gelegenheit gegeben habe, die Sache geradezubiegen. Ich bin kein Gauner.«

Michael sitzt hinten, zusammengesunken und still. Wie ein kleiner Junge, der schmollt, weil seine Eltern nicht mit ihm zu McDonald's fahren wollen.

Ich blicke nach vorne auf die Straße. Ich will eigentlich nicht mit Smiley reden, aber er lässt nicht locker. Als wollte er rauskriegen, wie ich ticke. Als wüsste er, dass es da irgendwas gibt, das ich ihm nicht sage, aber er hat keine Ahnung, was es ist.

»Niemand hätte sterben müssen«, sagt er. »Aber er hat sich entschieden abzuhauen, anstatt sich der Sache zu stellen wie ein Mann. Damit trägt er die Verantwortung für Dave und die Polizistin.« Er zögert. Die nicht ausgesprochenen Worte lauten *und für dich*. Dann spricht er weiter. »Wenn er zu mir gekommen wäre, oder zu meinem Boss, und versucht hätte, mit uns eine Lösung zu finden, hätte niemand sterben müssen.« Wieder eine Pause. Schon klar, er will sichergehen, dass ich verstehe, was er sagt. Und das tue ich. Vielleicht bin ich sogar seiner Meinung, aber ich sehe keinen Sinn darin, das auszusprechen. »Im Grunde hat er sie getötet.«

Ich schaue weiter stur nach vorne. Die weißen Linien verschwimmen.

Mag ja sein, dass Ed letzten Endes verantwortlich ist, aber Smiley war derjenige, der Dave gefoltert und getötet hat, und es war Michaels Finger, der den Abzug der Pistole gedrückt hat, deren Kugel in Constable Deerens Stirn gelandet ist.

Aber das kann ich nicht sagen.

Oder ich will es nicht. Ich hänge immer noch zwei Schritte hinter mir selbst her und beobachte nur, statt zu handeln. Was ich auch sage oder tue, ich habe nicht das Gefühl, irgendetwas davon kontrollieren zu können.

»Wer ist denn dein Boss?«

Das ärgert ihn. »Komm schon, Mädchen«, sagt er. »Du weißt genau, dass solche Fragen zwecklos sind.«

»Ich bin nur neugierig«, sage ich. »Außerdem vermute ich, ist es sowieso egal, ob du es mir sagst oder nicht.«

Ich weiß, dass er mich nicht am Leben lässt. Ich bin von Anfang an tot gewesen. Von dem Moment an, als sie mich gesehen haben. Ich weiß ihre Namen und ich kann beschreiben, wie sie aussehen. Was der Polizei vielleicht helfen würde, sie zu finden. Es ist vernünftig, mich zu töten. Und das nehme ich mit einem ungerührten Fatalismus hin, der mir neu ist.

Ich frage mich, wie lange es dauert, bis ich hysterisch werde. Ich bin viel zu ruhig. Zu losgelöst. Warum, weiß ich nicht. Ich weiß nur, dass es früher oder später zum Ausbruch kommen wird. Bis dahin kann ich nur weitermachen wie bisher.

Wie biegen auf die Schotterstraße ab, auf die Dave vor knapp einem Monat mit mir gefahren ist. Ich bin nur dieses eine Mal hier gewesen und trotzdem kenne ich die Strecke in- und auswendig. Sogar in der Dunkelheit finde ich mich zurecht. Ich weiß, wo wir angehalten haben. Ich erkenne die Baumlinie wieder, den unregelmäßigen Straßenrand.

Ich sage: »Da vorne anhalten.«

Michael macht zum ersten Mal wieder den Mund auf. »Wo zum Teufel sind wir?«

Smiley schweigt.

Er wartet, was als Nächstes kommt.

Ich steige aus dem Auto und gehe los. Ein bisschen zu schnell. Smiley sprintet hinter mir her. »He, schön langsam!«

Ich führe die beiden zwischen den Bäumen und dem hohen Gras hindurch zu dem erhöhten Uferstück, wo wir Ed in Einzelteilen versenkt haben.

Das Wasser ist ruhig. Fast schwarz.

»Was soll das?«, fragt Smiley. »Trägt er Tarnklamotten? Macht er einen auf Wildniscampen oder was?«

Ich zeige auf den See.

»Er ist doch kein verdammter Fisch«, sagt Michael und späht über den Rand nach unten.

Smiley bleibt, wo er ist. Der Groschen fällt. Ich sag ja, er ist nicht dumm.

»Verfluchte Scheiße«, sagt er. »Aber er liegt bei den Fischen. Wie Luca Brasi.«

»Was?« Michael starrt immer noch runter auf das Wasser.

Ich bin immer noch ganz ruhig. Was jetzt kommt, geschieht ohne Nachdenken, ohne Plan, als wäre es das Natürlichste von der Welt.

Ich versetze Michael einen Stoß. Er verliert das Gleichgewicht und rudert wild mit den Armen.

Dann drehe ich mich um und fange an zu laufen.

Aus dem Augenwinkel sehe ich, wie Michael versucht, sich an Smiley festzuhalten, während dieser wiederum versucht, die klammernden Finger loszuwerden. Meine Sinne sind geschärft. Alles läuft wie in Zeitlupe ab. Ich kann jede Einzelheit beobachten.

Smiley stößt Michael von sich weg. Das Letzte, was ich sehe, bevor ich mich nach vorne wende, um zu fliehen, ist, wie Michael fällt und sich an Smileys Ärmel festkrallt. Smiley versucht, mir zu folgen, doch wieder hindert ihn sein jüngerer Partner daran.

Ich renne geduckt Richtung Auto.

Ich schaue nicht zurück.

Höre ein Platschen.

Ein Körper oder zwei?

Will ich wirklich umkehren und nachsehen?

Ich springe ins Auto. Smiley hat den Schlüssel stecken lassen. Zu sehr darauf konzentriert, mich am Weglaufen zu hindern, um an dieses kleine Detail zu denken.

Der Motor stottert. Das löscht das Lächeln auf meinem Gesicht. Was mache ich falsch? Was muss ich tun?

Ich versuche es noch mal. Diesmal trete ich die Kupplung. Mein Fuß rutscht ab, wieder springt der Motor nicht an.

Smiley kommt aus dem Wald gelaufen. Also nur ein Körper. So schnell hätte er nicht aus dem Wasser klettern können. Nicht mal er.

Endlich zündet der Motor. Mein Fuß bleibt auf der Kupplung. Ich lege den Rückwärtsgang ein.

Smileys Hände packen den Griff der Beifahrertür. Die Tür öffnet sich mit einem Klicken. Er versucht, ins Auto zu greifen.

Ich lasse die Kupplung kommen und trete aufs Gas, sodass der Wagen mit Schwung zurücksetzt. Dann schlage ich das Lenkrad ein. Der Wagen holpert über den unebenen Boden.

Smiley verliert das Gleichgewicht. Er hängt an der Tür. Versucht, den Schwung zu nutzen, um ins Auto zu springen.

Ich fahre eine scharfe Kurve. Der Schwung schleudert ihn vom Wagen weg anstatt hinein. Aber er klammert sich immer noch an die offene Tür.

Kupplung. Erster Gang.

Gas.

Sein Oberkörper ist jetzt im Auto.

»Miststück!«

Ich trete das Gaspedal ganz durch. Der Motor heult protestierend auf. Das Heck des Autos versinkt halb in Gras und Erde, während die Vorderreifen holpernd auf der Straße landen.

Der Wagen macht einen Satz nach vorne.

Smiley fällt bäuchlings auf den Beifahrersitz.

Kräftige Hände greifen nach mir und dem Schaltknüppel.

Ich schalte in den zweiten Gang.

Er lässt los, fällt aus der offenen Tür.

Ich sehe ihn im Rückspiegel, wie er über den Boden rollt und auf dem Rücken liegen bleibt.

Dritter Gang.

Vierter.

Fünfter.

Nichts wie weg.

Im Rückspiegel sehe ich, wie Smiley aufsteht. Er rennt nicht hinter mir her. Stattdessen formt er seine Hand wie eine Pistole und zielt damit auf mich.

Botschaft angekommen.

Klar und deutlich.

Und was zum Teufel mache ich jetzt?

19

Sobald ich wieder auf der A82 bin, gehe ich vom Gas. Ein paar Leute überholen mich und wahrscheinlich fluchen sie dabei. Ein Typ macht Lichthupe und zeigt mir den Stinkefinger, als er an mir vorbeirauscht.

Ist mir egal.

Ich zittere.

Meine Arme und Beine fühlen sich seltsam an, als gehörten sie nicht zu mir. Meine Brust ist ganz eng. Ich bekomme nicht richtig Luft und mir ist schwindelig.

Wie eine Oma zuckele ich zurück in die Stadt. Übervorsichtig. Wahrscheinlich eine größere Gefahr, als wenn ich rasen würde.

Habe ich einen Plan?

Abgesehen davon, meine Haut zu retten?

Selbst im besten Fall wird die Polizei inzwischen bemerkt haben, dass Deeren verschwunden ist. Sie wissen, dass sie zuletzt bei mir war. Also werden sie bei mir angerufen haben. Sie werden zu meiner Wohnung gegangen sein, um mich zu befragen. Sie werden ihre Leiche gefunden haben. Und das Geld, das etwas tiefer im Wandschrank versteckt ist, als Smiley vorhin suchen konnte. Sie werden die Wohnung mit diesen schicken UV-Lampen abgesucht haben, die sie immer bei *CSI Miami* benutzen, und die Reste der Blutflecken gefunden haben, die Dave nicht aus den Dielen entfernen konnte.

Sie werden eins und eins zusammengezählt haben und so was Ähnliches wie die Wahrheit herausgefunden haben. Nah dran, aber nicht ganz.

Was soll ich nur machen?

Selbst wenn ich die Wahrheit sage, wird mir keiner glauben.

Ich würde mir ja selbst nicht glauben.

Ich fahre über die Great Western Road in die Stadt und steuere auf das Zentrum zu. Ich muss mit jemandem reden, und es ist nur noch ein Mensch übrig, der mich vielleicht versteht oder wenigstens Mitgefühl hat.

Caroline. Ich überlege, ob ich sie anrufen soll, doch dann fällt mir ein, dass mein Handy noch in der Wohnung ist. Ich habe es dort liegen lassen, als ich rausgerannt bin, um zu Dave zu kommen. Wie ungeschickt. Wer setzt denn heutzutage noch einen Fuß vor die Tür ohne sein Handy?

Auf einmal packt mich die Angst. Direkt in meinem Brustkorb, sodass ich nur noch ganz flach atmen kann.

Als ich die Innenstadt erreiche, fahre ich zur St Vincent Street, zum Royal College of Physicians and Surgeons. Da findet das Ceilidh statt. Da ist Caroline.

Ich brauche bloß eine Freundin. Ein vertrautes Gesicht. Jemanden, der mir helfen kann, das alles zu durchdenken.

Sie wird mir raten, mich zu stellen. Und sie wird recht haben. Aber ich muss es aus ihrem Mund hören. Sie muss mich aus dieser verrückten Flucht herausreißen, auf der ich bin, seit Ed das Messer abgekriegt hat.

Ich parke ein Stück weiter an der Straße. Als der Motor aus ist, hole ich tief Luft. Mein Magen krampft sich zusammen. Meine Kehle schnürt sich zu.

Ich kneife die Augen zusammen und umklammere das Lenkrad.

»Na los«, sage ich leise. »Mach schon. Geh.«

Ich versuche, gleichmäßig zu atmen.

Ich hab mal Yoga gemacht. Ich kenne die Atemtechniken.

Ein. Aus.

Ein. Aus.

Denk nur an das Gefühl des Atmens. Alles andere ist unwichtig.

Ein. Aus.

Mein Herzschlag wird ruhiger. Mein Magen lockert sich. Meine Kehle ebenfalls.

Ich öffne die Augen wieder. Alles ist ein wenig verschwommen. Ich blicke in den Rückspiegel. Nein, ich weine nicht, meine Augen tränen nur ein bisschen. Als hätte ich Zwiebeln geschnitten. Nicht mehr.

Ich bemühe mich, nicht allzu nervös zu wirken und keine Aufmerksamkeit auf mich zu lenken, als ich zum College gehe. Auf der Straße fühle ich mich wie auf dem Präsentierteller.

Beobachten die Leute mich?

Sucht die Polizei nach mir?

Weiter hinten in der Straße fährt ein Streifenwagen vorbei. Ich zucke zusammen und rechne damit, dass gleich das Blaulicht angeht und die Sirene losheult. Doch die Polizei hat offenbar etwas anderes vor. Im Moment sind sie nicht auf der Suche nach einer Frau Anfang dreißig, die verdächtigt wird, drei Menschen kaltblütig ermordet zu haben.

Ich atme noch einmal tief durch und gehe die Stufen zum Royal College hinauf. An der Tür stehen zwei Typen in Anzügen. Sie sind kräftig, aber im Vergleich zu einem Mann wie Smiley sehen sie aus wie Kuschelbären. »Kann ich Ihnen helfen?«, fragt der eine. Er hat ein Ziegenbärtchen, das sein Gesicht weicher macht. Ohne das sähe er aus wie ein junger, durchtrainierter Ian Rankin. Die Wirkung ist ein wenig irritierend. Wir haben Rankin schon ein paarmal zum Signieren bei uns gehabt und fast hätte ich den Türsteher gefragt, wie es ihm geht und wieso er sich dieses komische Bärtchen zugelegt hat.

»Heute Abend ist hier doch ein Ceilidh«, sage ich.

Bärtchen-Rankins Kumpel mustert mich misstrauisch von oben bis unten. Natürlich. Ich habe eine alte Jeans und ein T-Shirt an. Und meine Converse sind auch nicht gerade zum Tanzen geeignet.

»Meine Freundin ist da drin«, sage ich. »Ich muss mit ihr sprechen.« Das klingt nicht überzeugend genug, deshalb füge ich hinzu: »Ein familiärer Notfall.«

Schweigendes Misstrauen. Die beiden nehmen ihren Job ernst.

»Wirklich«, sage ich. »Es ist wichtig.«

Sie tauschen einen Blick, dann bedeutet mir Ziegenbärtchen mit einer Kopfbewegung, dass ich reinkann. »Erster Stock. Die Treppe rauf.«

»Danke.«

Drinnen spüre ich sehr deutlich, dass ich falsch angezogen bin. Das Gebäude ist überraschend groß, mit einer geschwungenen Treppe und kunstvollen Verzierungen an den Wänden. Hier spürt man Jahrhunderte der Förmlichkeit und des Lernens. Von holzgerahmten Ölgemälden blicken alte weiße Männer missbilligend auf mich herab. Ich versuche mir zu sagen, dass sie alle Leute so ansehen. Trotzdem bin ich mir meines Aufzugs, den ich sonst nur trage, wenn ich im Lager arbeite, sehr bewusst.

Es ist nicht schwer, den Saal zu finden. Der fröhliche Klang von Fiedeln und Akkordeons, begleitet von einem dezenten Bass, schallt mir schon auf der Treppe entgegen. Ich folge einfach der Musik.

In dem Saal müssen mindestens hundert Leute sein. Alle in Abendgarderobe: die Mädels in langem Kleid, die Jungs im Kilt, mit allem Drum und Dran. Ein paar Leute, die neben der Tür stehen, starren mich an wie einen Blitzer, der übers Fußballfeld rennt.

Ich halte Ausschau nach Caroline und entdecke sie auf der Tanzfläche, wo sie von einem Kerl mit dunklen Locken und wohlmodellierten Armen herumgewirbelt wird.

Ich schiebe mich durch die Menge und fasse sie an der Schulter. Sie löst sich von ihrem Tanzpartner und sieht mich an, als wäre ich eine entlaufene Irre. »Ich dachte, du weißt, dass es hier einen Dresscode gibt.«

»Ich muss mit dir reden.«

Sie nickt. Erkennt den Ernst der Lage. Ein Blick in meine Augen genügt.

Sie wendet sich zu ihrem Partner um. »Wir sehen uns an der Bar, okay?« Er zuckt die Achseln, wirft mir einen giftigen Blick zu und stapft von der Tanzfläche.

Caroline und ich schlüpfen aus dem Saal und gehen hinunter bis zum ersten Treppenabsatz.

»Ich hoffe, es ist wirklich was Wichtiges …«

»Ich brauche deine Hilfe. Ich … Kann ich bei dir übernachten? Nur heute.«

»Was ist denn los?«

Die ganze Ruhe von vorhin ist verschwunden. Mein Magen zuckt, aber es ist keine Übelkeit, sondern Gelächter. Es wandert meine Kehle hoch und ich kämpfe mit aller Macht dagegen an. Das ist der schlimmste Lachanfall, den ich je gehabt habe.

»Jen, was ist …?«

»Ich hab Ärger. Richtig üblen Ärger.«

Sie sieht aus, als würde sie sich gleich umdrehen und gehen. Sie mustert mich einen Moment genervt, dann wird ihre Miene plötzlich weicher. »Meine Güte, Jen, was ist passiert?«

»Es ist wegen Ed«, sage ich.

Nicht gerade die erhellendste Erklärung des Jahrhunderts.

»Ist er zurückgekommen? Oh, Jen …«

»Nein …« Ich zögere. »Nicht so ganz.«

Sie kratzt sich über dem Auge. Spielt auf Zeit, um einen Moment nachdenken zu können. Vielleicht ist sie hin und her gerissen zwischen ihrer Freundin in Not und dem Kerl im Kilt. Ohne weitere Informationen fände ich das auch eine schwierige Entscheidung.

»Gib mir zwei Minuten, ja?«, sagt sie. »Bin gleich wieder da.«

Sie läuft wieder die Treppe hoch.

Erschöpft stütze ich mich am Geländer ab. Ich habe keinen

Plan. Ich brauche jetzt erst mal eine Atempause und einen Ort, wo ich mich sicher fühle und nachdenken kann.

Seit der Sache mit Ed habe ich keinen klaren Gedanken mehr auf die Reihe gekriegt. So was bringt wohl jeden aus dem Gleichgewicht.

Aber das hier ist nichts, was sich nach ein paar Tagen von selbst regelt. Ich wusste es schon, als ich Ed getötet habe, aber ich habe es ignoriert: Alles in meinem Leben hat sich verändert. Alles an mir hat sich verändert. Wie auch immer es jetzt weitergeht, all das, woran ich bisher geglaubt habe, hat keine Gültigkeit mehr.

Die alten Pläne, die alten Träume – alles Schnee von gestern.

Und je eher ich das begreife, desto eher finde ich einen Weg hier raus.

20

»Das ist neu«, sagt sie, als wir ins Auto steigen. Beiläufig, als wäre das nichts Ungewöhnliches. Ich habe kein Auto. Schon seit ich im Buchladen angefangen habe nicht mehr. Keine Pendelei, gute Öffentliche – wozu brauche ich da ein Auto? Ich habe überhaupt nur den Führerschein gemacht, weil ich auf dem Land aufgewachsen bin. Seit meinem Umzug in die Stadt bin ich nicht mehr gefahren.

»Ja.« Ich starte den Motor. Die Anzeigen auf dem Armaturenbrett leuchten auf wie in einem Raumschiff.

»Schick. Muss 'ne Stange Geld gekostet haben.«

Ich sage nichts dazu. Von so was habe ich keine Ahnung. Es ist ein Auto. Es fährt vorwärts und rückwärts. Ich weiß nicht, welche Marke oder welches Modell das ist. Ich weiß nur, dass es mir das Leben gerettet hat.

Sie duldet mein Schweigen, bis wir auf der Straße Richtung West End sind. »Hast du im Lotto gewonnen oder was? Ich meine, in letzter Zeit hast du Geld ausgegeben, als gäb's …«

»Kann das warten, bis wir bei dir sind?«, sage ich schärfer als beabsichtigt. »Ich meine, das ist eine längere Geschichte.«

»Okay. Klar.«

Obwohl ich mich auf die Straße konzentriere, nehme ich den Ausdruck auf ihrem Gesicht wahr: eine Mischung aus Sorge, unguter Vorahnung und Mitgefühl. Diese Augen, so ausdrucksvoll. Ihr Ex hat sie deswegen Bambi genannt. Groß, dunkel, seelenvoll. Ich war immer ein bisschen neidisch darauf.

»Erzähl's mir einfach, wenn du so weit bist.«

Bei Caroline gibt es immer eine angebrochene Flasche Wein. Meistens rot. Mit mir trinkt sie auch Prosecco, aber wenn sie die Wahl hat, nimmt sie lieber einen schweren, vollmundigen Wein. Heute Abend habe ich keine Lust zu debattieren. Sie schenkt uns zwei Gläser ein, während ich mich aufs Sofa setze. Das Licht ist gedämpft, wie wir es beide mögen.

Vom Fenster aus hat man einen netten Blick auf die Stadt, gegenüber die Mitchell Library und dahinter das Zentrum mit all seinen Lichtern und Autos und Menschen. Dieses Haus ist neu, angebaut an ein älteres und ganz modern gestaltet: große Fenster, klare Linien. Caroline hat sich eine Wohnung darin gekauft, als ihr ein Onkel, den sie kaum kannte, überraschend einen Haufen Geld vermacht hat. Ihre einzige Extravaganz, wie sie es nennt.

Ich kann nicht behaupten, dass es mir gefällt – ich mag lieber alt und solide und gemütlich –, aber das Haus ist auf seine Art beeindruckend und sie liebt ihre Wohnung eindeutig.

Sie setzt sich neben mich aufs Sofa, trinkt einen Schluck aus ihrem Glas und sagt: »Dann erzähl mal.«

»Das ist nicht einfach.«

»Vielleicht hilft ja der Wein. Aber wenn ich schon einen so vielversprechenden Abend sausen lasse, dann will ich auch was hören.«

Ich nehme allen Mut zusammen. »Ed ist damals nicht wirklich gegangen.«

»Was soll das heißen?«

»Er ist nachts noch mal wiedergekommen. Nachdem wir beide was trinken waren.«

Sie schürzt die Lippen und ihre Bambiaugen werden schmal. »Okay.«

Ich weiß, was sie denkt, und so übel es auch gewesen wäre, wünsche ich mir fast, dass sie recht hat. Dann wäre alles ganz anders gelaufen.

»Er hatte Sachen in meiner Wohnung versteckt.«

»Du meinst, seine Vorräte?«

Die Überraschung steht mir vermutlich ins Gesicht geschrieben. »Das wusstest du?«

»Wer wusste das nicht? Er hat ein bisschen mit Gras gedealt«, sagt sie. »Zu ’nem guten Kurs.« Ich versuche, mir meine Missbilligung nicht anmerken zu lassen. Aber es gelingt mir nicht. Sie sieht mich ungerührt an. »Es ist doch kein Geheimnis, dass ich ganz gerne ab und zu mal einen durchziehe. Er war ein Mistkerl, aber sein Zeug war gut. Na ja, aber ich wusste, dass du das nicht okay findest, also …«

»Er hat nicht nur mit Gras gedealt.«

»Oh.«

»Er hat auch Geld bei mir versteckt. Viel Geld. Eine Tasche mit lauter Bündeln. Und Pulver in so Päckchen. Ich weiß nicht, was es genau war, aber es war alles in meiner Wohnung. Er ist zurückgekommen, um es sich zu holen, als er dachte, dass ich nicht zu Hause wäre.«

»Kein Wunder, dass er immer wieder bei dir angekrochen gekommen ist«, sagte Caroline kopfschüttelnd. »Du warst sein perfektes Alibi. Warum sollte die Polizei je auf die Idee kommen, deine Wohnung zu durchsuchen? Du bist doch der absolute Unschuldsengel. Keine Vorstrafen, nicht das geringste Vergehen.«

»Nicht mal ein Knöllchen«, ergänze ich stolz. Obwohl das Mord vermutlich nicht aufwiegt.

»Und du wolltest mit dieser Seite von ihm nie was zu tun haben.« Sie trinkt einen Schluck Wein, dann sieht sie mich erwartungsvoll an. Sie will die Einzelheiten, die Story. »Und? Ist er vor dir auf die Knie gefallen, um das Zeug zurückzukriegen?«

»Nicht ganz«, sage ich. Und dann erzähle ich es ihr. Alles.

Als ich zu dem Teil mit Smiley komme, hebt sie die Hand und fragt: »Wie in … ?«

Ich zucke die Achseln. Wir sind Buchhändlerinnen, natürlich fällt uns als Erstes le Carrés *Smileys Leute* ein. Obwohl, ich glaube nicht, dass Michael viel liest. Smiley vielleicht? Ich weiß nicht. Er ist intelligenter, beherrschter. Das ist klar. Aber vielleicht nennen sie ihn auch bloß so, weil er immer nur die Stirn runzelt. Oder weil er wirklich so heißt. Klar, der Name ist ungewöhnlich, aber möglich wär's.

Ich versuche mir vorzustellen, wie er sich abends mit einem guten Buch in den Sessel setzt.

Passt irgendwie nicht.

»Das war jedenfalls der Name, den er mir genannt hat.«

»Und ihm schuldet Ed das Geld?«

»Nein. Aber ich habe den Eindruck, er hat sie hintergangen. Wer auch immer *sie* sind.«

»Okay.« Caroline hat sichtlich Mühe, das zu verdauen. Ich kann's ihr nicht verübeln.

»O Mann«, sage ich kopfschüttelnd. Nicht einfach, das alles zu einem Bild zusammenzusetzen. Die Welt fühlt sich an wie ein Haufen Puzzleteile, und ich weiß nicht, welches wohin gehört.

Ich versuche, einen Sinn hineinzubringen, indem ich Caroline alles erzähle. Das mit der Polizistin. Das mit Dave. Das mit der Fahrt zum See. Die ganze Geschichte.

Nicht nur für sie, auch für mich.

Als ich fertig bin, sieht sie mich an, als wäre ich eine Wahnsinnige.

»Ich habe nicht nachgedacht«, sage ich. »Ich glaube, wenn ich versucht hätte nachzudenken, wäre ich jetzt tot.«

»Ach ja?« Sie lacht. Es klingt ein bisschen irre und sie hört schnell wieder auf. Sieht mich mit ernster Miene an. »Und was hast du vor? Jetzt, wo du nachdenken kannst?«

»Keine Ahnung.«

»Ich bin mitschuldig«, sagt sie. »Als Mitwisserin bin ich genauso schuldig wie du.«

»Ich glaube, so funktioniert das nicht.«

»Bist du seit Neuestem Juraspezialistin oder was?«

»Willst du mich der Polizei ausliefern?«

»Sollte ich zumindest.«

»Das ist keine Antwort.«

Einen Moment herrscht Schweigen. Wir wissen beide nicht, wie wir das alles verarbeiten sollen. Ich wollte einfach nur ein vertrautes Gesicht und ein bisschen Unterstützung. Ziemlich egoistisch. Ich habe nie darüber nachgedacht, wie Caroline sich damit fühlt.

»Du musst dich der Polizei stellen«, sagt sie. »Besser spät als nie.«

»Können wir den Fernseher anmachen?«, frage ich. »Die Nachrichten. Ich … ich muss wissen, was los ist.«

Caroline nickt. Sie schaltet den Nachrichtensender ein. Livebericht. Meine Straße. Meine Wohnung. Darunter die Textzeile:

PARTICK: POLIZISTIN TOT IN WOHNUNG GEFUNDEN.

21

»Was soll ich tun?«

»Du weißt, was du meiner Meinung nach tun solltest.«

Aber ich kann mich nicht stellen. Bei der Vorstellung, der Polizei zu sagen, was passiert ist, und dann glaubt mir keiner, packt mich die nackte Angst.

Was dann? Abhauen? Hier bleiben?

»Ich glaube, mir wird schlecht«, sage ich.

»Steig in die Dusche«, sagt Caroline. »Vielleicht hilft das. Mal den Kopf frei spülen und so.«

Ja, vielleicht keine schlechte Idee. Ich danke ihr und schließe mich im Bad ein. Dann betrachte ich mich lange im Spiegel, schaue mir selbst in die Augen und rechne damit, eine Frau zu sehen, die ich nicht kenne. Eine Frau, die ihren Freund getötet und dann einfach weitergelebt hat, als wäre nichts passiert. Eine Frau, der es gelungen ist, zwei Killern zu entkommen, die ihr eine Kugel in den Kopf jagen wollten.

Aber ich sehe nichts davon. Nur dieselben Augen, die ich schon immer hatte. Mein Gesicht wirkt vielleicht ein wenig erschöpft. Als hätte ich nicht genug Schlaf gekriegt. Was seltsam ist, da ich jeden Abend problemlos eingeschlafen bin.

Vielleicht habe ich noch nicht begriffen, was passiert ist. Also, so richtig, meine ich. Dieser müde Blick könnte darauf hindeuten, dass ich etwas verdränge.

Ich schiebe den Gedanken beiseite und mache die Dusche an. Drehe das Wasser so heiß, wie es geht, und stelle mich darunter.

Viel mehr mache ich nicht. Ich schließe einfach die Augen und lasse das Wasser auf mich herabprasseln. Ich brauche die Hitze. Hoffe, dass sie mir nicht nur die Haut verbrennt, sondern meine Sünden gleich mit. Ich denke an die Mönche früher, die sich selbst gegeißelt haben, um für ihre Sünden Buße zu tun.

Nach ungefähr zehn Minuten spüre ich ein merkwürdiges Gefühl von Verlust, eine Leere, die mich zu überwältigen droht. Das Einzige, was mir einfällt, um dem zu entgehen, ist, in Bewegung zu bleiben.

Ich trockne mich mit einem dicken Handtuch ab und rubbele meine gerötete Haut, so fest ich kann. Dann ziehe ich mich wieder an. Caroline leiht mir eine Jeans und ein Top. Zum Glück haben wir ungefähr die gleiche Größe.

Ich höre ein Geräusch im Flur. Das ist die Klingel. Ich zucke zusammen. Um diese Zeit? Wer klingelt denn so spät noch?

Es sei denn … Hat Caroline die Polizei gerufen? Hat sie mich verpfiffen?

Ich verlasse das Bad und gehe zurück ins Wohnzimmer. »Danke«, sage ich. »Hör mal, ich glaube …«

Caroline hebt die Hände. »Ich hab sie nicht angerufen. Ich schwör's.«

Ein Mann tritt vor. »Nein, hat sie nicht. Aber jetzt, wo wir hier sind, wollen wir keinen weiteren Ärger mehr, oder?«

Er trägt eine Polizeiuniform. Die Schutzweste. Das Funkgerät. Die komplette Ausstattung. Aber er ist kein Polizist. Kann keiner sein.

Michael. Er ist hier.

Er hat mich gefunden.

»Wenn Sie freiwillig mitkommen«, sagt er, »passiert niemandem was.«

Caroline sieht mich flehend an. Sie weiß nicht, wer er ist. Für sie ist er einfach nur ein Polizist. Woher er wusste, dass ich hier bin, ist unwichtig. Er hat eine Uniform an. Warum sollte sie ihm nicht glauben?

Er streckt die Hand aus; eine Aufforderung, mit ihm zu kommen. Oder eine Herausforderung? Um zu sehen, ob ich ihn verpfeife?

Nein.

Es sind schon genug Leute tot. Ich will nicht, dass es meine beste Freundin auch noch erwischt.

Ich schaue zu Caroline, dann folge ich Michael widerstrebend aus der Wohnung.

DRITTER TEIL

WIE WIR HEUTE STERBEN

22

In gewisser Weise sollte ich dankbar sein. Die Ereignisse entziehen sich meiner Kontrolle. Deshalb muss ich auch nicht mehr darüber nachdenken.

Es ist vorbei.

Michael führt mich zum Auto. Ich rechne damit, dass er mich auf die Rückbank verfrachtet, doch stattdessen öffnet er mir die Beifahrertür. Es ist nicht Smileys Auto, sondern definitiv ein Polizeiwagen.

Mir fällt wieder ein, wie Deeren ihn angesehen hat. Als würde sie ihn von irgendwoher kennen.

Großer Gott.

Er steigt auf der Fahrerseite ein und sagt: »Du musst jetzt das Richtige tun.«

»Okay.«

»Bis jetzt suchen sie nicht nach dir. Die sind erst mal damit beschäftigt rauszukriegen, was überhaupt passiert ist.«

Etwas wächst in meiner Brust. Ein Gefühl von Angst und Beklemmung.

Michael drückt auf die Zentralverriegelung. Er macht keine Anstalten loszufahren. Wir sitzen einfach da im Auto. Draußen gehen Leute vorbei. Ich sollte rufen, schreien. Aber ich kann nicht. Die Erleichterung von eben ist verschwunden. Jetzt spüre ich nur noch ein Gefühl von Schwindel und Unausweichlichkeit.

»Ich geb mir echt Mühe, mich zusammenzureißen, okay? Schließlich muss ich auch meinen Arsch retten. Das war nackte Panik, als ich die Polizistin erschossen habe.«

»Sie hieß Deeren.«

»Von mir aus. Ich meine, dass ich da einfach so abgedrückt habe, das war echt Scheiße. Und jetzt muss ich das wiedergutmachen.«

»Wie hast du mich gefunden?«

»Ich bin ja nicht blöd. Ich bin ein echter Bulle. Also bin ich zurück zu deiner Wohnung und hab so getan, als hätte ich den Funkspruch mitgekriegt. Ich hab deinen Anrufbeantworter abgehört. Diese Caroline klang ganz vielversprechend. Sie oder deine Mutter. Sind ja offenbar die Einzigen, die bei dir anrufen.«

Anscheinend hat er doch Grips, wenn er nicht gerade durchdreht. Die Leute überraschen einen immer wieder.

»Der ganze Quatsch vorhin«, sage ich, »das war also nur, um Smiley zu beeindrucken?«

Er antwortet nicht. Nach kurzem Schweigen fragt er: »Wo ist das Geld? Und wo ist der Stoff?«

Wie weit soll ich mit der Wahrheit rausrücken? »Das Geld war in meiner Wohnung. Den … Stoff hatte Dave. Aber der kann nicht mehr reden, wie du weißt.«

»Du hast einen Teil vom Geld auf die Bank gebracht, nicht? Als Notgroschen?«

Ich beschließe, nicht darauf zu antworten. Um ein bisschen Macht über ihn zu haben. Zumindest für eine Weile. Ich denke bei mir, wenn ich die Chance dazu hätte, würde ich ihn töten. Ich habe schon mal getötet und ich glaube, ich könnte es wieder tun.

Als könnte er meine Gedanken lesen, sagt er: »Was mit Ed passiert ist, war ein Unfall. Dass du vor mir und Smiley abgehauen bist … Du hattest Angst. Und das aus gutem Grund.«

»Sollte ich jetzt Angst haben?«

Michael schüttelt den Kopf. »Nicht vor mir. Ich bin bloß der Laufbursche. Und es ist noch nicht alles zu spät.« Er denkt einen Moment an etwas. »Aber wenn ich dir einen Rat geben darf, dann stell dich nicht so bockig an. Du kannst immer noch da rauskommen.«

Ich glaube ihm nicht, halte aber den Mund.

»Glaub mir, es tut gut zu reden.« Er wählt eine Nummer auf seinem Handy. »Ich bin's«, sagt er, als sich am anderen Ende jemand meldet. »Ich hab sie. Aber sie redet nicht.« Er sieht mich an, als wäre das meine letzte Chance. Für einen winzigen Moment meine ich, etwas in seinem Blick zu sehen, vielleicht Trauer oder Bedauern, aber er lässt es sofort wieder verschwinden, als wäre es ihm peinlich.

Ich starre stur zurück und schweige.

Er nickt und wendet sich ab, als er wieder in sein Handy spricht.

»Okay, geht klar. Ich bringe sie hier weg. Vielleicht kannst du das Miststück ja zum Reden bringen.«

Er beendet das Gespräch. Danach sieht er mich nicht mehr an.

23

»Bist du bloß ein böser Bulle oder haben sie was gegen dich in der Hand?«

In sämtlichen Krimis, die ich gelesen habe, stellt sich immer irgendwann heraus, dass der böse Bulle eine teure Scheidung an der Backe hat, spielsüchtig ist oder versehentlich ein Kind überfahren und es nicht gemeldet hat.

Michael antwortet nicht. Er startet den Wagen und setzt aus der Parklücke. Den Sicherheitsgurt legt er beim Fahren an. Die Sorte Autofahrer.

»Komm schon«, sage ich.

»Ist das alles, was dich beschäftigt? Und das, obwohl ich dich wieder zu unserem gemeinsamen Freund Smiley bringe?«

Während wir Richtung Zentrum fahren, wirft er mir immer wieder Seitenblicke zu, als würde ihn etwas irritieren. Vielleicht dass ich so ruhig bleibe. Wieder bin ich nur Beobachterin in meinem eigenen Leben. Ich sehe dieser Frau zu und frage mich, wer sie ist, warum sie unter dem ganzen Stress nicht zusammenbricht.

Als wir auf die M77 Richtung Newton Mearns fahren, frage ich: »Wohin geht's denn eigentlich?« Doch es ist zwecklos. Michael hat beschlossen, Schweigen mit Schweigen zu quittieren. Ist wohl eine Art Machtspielchen.

Wir nehmen die Ausfahrt East Kilbride, fahren endlos zwischen flachen Lagerhäusern und Einkaufszentren hindurch. In der Dunkelheit, ohne andere Autos und Passanten, fühlt sich alles leer und verlassen an. Das ist eine von den Ecken, wo nur tagsüber etwas los ist. Nachts hat man das Gefühl, im Schatten der Gebäude könnte etwas Gefährliches lauern.

Ich denke an Smiley.

»Sag mir einfach nur, wo wir hinfahren.« Schluss mit der gespielten Höflichkeit. Ich spüre einen Druck auf der Brust. Zorn.

Immer noch Schweigen. Es hat geradezu etwas Kindisches, Trotziges, als wollte er sich dafür rächen, dass ich vorhin seine Fragen nicht beantwortet habe.

Ich versuche, nicht darüber nachzudenken, wohin er mich bringt.

Der Wagen biegt in eine leere Parkbucht vor einem flachen Ziegelbau ein. Es gibt keine Schilder, keinerlei Hinweis darauf, dass der Kasten jemandem gehört, geschweige denn dass darin ein Geschäft geführt wird.

Michael stellt den Motor ab. »Du läufst doch nicht weg, oder?« Er klingt nicht so, als würde ihm die Vorstellung gefallen, aber auch nicht so, als würde es ihm wirklich etwas ausmachen.

Genau genommen klingt er gelangweilt.

»Sollte ich das denn?«

»Sag einfach die Wahrheit. Wir können das regeln. Es ist noch nicht zu spät.«

»Glaubst du das im Ernst?«

Er sagt nichts. Vielleicht ist das die Antwort.

Ich glaube nicht, dass er mir wehtun will. In gewisser Weise ist er ein armer Kerl.

»Na los«, sagt er. »Raus mit dir.« Er macht auf ruppig. Klingt nicht überzeugend.

Ich steige aus. Ich höre das Rauschen der Autos, die oben auf der Schnellstraße vorbeifahren. Aber hier unten zwischen den alten Fabriken und Lagerhäusern kommt es mir so vor, als wäre sie Tausende von Meilen entfernt. Sogar auf einem anderen Planeten.

Wir gehen um das Gebäude herum zu einer unauffälligen Tür mit abblätternder roter Farbe. Dann führt er mich eine

Treppe hinauf in ein Büro. Drinnen sieht es aus, als würde das Gebäude demnächst entkernt und umgebaut.

Im Büro sitzt ein älterer Mann in einem abgewetzten Schreibtischsessel. Er mustert mich, als ich hineingehe, den Kopf zur Seite geneigt. Sein Gesicht sieht ein bisschen eingedrückt aus, und die Furchen auf seiner Stirn und um die Augen könnte man für Lachfalten halten, wenn man nicht zu genau hinsieht.

Aber es liegt etwas Grausames darin, wie seine schmalen Lippen sich zu einem Lächeln verziehen, und die Art, wie er atmet, verrät eine kranke Erregung, bei der ich mich am liebsten sofort verstecken würde.

»Das«, sagt der Mann, »ist also unsere … *Femme fatale*?« Seine Stimme hat eindeutig einen South-Side-Akzent. Gebildet, aber er versucht nicht, es zu verstecken. Govanhill vielleicht. Wenn man ihn fragte, würde er sich wahrscheinlich als Selfmademan bezeichnen.

Neben dem Sessel steht noch ein Mann. Vollkommen regungslos, wie ein Roboter, der auf Anweisungen seines Schöpfers wartet. Aber nicht gleichmütig. In seinem Blick liegt kaum verhohlener Hass, als er mich ansieht.

Smiley.

Na super.

Er hat eine Schnittwunde im Gesicht, die ziemlich frisch aussieht. Offensichtlich wartet er nur darauf, seinen Frust am Erstbesten auszulassen, der ihm unter die Augen kommt.

Und das bin natürlich ich.

Doch er hält den Mund. Das immerhin muss man ihm lassen: ein Profi durch und durch.

»Unser Miststück«, korrigiert Michael seinen Chef.

Der alte Mann winkt ab. »Kein Grund, unhöflich zu sein«, sagt er. Dann steht er auf. Er ist klein. Nur knapp über einen Meter fünfzig. Oder knapp drunter, wenn man gemein sein will. Er kommt auf mich zu. »Sie haben etwas, das mir gehört.«

»Nein. Ich meine … ich habe nicht alles. Nicht mehr.«

»Die Jungs sagen etwas anderes.«

»Ich kann Ihnen einen Teil des Geldes geben«, sage ich. »Was ich auf meinem Konto habe, obwohl ich natürlich nicht alles eingezahlt habe. Der Rest …. dürfte jetzt in der Asservatenkammer sein.«

»Ach ja?«

»Es war in meiner Wohnung. Da, wo die zwei hier eine Polizistin erschossen haben. Mittlerweile hat die Polizei sicher die Wohnung durchsucht und es gefunden.«

Der Alte sieht erst zu Smiley, dann zu Michael. »Lasst mich raten, wer von euch so unbeherrscht war.« Er versucht nicht mal, sein Lächeln zu verbergen.

Michael wird sofort panisch. Offenbar kann er nicht anders. Die Ruhe eben im Auto war nur gespielt. Das hier ist der echte Michael: schnell den Finger am Abzug, schnell dabei, sich zu rechtfertigen. »Mir blieb nichts anderes übrig! Ich konnte doch nicht …« Er bricht ab, vielleicht weil er den Gesichtsausdruck seines Chefs gesehen hat. Das Lächeln ist alles andere als amüsiert.

Der Alte wendet sich wieder mir zu. »Das war sicher eine beängstigende Erfahrung«, sagt er. »Solche Gewalt direkt aus der Nähe mitzuerleben. Sie sind eine unbescholtene Bürgerin, nicht wahr? Mit solchen Dingen haben Sie sicher nichts zu schaffen.«

Ich sage nichts dazu.

Er geht zu seinem Sessel zurück und setzt sich wieder. Dann sieht er zu Michael. »Ich vergesse meine Manieren. Bitte hol unserem Gast einen Stuhl.«

Michael geht hinaus.

Ich bleibe neben der Tür stehen. Ein bisschen denke ich immer noch, ich könnte abhauen. Irgendwie.

Es herrscht Schweigen. Leer, tief und überwältigend. Am liebsten würde ich schreien. Tue es aber nicht.

Ich werde nicht diejenige sein, die die Stille durchbricht. Sie wollen mir Angst machen: eine Frau gegen drei Männer. Drei Verbrecher.

Sie denken, allein ihre physische Gegenwart würde mich einschüchtern, mir das Gefühl geben, ich kann mich nicht gegen sie wehren.

Vielleicht haben sie recht. Ich musste noch nie kämpfen. Ich bin Smiley und Michael nur durch Glück entkommen und weil es mir gelungen ist, sie zu überrumpeln. Hier und jetzt hätte ich keine Chance.

Was soll ich also tun?

Sie wollen etwas haben, das ich ihnen nicht geben kann.

Und jetzt?

24

Michael kommt mit einem alten Drehstuhl zurück. Er knallt ihn vor mir auf den Boden, sagt aber nichts.

Der Alte bedeutet mir, mich zu setzen. Ich folge der Aufforderung.

Dann sagt er: »Wollen wir noch mal von vorn beginnen? Ich heiße Solomon Buchan.«

O Ed.

O Ed, Ed, Ed.

Nur du konntest dich bei Glasgows größtem Gangster verschulden. Dem Mann, der Kats Onkel getötet hat und der über die größten und gewalttätigsten Bereiche der hiesigen Unterwelt herrscht. Sozusagen dem Paten der Stadt. Keines einzigen Verbrechens schuldig gesprochen, obwohl alle wissen, dass sie auf sein Konto gehen.

»Ihnen gehören ein paar Nachtclubs«, sage ich, als ich mit meinen Gedanken wieder anwesend bin. Und das stimmt sogar. Jeder gute Gangster hält sich von illegalen Aktivitäten fern. Das weiß sogar jemand wie ich, die nicht mal ein Knöllchen für Falschparken auf dem Kerbholz hat.

Außerdem habe ich das Gefühl, es würde ihm gefallen, wenn ich die Geschichte mit den Nachtclubs glauben würde.

Er lächelt. »Gehen Sie gerne in Clubs?«

»Ich trinke lieber in Ruhe ein Glas.«

»Ihr Freund – oder besser Exfreund – hat gerne einen draufgemacht, wie man so sagt.«

»Ach ja?«, sage ich, ganz die Unschuld in Person. Überrascht, dass Buchan irgendwas über meinen offiziell als vermisst geltenden Ex weiß.

Her mit dem Oscar.

»Wir sind uns nie begegnet. Ich kannte seinen Namen gar nicht, bis einer meiner Angestellten wegen seiner … Verfehlungen zu mir kam.«

»Hat er Ihnen das Geld gestohlen?«

»Nicht ganz. Er hat es sich geliehen. Dann allerdings seine Schulden nicht beglichen.«

»Wie hoch ist denn Ihr effektiver Jahreszins?«

Wieder lächelt er. Ich glaube, diesmal ist es sogar echt. Er hat durchaus Humor. Wer weiß, wenn es mir gelingt, ihn zum Lachen zu bringen, lässt er mich vielleicht lebend wieder hier raus. »Oh, ich verstehe, warum er Sie mochte. Sanft, aber mit einem knallharten Sinn für Humor. Das ist reizvoll bei einer Frau, wissen Sie. Humor, meine ich. Ich mag witzige Frauen.«

Ich denke: *Bei mir hättest du keine Chance*, halte es aber für klüger, das nicht laut auszusprechen.

Er beugt sich vor. Lässt die Großpapa-Masche fallen. Seine Miene wird hart, seine Stimme zu einem wütenden Flüstern. »Das wird Ihnen aber nichts nützen. Sie haben sich entschieden, seine Schulden zu übernehmen. Wenn das, was meine Freunde mir erzählen, stimmt …«, er legt eine kleine Pause ein, »und ich glaube, das tut es, dann vermute ich, Sie haben ein geheimes Versteck, das niemand finden soll.«

Ich habe keine Ahnung, wovon er spricht.

»Es passt nicht zu Ihnen«, sagt er. »Vielleicht war es leicht, einen Mann wie Ed zu beklauen und umzubringen, aber …«

»Nein«, sage ich. »So war es nicht.«

»Ich bitte Sie!« Er lehnt sich wieder zurück. »Ich sehe es doch in Ihren Augen. Sie hatten noch nie vorher Gelegenheit, so etwas zu tun. Aber jetzt. Und ich glaube, davon gibt es kein Zurück.«

»Also wirklich, ich weiß überhaupt nicht, wovon Sie …«

»Wie Sie wollen. Sagen Sie mir wenigstens, wo die Ware ist. Was das Geld angeht, finden wir schon eine Lösung.«

»Eine Lösung?«

»Sie gehen auf jeden Fall ins Gefängnis. Wenn nicht wegen Ed, dann wegen der Polizistin, die bei Ihnen in der Wohnung gefunden wurde. Die, die hinter Ihr kleines Geheimnis gekommen ist.«

»Moment mal …«

Er hebt die Hand. Ich verstumme. Der Mann ist zwar klein, aber er strahlt etwas aus, womit man sich lieber nicht anlegen möchte.

»Schluss jetzt«, sagt er. »Hören Sie zu. Sie haben Ihre Geschichte, aber die Wahrheit wird eine andere sein. Wenn die Polizei Sie wieder befragt, werden Sie meine beiden Freunde hier mit keinem Wort erwähnen. Oder dieses Treffen. Sie werden denen erzählen, dass Sie Ihren Freund aus Versehen getötet und dann beschlossen haben, das Geld zu behalten. Dass Sie sich als Vorsichtsmaßnahme eine Pistole besorgt haben. Und dass Sie die Polizistin, als sie Ihnen auf die Schliche gekommen ist, erschossen haben.«

»Und Dave?«

»Den haben Sie auch getötet.«

»Das wird mir keiner glauben.«

»Wieso nicht?«

»Schon rein körperlich hätte ich …«

»Die Einzelheiten überlasse ich Ihnen.«

»Warum sollte ich lügen? Ich könnte der Polizei doch einfach alles erzählen.« Ich deute mit dem Kopf auf Michael. »Warum sollte ich den Trottel da nicht auch ans Messer liefern?«

»Das wäre unklug.«

»Ach ja?« Ich bemühe mich, selbstbewusst zu wirken. Vielleicht kann ich mit dem Bluff ja meinen Hals retten.

Aber es funktioniert nicht. Buchan sieht in mir keine Bedrohung. Aus seiner Sicht ist er wahrscheinlich sogar noch gnädig zu mir. Ich sitze meine Zeit ab, er bringt mich nicht um und vielleicht verzichtet er sogar auf die Rückzahlung des Geldes, wenn ich ihm sage, wo Dave den Stoff gelassen hat.

»Sie haben eine Menge durchgemacht.« Buchan knipst wieder seinen Charme an. Er könnte mein Großvater sein, so, wie er mich ansieht. Besorgt.

Guter Schauspieler, der Alte.

Bleib hart, Jen.

Vergiss nicht, wer er ist.

»Das ist nicht fair«, sagt Buchan.

»Nein«, erwidere ich, bevor ich mich bremsen kann.

»Eins wüsste ich gerne. Ganz unter uns.« Er beugt sich vor. »Haben Sie ihn wirklich getötet?«

»Ja, ich habe Ed getötet«, sage ich. »Aber ich habe seine Leiche nicht zerlegt.«

»Okay. Und wer war das?«

»Dave.«

Smiley, der im Türrahmen steht, lacht. »Der fette Scheißer?«

Ich drehe mich zu ihm um. »Er war high«, sage ich, als würde das alles erklären.

»Er war ein verdammter Schwachkopf.«

»Ich habe ihn angerufen. Er ist rübergekommen.«

»Dann muss er in dich verliebt gewesen sein«, sagt Smiley. »Ich würde für niemanden eine Leiche zerlegen, wenn er nicht bezahlt. Es sei denn, ich will etwas ganz anderes … Du verstehst schon.«

»Du vergisst das Geld«, sagt Buchan. »Und die Ware.«

Sie denken immer noch, dass ich weiß, wo das Zeug ist. Wenn ich es aber nicht weiß?

Darüber denke ich lieber nicht nach.

Ich hole tief Luft. »Hören Sie, ich hab's Ihnen doch schon gesagt. Ein Teil des Geldes ist auf meinem Konto, aber der Rest … Na ja, der ist entweder noch in der Wohnung, oder die Polizei hat ihn beschlagnahmt.«

»Und der Stoff?«

»Den hat Dave mitgenommen. Er war der Einzige, der Ihnen etwas dazu hätte sagen können.«

»Ich kann vielleicht einen Teil des Geldes aus der Asservatenkammer beschaffen«, wirft Michael ein.

Buchan wendet sich zu ihm. »Ach ja?«

»Ich kann's zumindest versuchen.« Zu seinen Gunsten muss man sagen, dass er nicht gerade enthusiastisch klingt. Eher so, als würde er krampfhaft überlegen, wie er seine Haut retten kann. Was darauf schließen lässt, dass Deerens Tod tatsächlich nicht zum Plan gehörte.

»Und was ist mit der toten Polizistin?« Buchans Frage bestätigt meine Annahme.

»Das wird niemand erfahren. Drei Leute wissen, dass ich da war. Zwei davon sind in diesem Raum. Und Nummer drei wird wohl kaum reden, oder?« Macht einen auf taff, klingt aber eher verzweifelt.

»Michael, so geht das nicht weiter. Sieh dich doch mal an. Smiley sagt, du bist eine wandelnde Zeitbombe. Wir können uns nicht mehr auf dich verlassen. So etwas kann ich in meiner Organisation nicht gebrauchen.«

Damit ist offenbar alles gesagt und Buchan wendet sich wieder mir zu. »Sie werden die Schuld auf sich nehmen. Sie haben die Polizistin erschossen. Verstanden?« Er wartet nicht auf meine Antwort. »Sie haben drei Möglichkeiten. Entweder Sie tun, was ich sage, und sitzen Ihre Zeit ab. Ich versichere Ihnen, wir werden uns um Sie kümmern, als Zeichen meiner Dankbarkeit. Oder Sie erzählen der Polizei von unserer kleinen Unterredung und schauen, was passiert. Aber glauben Sie mir, meine Liebe, es wird Ihnen nicht gefallen.«

Ich nehme allen Mut zusammen und frage mit heiserer Stimme: »Wie lautet die dritte Möglichkeit?«

»Die lassen wir besser erst mal beiseite.« Immer noch in diesem großväterlichen Ton.

Vielleicht kann ich das ja zu meinem Vorteil nutzen. Für ihn bin ich nur ein kleines Mädchen. Für Smiley und Michael auch.

Was da am See passiert ist, war im Grunde nur Glück, oder nicht? Den Fehler mache ich nicht noch mal.

Also?

Ich lächle den Alten an. Er schaut mit unbewegter Miene zurück.

»Okay«, sage ich. »Da ist noch mehr von dem Geld. Dave und ich haben es versteckt. Für schlechte Zeiten und so. Ich kann es für Sie holen.«

Buchan nickt. »Das ist kein Spiel. Das wissen Sie, oder?«

Ich werfe Smiley einen Blick zu. »Ich habe gesehen, wie ernst es euch ist«, sage ich. »Ich will nicht sterben. Nicht so wie Dave.«

Da lächelt Buchan wieder. »Und auch nicht so wie der kleine Eddie, oder?«

Ich antworte nicht. Ich schlucke nur die Übelkeit hinunter und versuche, aufrecht stehen zu bleiben.

25

Tja, ganz einfache Entscheidung. Oder?

Ich sitze auf der Rückbank. Michael fährt.

»Du hast die Sache vermasselt«, hat Buchan im Büro zu ihm gesagt. »Also ist das deine letzte Chance, es wiedergutzumachen.«

Er nimmt die Sache ernst. Keine Kleine-Jungs-Spielchen mehr. Er weiß, dass es wirklich seine letzte Chance ist. Ich frage mich immer noch, was Buchan gegen ihn in der Hand hat. Er ist doch Polizist, oder? Und noch relativ jung. Was ist da passiert?

Aber das hier ist ja nicht seine Geschichte, oder? Sondern meine. Wenn ich anfange, über Michael als Mensch nachzudenken, werde ich vielleicht nicht imstande sein, das zu tun, was getan werden muss.

Und was ist das, Jen? Hast du eigentlich einen Plan? Oder willst du improvisieren?

Ich überlege, einen Unfall zu provozieren, indem ich Michael von hinten würge, sodass er die Kontrolle über den Wagen verliert. Oder mich aus dem fahrenden Auto zu werfen.

Doch die Kindersicherung ist aktiviert, somit kann ich das mit der Flugrolle über den Asphalt vergessen, und die Vorstellung, an einem Unfall beteiligt zu sein, ist auch nicht sonderlich verlockend.

Als ich klein war, hat mein Dad einen Unfall gebaut, als er mich vom Schwimmen abgeholt hat, weil er zu viel getrunken hatte. Keine Ahnung, wie er es geschafft hat, nicht vor Gericht zu landen, aber ich werde nie den Anblick der Frau in dem anderen Auto vergessen, die hinter dem Lenkrad eingeklemmt war und schrie und weinte. Sie wurde nicht ohnmächtig. Sie riss sich nicht heldenhaft zusammen. Sie schrie. Lange und laut. Sie brüllte, sie fluchte, sie gab Geräusche von sich, die ihr bestimmt in der Kehle wehtaten, aber den Schmerz wird sie kaum bemerkt haben im Vergleich zu dem, was mit ihrem restlichen Körper geschah.

Nein, danke. Keine heldenhafte Flucht aus einem zerquetschten Auto.

Ich brauche einen anderen Plan.

Oder vielleicht muss ich das, was passiert, einfach akzeptieren: so lange wie möglich durchhalten und hoffen, dass das mit dem Sterben, wenn es denn kommt, schnell geht.

Ich beuge mich vor. »Was hast du angestellt, dass du bei denen in der Schuld stehst?«

Michael reagiert nicht.

»Was hast du gemacht? Ein Polizist wacht doch nicht einfach eines Morgens auf und beschließt, das Lager zu wechseln, oder?« Es juckt mich, *nicht mal einer, der so blöd ist wie du* hinzuzufügen, verkneife es mir aber.

»Jeder hat eine dunkle Seite.«

»Bist du deshalb bei diesen Leuten gelandet?«

»Du hast kaltblütig einen Mann getötet. Deinen Freund.« Er weicht der Frage aus. Typisch Mann.

»Das war ein Versehen«, sage ich.

»Du hast die Leiche weggeschafft. Wenn du zugegeben hättest, was passiert ist, würden die Leute es vielleicht anders sehen. Aber wie du dich hinterher verhalten hast, verrät mir, dass du seinen Tod wolltest.«

Jetzt ist es an mir zu schweigen. Vielleicht hat er recht: Ein Teil von mir wollte Ed wirklich umbringen. Wenn Dave nicht gekommen wäre und sich für mich um die Leiche gekümmert hätte, was hätte ich dann getan? Hätte ich die Leiche versteckt? Denn im Grunde meines Herzens weiß ich, dass ich an dem Abend nicht die Polizei gerufen hätte.

Von dem Moment an, als Ed tot war, hatte ich mich entschieden.

Weil ich Angst hatte? Das habe ich mir zumindest eingeredet. Die Angst davor, so etwas zu gestehen, war überwältigend und das erschien mir als die einzige gute Erklärung für mein Verhalten.

Michael sieht mich im Rückspiegel an. In dem schummrigen Licht ist es schwer, seinen Gesichtsausdruck zu deuten. Vielleicht denkt er, dass ich einen Plan habe, auch wenn er keinen hat. Dass ich weiß, wie ich fliehen kann. Wie ich ihn vielleicht sogar töten und damit durchkommen kann.

Ja klar – Jen, das kriminelle Superhirn.

Einen Polizisten umbringen und direkt vor der Nase des Paten von Glasgow und seiner Leute untertauchen.

Nichts leichter als das.

Lisbeth Salander würde so was vielleicht schaffen. Aber die ist schließlich eine Computerhackerin mit Kampfausbildung. Ich bin eine Buchhändlerin, die über ihre eigenen Füße fällt, wenn sie zur U-Bahn läuft.

Ich sage: »Dass ich Ed getötet habe, war ein Versehen. Alles, was mir seither passiert ist, war ein Versehen.«

»Aber du weißt, wo das Geld ist?«

»Ja. Wie Mister Buchan gesagt hat: Ich zeige dir, wo wir es versteckt haben, und dann bringst du mich zur Polizei, als hättest du mich gerade verhaftet, ich gestehe und bleibe am Leben. Wie schlimm kann es im Gefängnis denn schon sein? Das ist ja nicht alles wie in *Orange is the New Black*, oder?«

Er schüttelt den Kopf. »Die Serie ist klasse, aber das hat wenig mit der Realität zu tun. Ich habe Geschichten über Cornton Vale gehört …«

»Ich meine das Buch.«

Er sieht mich an, als hätte ich sie nicht alle. Vielleicht liest er nicht gerne.

»Glaub mir am besten gar nichts«, sage ich.

Er zögert. Aber bewegt sich, sodass ein wenig Licht auf sein Gesicht fällt. Auch wenn er zögert, er glaubt mir. Er denkt, ich habe keinen Plan.

Aber ich habe einen.

Wenn auch einen ziemlich unausgegorenen.

26

»Ist das dein Ernst?« Michael späht durch die Scheibe auf das Haus, das vor uns aufragt. Die verlassenen Gebäude von Kinning Park lauern im Dunkeln wie Ungeheuer aus einem Albtraum. Die Büros und Lagerhäuser sind im Lauf der Jahre immer wieder anders genutzt worden, doch jetzt stehen sie leer und ausgeweidet da. Sie sind ein Spielplatz für Urbexer und abenteuerlustige Graffiti-Künstler. Man kann viele ihrer Arbeiten sehen, wenn man über die M77 fährt. An den oberen Etagen dieses Hauses prangten jahrelang Slogans gegen Krieg und Sparpolitik. Die Stadtverwaltung hat sie regelmäßig entfernen lassen, aber die Sprüher kamen immer wieder.

»Ja.« Ganz sachlich, als wäre das, was wir hier machen, völlig normal.

»Okay«, sagt er. »Und wo genau?«

»Drinnen.«

»Der Kasten ist verdammt groß.«

»Hast du eine Taschenlampe?«

Er sieht mich mit zusammengekniffenen Augen an. »Wenn das ein Trick ist …«

»Nein, ist es nicht.«

Wenn ich das hier lebend überstehe, könnte ich als Schauspielerin anfangen. Mir meinen Lebensunterhalt mit Lügen verdienen. Mittlerweile bin ich ziemlich gut darin. Man braucht bloß ein bisschen Übung. Und die Angst vor dem, was passiert, wenn Leute wie Smiley und Michael einem nicht glauben.

»Ihr habt das Geld da drinnen gelassen?« Er schüttelt den Kopf, fassungslos, wie bescheuert man sein kann. »Das hat doch längst jemand mitgenommen.«

»Dave wusste, wo keiner es finden würde.«

»Und ihr zwei seid unversehrt da rausgekommen? Weißt du, was für Typen hier rumhängen? Wenn die ein Mädchen wie dich und einen Fettwanst wie Dave sehen, denken die: *leichte Beute*.«

Darauf habe ich keine Antwort. Ich kann nur hoffen, dass er mir die Geschichte so abnimmt.

Er seufzt. »Na gut, dann los«, sagt er und geht auf das verlassene Gebäude zu.

Nicht zu fassen, dass ich auch nur darüber nachdenke. Als wir in dem Haus sind – was nicht weiter schwierig ist, wir müssen nur eins von den losen Brettern vor den Fenstern im Erdgeschoss wegziehen –, steigen wir die Treppe in den ersten Stock hoch. Jeder Schritt hallt in der Dunkelheit. Überall um uns herum sind Geräusche: Schlurfen und ein Knacken wie von eingerosteten Gelenken. Schwer zu sagen, ob wir allein sind. Ich schätze, hier sind mindestens ein paar Füchse.

Auf halbem Weg nach oben leuchtet Michael mir plötzlich mit der Taschenlampe ins Gesicht. Ich halte schützend den Arm vor die Augen. »Herrgott!« Ich sehe bunte Farbwirbel. Als ich den Arm wieder senke, sind sie immer noch da. Die Welt dahinter ist unsichtbar.

Ich blinzele.

Allmählich kehren die Umrisse zurück. Meine Netzhäute schmerzen.

»Jetzt, wo wir hier drinnen sind, wirkst du nicht mehr so sicher«, sagt er. »Ich dachte, du weißt, wo der Dicke das Geld versteckt hat.«

»Ich muss mich erst mal sammeln«, sage ich. »Die letzten Wochen …« Meine Gedanken rasen. Was war der Plan? Ich dachte, ich könnte ihn in der Dunkelheit abhängen. Ihm vielleicht, wenn wir oben sind, einen Stoß versetzen, sodass er die

Taschenlampe fallen lässt, sich vielleicht sogar den Hals bricht, und dann abhauen.

Aber wohin?

Keine Ahnung. Ich versuche nur, von Augenblick zu Augenblick zu überleben.

Ich sollte längst tot sein.

Stattdessen sterben andere Leute.

»Du versuchst, mich zu verarschen«, sagt er. »Du hast Angst. Ich war ein verdammter Idiot, dass ich dir überhaupt geglaubt habe.«

»Ach ja? Immerhin bin ich nicht so blöd, mich von einem Gangster erpressen zu lassen.«

Etwas am Thema vorbei, aber es erfüllt seinen Zweck. Bringt ihn aus dem Konzept.

»Was?«

»Komm schon, was hast du angestellt?« Los, triez ihn. Mach ihn wütend. Denn dann fängt er entweder an, Fehler zu machen, oder ihm knallt die Sicherung durch, und er erschießt mich. Seltsamerweise ist es mir ziemlich egal, auf welche Version es hinausläuft. »Muss ziemlich schlimm gewesen sein, wenn sie so viel Macht über dich haben. Drogen? Alkohol? Zocken?«

»Du hast keine Ahnung, wovon du redest.« Seine Stimme ist scharf, sein Kiefer angespannt. »Der Quatsch eben im Auto …«

»Hast du schon mal jemanden getötet? Abgesehen von Officer Deeren, meine ich.«

»Wer soll das sein?«

»Die Polizistin in meiner Wohnung.«

Er überlegt einen Moment. »Noch nicht, aber gleich.«

»Arschloch.« Großartig, Jen. Wirklich verdammt mutig. Provozier den korrupten Killercop. Tolle Idee.

Er ist drei Stufen über mir. Kommt eine runter. Wieder blendet er mich mit der Taschenlampe. Jedes Mal, wenn ich blinzele, explodieren hinter meinen Lidern Farben.

Er ist jetzt ganz nah. Sein Atem streift meine Haut wie der Luftzug aus dem Lüfter eines Computers. Ich kann sein Gesicht nicht richtig sehen. Er ist nur ein Klecks unter vielen.

Der Lichtstrahl senkt sich. Ich versuche, wieder etwas zu erkennen.

Er steht da, als wollte er mich küssen. Unter dem Minzgeruch von dem Kaugummi, das er vorhin im Auto gekaut hat, rieche ich noch etwas anderes, Fauliges. Mehr als nur Mundgeruch. Vielleicht ein kaputter Zahn? Oder der ganze Stress frisst sein Zahnfleisch auf.

»Sag mir die Wahrheit.«

»Okay«, sage ich. »Ich hab gelogen. Hatte die dumme …«

Sein Handrücken – verdammt harte Knöchel, keine Ahnung, warum mich das überrascht – trifft mein Gesicht. Mit dem Schlag habe ich nicht gerechnet. Mein Kopf fliegt zur Seite. Ich spüre etwas auf meiner Wange. Vielleicht ein Kratzer. Vielleicht Schlimmeres.

Ich sehe ihm direkt in die Augen. Er ist jetzt nicht mehr nur ein dunkler Klecks. Sein Gesicht ist klar zu erkennen. Er ist wirklich. Keine Einbildung, kein Albtraum.

Er blickt ebenso unverwandt zurück.

Seine Augen sind leer. Ist mir vorher gar nicht aufgefallen. Er wird mich töten.

Das hat nichts mit Sex oder Genugtuung zu tun.

Das ist nackte Wut.

Ich weiche nach links aus. Michael versucht, das auszugleichen, indem er härter und wilder drauflosschlägt, aber ich weiche erneut aus und trete eine Stufe zurück, sodass ich tiefer bin als vorher. Er schlägt ins Leere, taumelt. Ich gehe wieder eine Stufe hoch – er steht jetzt seitlich zu mir – und verpasse ihm einen kräftigen Stoß.

Michael war bereits aus dem Gleichgewicht, bevor ich ihn geschubst habe. Was jetzt kommt, ist unausweichlich.

Er versucht, sich zu fangen, doch es gelingt ihm nicht und er fällt, mit dem Kopf voran, mit eigentümlicher, geradezu tänzerischer Anmut. Er streckt die Arme aus, um sich zu schützen. Seine Finger spreizen sich. Die Taschenlampe fliegt in die Luft und malt einen Moment wirbelnde Lichtmuster, bevor sie auf die Treppe knallt. Das Licht geht aus.

Ich höre Michael fallen. In der plötzlichen Dunkelheit bin ich vollkommen blind. Er gibt keinen Mucks von sich. Schlägt nur dumpf auf den Stufen auf.

Kein Schrei, kein Stöhnen, nichts.

Ich rühre mich nicht von der Stelle. Wenn ich nach oben gehe, kann ich mich nur verstecken. Wenn ich runtergehe, gibt es einen Weg nach draußen. Aber vielleicht ist er da. Wartet auf mich.

Riskiere ich es?

Durch ein Fenster kommt ein wenig Licht von draußen herein, gerade genug, dass ich, als meine Augen sich an die Dunkelheit gewöhnt haben, die Treppe sehen kann, aber nicht das untere Ende, wo er vermutlich gelandet ist, und die Taschenlampe ebenfalls.

Ich brauche die Lampe.

Ich muss hier weg.

Vorsichtig gehe ich hinunter, die Arme vor mir ausgestreckt, als könnte ich mit meinen Fingerspitzen sehen. Albern. Kindisch. So wie früher, als ich immer den Kopf in den Armen versteckt habe, wenn ich nachts zur Toilette musste. Weil ich dachte, wenn ich die Gespenster nicht sehen kann, können sie mich auch nicht sehen.

Ich falle nicht. Das ist das Wichtigste. Ich stolpere nicht mal. Ich habe ja auch vernünftige Schuhe an. Was aber auch das einzige Vernünftige an der ganzen Situation ist.

Mit jedem Schritt passen meine Augen sich besser an. Ich kann immerhin Umrisse erkennen. Einer davon, am unteren Ende der Treppe, sieht aus, als hätte jemand einen Haufen Lumpen dorthin geworfen. Die waren nicht da, als wir reingekommen sind.

Michael.

Er rührt sich nicht. Trotzdem bleibe ich auf Abstand.

Die letzte Stufe, dann bin ich endlich unten. Ich stoße mit dem Fuß gegen etwas. Die Taschenlampe. Ich hebe sie auf, schüttele sie und das Licht geht flackernd wieder an. Ich leuchte damit auf Michael.

Er bewegt sich. Arme und Beine zucken, er versucht, den Kopf zu heben. Reflexe oder ist er bei Bewusstsein? Er murmelt etwas, aber ich verstehe es nicht. Dann noch mal: »Verdammtes Miststück.«

Ich spanne mich an, bereit, wegzulaufen. Er versucht, sich auf die Seite zu rollen, aufzustehen. Eine schnelle, geschmeidige Bewegung. Er wird mich nicht gehen lassen.

Da schreit er. Hoch, laut, gellend. Und fällt wieder hin.

Ich leuchte ihn weiter an. Ich sollte verschwinden, kann mich aber nicht losreißen.

»Mein Bein«, sagt er mit krächzender Stimme. »Mein gottverdammtes, beschissenes Bein!« Er hebt den Kopf und sieht mich an. »Was jetzt? Bringst du mich um? War's das? Und das Geld … das, was sie nicht beschlagnahmt haben … weißt du, wo es ist?«

Irgendwie tut er mir leid. Er will nicht, dass es ein Unfall ist. Er will, dass es wie im Film ist, mit ihm als Antihelden oder jemandem, der zwischen die Fronten geraten ist.

»Klar.«

»Dann erschieß mich«, sagt er.

»Nein. Dein Bein ist gebrochen. Wenn ich dich hier liegen lasse, kommt vielleicht jemand und hilft dir. Oder du stirbst. Schock. Infektion. Was weiß ich. So ganz allein. Ich habe niemanden gesehen. Und falls doch jemand hier in der Dunkelheit lauert, wird er, wenn er dich sieht, vermutlich nicht unbedingt einen Krankenwagen rufen.«

»Du bist ein kaltherziges Biest.«

»Stimmt«, sage ich. »Wo ist der Autoschlüssel?«

»Leck mich.«

»Gib mir die Autoschlüssel.«

»Sonst?«

Gute Frage. Ich habe ziemlich überzeugend die Taffe gespielt. Aber das bin ich überhaupt nicht. Ich weiß nicht, was ich tue.

Aber ich weiß, er muss glauben, dass ich es weiß.

Ich gehe auf ihn zu. Welches Bein ist das gebrochene?

Okay, ich versuch's einfach. Ich stelle mich so dicht vor ihn, wie ich mich traue. Dann trete ich zu. Mit aller Kraft, die ich habe.

Der Schrei ist so laut, dass irgendwo weiter oben Vögel auffliegen.

»Fotze!«

Ich trete noch mal zu. Das hatte ich eigentlich nicht vor, aber bei dem Wort kann ich nicht anders. Ich höre die Haltung dahinter. Die Absicht.

Diesmal klingt sein Schrei heiser. Vielleicht wird er ja ohnmächtig, dann kann ich seine Taschen durchsuchen. Aber das könnte unangenehm intim werden, und ich bin wirklich nicht scharf darauf, ihm so nahe zu kommen.

»Okay«, keucht er. »Okay.«

Hosentasche. Wie ich befürchtet hatte. Er wirft mir den Schlüssel zu.

Ich sage nicht danke. »Das Handy.«

Er zögert.

Ich hebe meinen Fuß.

»Schon gut, schon gut«, sagt er. »Nimm das verfluchte Scheißding.«

Ich sehe ihn an, wie er da auf dem Boden liegt. Was für ein armseliger Kerl. Ein Mann ohne jede Kontrolle über sein Leben. Und so voller Wut. Was auch immer passiert ist, er will sich einfach nur an der Welt rächen. Er ist nicht wütend auf mich.

Es wäre ein Akt der Gnade, ihn zu töten.

Meine Güte, Jen, wie bist du denn drauf? Miss Psycho, oder was?

Ich nehme sein Handy und stecke es ein.

»Ganz egal, was mit mir passiert«, sagt er, »du bist tot. Aber so was von.«

Daran zweifle ich nicht. Aber zumindest habe ich hier die Zügel in der Hand. Zum ersten Mal, seit das alles angefangen hat. Vielleicht zum ersten Mal überhaupt. Ich entscheide, wie es weitergeht.

Ich drehe mich um und gehe.

Er brüllt mir Drohungen und Flüche hinterher, gemischt mit flehentlichen Bitten, ihm zu helfen. Ich ignoriere sie. Ich habe anderes im Kopf.

Als ich bei Michaels Auto ankomme, bücke ich mich und positioniere sein Handy sorgfältig hinter dem rechten Hinterrad. Es ist ein uraltes Teil, noch so ein richtiger Klotz. Vielleicht sind die für Leute in seiner Branche besser. Ein Smartphone ist so leicht nachzuverfolgen. Ironischerweise sind die alten Schätzchen jetzt wahrscheinlich schwerer aufzuspüren. Stand das nicht letztens irgendwo, dass ein guter alter Safe sicherer ist als Onlinebanking?

Dann steige ich ein, lege den Rückwärtsgang ein, rolle über das Handy und fahre davon.

Wohl wissend, dass er recht hat. Ganz gleich, was mit ihm passiert, ich bin immer noch nicht außer Gefahr.

27

Wieder zurück zu Carolines Wohnung.

Warum komme ich noch mal hierher?

Michael ist nicht tot. Er weiß, wo sie wohnt. Er weiß, dass sie mir wichtig ist. Sie sollte mit alldem nichts zu tun haben, aber sie steckt schon mittendrin, ob es ihr gefällt oder nicht. Ich muss sie warnen. Das bin ich ihr schuldig.

Ich hätte sie anrufen sollen, das Problem ist nur, ich weiß ihre Nummer nicht. Also, nicht auswendig. Handys machen vieles leichter, aber wir verlassen uns zu sehr auf sie. Alle Nummern, die ich brauche, sind in meinem Handy gespeichert. Und wenn es hart auf hart kommt, kann ich mich an keine einzige erinnern. Außerdem habe ich Michaels Handy plattgefahren und wenn ich so darüber nachdenke, weiß ich nicht, wann ich zuletzt eine funktionierende Telefonzelle gesehen habe.

Allmählich geht die Sonne über der Stadt auf. Nach ein paar Stunden Stille kehrt das Leben nach Glasgow zurück.

Die Zeit zwischen halb fünf und sechs ist merkwürdig. Mein erster Job war bei einer Fastfood-Kette, die morgens um sieben aufmachte. Ich arbeitete in der ersten Schicht, wir putzten den Laden von oben bis unten und bereiteten das Frühstück für die seltsame Gattung von Leuten vor, die frühmorgens ein Plastikei und eine Frikadelle aus Küchenabfällen essen wollen. Der Imbiss war an der Argyle Street und damals wohnte ich noch in der South Side, was bedeutete, dass ich zu dieser eigentümlichen Zeit quer durch die Stadt fahren musste. Es herrscht eine Stille, wie ich sie mir vorstelle, wenn die Apokalypse tatsächlich eintritt: eine Mischung aus Erwartung und Ungewissheit.

Und dann beginnt es. Bewegung setzt ein. Das Gähnen der ersten Pendler, die blinzelnd auf die Autobahn und durch die Straßen im Zentrum fahren. Die Zeitungsausträger, die Fahrer von der Post, die die ersten Briefkästen leeren. Milchwagen sieht man kaum noch, aber die Vorstellung ist tröstlich, dass sie irgendwo da draußen unterwegs sind.

Ich schließe das Auto mit der Fernbedienung ab. Stehe einen Moment da, mit einem flauen Gefühl im Magen. Dann überquere ich die Straße und klingele bei Caroline. Einmal. Zweimal.

Beim dritten Mal klappt es. Sie meldet sich verschlafen durch die Sprechanlage.

»Ich bin's.«

»Was?«

»Ich bin's, Jen.«

»Haben sie dich gehen lassen?«

»Lass mich rein.«

»Jen …«

»Lass mich rein.«

Sie drückt auf den Summer. Ich springe die Stufen hinauf. Sie steht in der offenen Tür, an den Rahmen gelehnt. »Haben sie dich gehen lassen?«, fragt sie erneut, als ob ihr nichts anderes einfällt.

Wir gehen ins Wohnzimmer.

Sie hat einen flauschigen lila Morgenmantel an und ihre Haare sehen aus, als hätte jemand auf ihrem Kopf eine Granate gezündet.

Sie kann kaum die Augen offen halten und blinzelt immer wieder. »Warum haben sie dich gehen lassen?«

»Haben sie nicht«, sage ich und setze mich aufs Sofa. »Fandest du es nicht seltsam, dass dieser Polizist einfach so hier aufgekreuzt ist?«

»Er hat gesagt, sie würden alle befragen, die dich kennen …«

»Ganz allein? Ohne Kollegen?«

Sie sieht mich an, als würde ich eine fremde Sprache sprechen. Caroline hat noch nie was für Krimis übriggehabt. Für sie ist das reine Zeitverschwendung. Aber es erklärt, warum sie Michaels Verhalten nicht verdächtig fand.

»Ich habe dir doch von Ed erzählt«, sage ich. »Und von den beiden Gangstern, die bei mir in der Wohnung waren.« Sie kapiert es immer noch nicht. »Der Polizist war einer davon.«

Sie nickt langsam.

»Caroline. Bitte. Sag was.«

Sie sieht mich an. Der Raum zwischen uns erscheint mir plötzlich sehr, sehr groß.

Bestimmt hat sie die Nachrichten gesehen. Ich weiß, dass sie mich als durchgeknallte Killerin darstellen. Wahrscheinlich reden sie von psychischen Störungen. Ich hatte mal eine Zeit lang Panikattacken; wer weiß, vielleicht haben sie diese kleine medizinische Information schon auf dem Radar und nutzen sie, um mich zu dämonisieren.

Reporter behaupten immer, sie wären unvoreingenommen, aber wie alle anderen wollen sie bloß eine gute Story, einen Aufhänger, aus dem sie etwas machen können. Uns allen ist das auch klar. Aber wir leugnen es. Wir mögen die Aufhänger und die Geschichten. Wir wollen sie glauben. Bis sie dem widersprechen, was wir glauben.

Vielleicht sind die Einzigen, die mir glauben, die unerschütterlichen schottischen Nationalisten, die behaupten, die BBC hätte sie beim Referendum betrogen.

Plötzlich fällt mir ein Name ein: Stuart Jeffries. Der Mann, von dem alle glaubten, er hätte seine Mieterin getötet, weil sie jung und hübsch war und er schon älter und ein wenig seltsam. Die Medien durchwühlten auf der Suche nach allem, was ihre Story untermauern könnte, seine gesamte Vergangenheit. Sie fanden etwas und setzten es gegen ihn ein. Verleumdeten einen unschuldigen Mann, nur weil sie wollten, dass er schuldig war.

Wir alle haben die eine oder andere Leiche im Keller. Wir alle haben Geheimnisse. Deswegen sind wir aber noch keine Verbrecher.

»Ich glaube dir«, sagt Caroline.

Sie versucht, mir etwas vorzumachen. Das sehe ich in ihrer Miene und ihrem ausdruckslosen Blick. Das ist nicht nur Schläfrigkeit. Sie versucht, mich zu beruhigen, zu besänftigen. Vielleicht hat sie Angst, dass ich sie auch noch umbringe, wenn sie das Falsche sagt.

Aber sie ist meine einzige Hoffnung. »Ich weiß nicht, was ich tun soll«, sage ich.

»Er sah doch wie ein Polizist aus, verdammt noch mal!«

»Er war auch ... ist auch ein Polizist. Macht ihn das per se zu einem guten Menschen?«

»Ich ...« Sie zögert. »Ich weiß nicht ...« Der Gedanke bringt sie aus der Fassung. Sie klammert sich mit beiden Händen an die Sofalehne, zwingt sich, ruhig zu bleiben.

»Trotzdem«, sagt sie. »Sie können ja nicht alle so sein wie er. Ich meine, wenn du selbst zur Wache gehst ...«

Ich denke darüber nach. Rufe mir Crawford ins Gedächtnis. Er war hart, aber zumindest schien er einer von der anständigen Sorte zu sein. Ich mochte ihn nicht besonders, aber heißt das auch, dass ich ihm nicht trauen kann?

»Crawford«, sage ich. »DI Crawford.«

»Dann ruf an und frag nach ihm.«

Ich zögere.

»Wie soll das alles denn sonst weitergehen? Willst du dich vielleicht den Rest deines Lebens hier auf meinem Sofa verstecken? Wenn du versuchst, wieder zur Arbeit zu gehen, werden sie dich sofort verhaften. Wenn du deine Kreditkarte benutzt, können sie dich aufspüren. Du bist jetzt berühmt, aber nicht auf die angenehme Art. Wusstest du, dass dein Twitter-Account über Nacht fünfzehntausend neue Follower gekriegt hat?«

Ich lache. Innerhalb weniger Stunden von hundert auf fünfzehntausend. Du brauchst bloß ein paar Leute umzubringen – ob mit Absicht oder aus Versehen –, und schon bist du berühmt. »Vielleicht sollte ich mal meine Freundschaftsanfragen auf Facebook checken.«

Sie schüttelt den Kopf.

»Du hast recht«, sage ich mit einem Seufzen. »Ich habe Panik gekriegt. Nach allem, was passiert ist … Ich konnte einfach nicht mehr klar denken.«

»Wenn du die Polizei nicht rufst, tue ich es«, sagt sie. »Erzähl ihnen einfach, wie es wirklich war. Du weißt doch, solange keiner das Gegenteil beweist, bist du unschuldig.«

Ich nicke. Mir ist nach Weinen zumute, aber ich schlucke die Tränen hinunter.

»Kann ich dein Telefon benutzen?«

Sie nickt.

Da klingelt es an der Tür.

Ich sehe sie an. Sie zuckt die Achseln. Diesmal scheint es echt zu sein. Außerdem war sie die ganze Zeit bei mir. Selbst wenn sie heimlich die Polizei hätte rufen wollen, es gab keine Gelegenheit dazu.

»Der Paketbote?«

»Ich kann mich nicht erinnern, irgendwas bestellt zu haben«, sagt sie. »Vielleicht ein nächtlicher Amazon-Kaufrausch.« Sie lacht und geht zur Tür.

Nimm einfach den Hörer ab. Lass deine Finger die Arbeit machen. So, ja. Welche Nummer wählt man denn da? Einfach die 999?

Ich weiß es nicht. Vielleicht besser mal nachsehen. »Kann ich mal an deinen Computer?«, rufe ich Caroline zu. »Ich brauche die Nummer von der Wache.«

»Natürlich. Einen Moment«, ruft sie zurück. »Es ist tatsächlich ein Paket. Meine Güte, Amazon nimmt das wirklich ernst mit der 24-Stunden-Lieferung.«

»Die sind aber ganz schön früh auf«, sage ich, mehr zu mir selbst als zu ihr. Ich gehe ins Schlafzimmer, wo ihr Computer auf einem Tisch in der Ecke steht. Es riecht ein wenig muffig nach Schlaf und mit den zugezogenen Vorhängen und der zerknüllten Bettwäsche habe ich das Gefühl, in einen sehr intimen Bereich eingedrungen zu sein.

Statt die Lampe einzuschalten, ziehe ich die Vorhänge auf, und der Raum wird in dieses seltsame frühmorgendliche Licht getaucht, das mehr grau als weiß ist. Ich schalte den Computer ein und werde nach dem Passwort gefragt. Natürlich. Heutzutage ist ja alles passwortgeschützt. Und laut den Regeln soll man nie dasselbe zweimal benutzen, aber die meisten Leute machen es trotzdem.

Anstatt noch mal zu rufen, gehe ich zurück ins Wohnzimmer.

Als ich dort ankomme, bleibe ich abrupt stehen.

Der Mann, der geklingelt hat, ist kein Paketbote.

Smiley lächelt nicht. Sein Gesicht ist wie in Granit gemeißelt. Er sorgt dafür, dass ich die Pistole sehe, die er Caroline an den Kopf hält. Sein Blick fixiert mich.

»Wenn du einen Job machst«, sagt er, »dann solltest du ihn auch richtig machen.«

28

Ich starre Smiley an.

»Kein Mann stirbt an einem gebrochenen Bein. Er verliert auch nicht auf wundersame Weise die Fähigkeit, ein Handy zu bedienen.« Seine Mundwinkel zucken, aber seine Miene bleibt neutral.

»Ich habe ihm das Handy weggenommen«, sage ich. »Und kaputtgefahren.«

»Polizisten haben immer zwei Geräte«, sagt Smiley. »Hast du dir das, was er dir gegeben hat, genauer angesehen?«

Ich habe nicht mal darüber nachgedacht, als er es mir gegeben hat. Es war klobig. Sah altmodisch aus. Definitiv kein Smartphone.

»Es war sein Funkgerät. Für die polizeiinterne Kommunikation. Für dich nutzlos, weil du den Code nicht hast. Für ihn nutzlos, wenn er eine private Nummer anrufen will. Aber es hat offensichtlich gereicht, um dich abzuwimmeln.«

Scheiße.

Ich verdammte Idiotin.

So viel zum Thema gefährliche Meisterverbrecherin. Die Medien werden sich mit Begeisterung darauf stürzen. Femme Fatale zu blöd, um ein Funkgerät von einem Handy zu unterscheiden.

»Ich hab noch nicht rausgekriegt«, sagt Smiley, »ob du einfach nur dumm bist oder der durchgeknallteste Mensch, der mir je begegnet ist.«

»Kann ich nicht beides sein?« Jetzt werde ich hysterisch. Ich muss lachen. Möchte mich regelrecht ausschütten vor Lachen. Aber ich reiße mich zusammen.

Weil er meiner Freundin eine Pistole an den Kopf hält.

Der Grat zwischen Tragödie und Komödie ist schmal, aber so schmal dann doch nicht.

Caroline hält sich wacker. Sie zittert, aber sie bleibt ruhig. Schreit nicht. Fragt nicht. Weint nicht. Sie weiß nicht, was los ist. Abgesehen davon, dass ein mieser Gangster damit droht, ihr das Hirn aus dem Schädel zu pusten und ich wahrscheinlich die Einzige bin, die ihn davon abhalten kann.

Also alles ganz easy.

»Okay«, sage ich. »Ich hab's kapiert. Das ist eine Nummer zu groß für mich. Ich gehe zur Polizei, wie Mister Buchan gesagt hat, und erkläre denen, dass alles meine Schuld ist. Dass ich die beiden getötet habe.«

»Der Alte verliert allmählich die Lust, Herzchen«, sagt Smiley. »Zu viel Hin und Her. Vielleicht wäre es einfacher, wenn du stirbst. Strich drunter. Je länger sich das Ganze hinzieht, desto größer wird die Gefahr, dass er damit in Verbindung gebracht wird. Dabei hättest du es so leicht haben können. Er hat eine Schwäche für Frauen, junge Frauen. Nicht, was du jetzt denkst. Eher so was Väterliches. Vielleicht gab's da mal was in seiner Vergangenheit, ich hab nie gefragt. Aber die meisten Leute, die Mist bauen, kriegen bei ihm keine zweite Chance. Auch wenn ich irgendwann Mist baue, sieht's nicht anders aus. Deshalb baue ich keinen Mist. Aber dir hat er 'ne zweite Chance gegeben. Er hat dir einen Ausweg angeboten. Glaub mir, wenn er Ed vor dir gefunden hätte, wär das ganz anders gelaufen.« Er schüttelt den Kopf. »Ich interessier mich nicht für Männer, Frauen oder was auch immer. Ich mache einfach meinen Job.«

Er drückt auf den Abzug.

Ich denke nicht mal darüber nach, warum er es tut.

Als der Knall kommt, spüre ich ihn kaum.

Zwei Frauen durch Kopfschuss getötet, innerhalb von vierundzwanzig Stunden. Beide mit Verbindung zu mir.

Diesmal meine beste Freundin.

Etwas Rotes spritzt auf, dann fällt sie zu Boden, und ich will sie nicht anschauen, weil ich weiß, was ich dann sehe.

Nur ein Haufen Fleisch und Knochen. Nichts Lebendiges. Das ist nicht mehr sie.

Smiley zuckt die Achseln. »Ich beseitige Hindernisse.« Er kommt auf mich zu. »Nehme den kürzesten Weg zu dem, was nötig ist. Es ist nichts Persönliches.« Er hebt die Waffe.

Ich sollte wohl schreien oder weglaufen.

Aber ich rühre mich nicht. Sehe ihm in die Augen.

»Jetzt brauche ich mich nicht mehr vorzusehen«, sagt er. »So, wie sie in den Nachrichten über dich sprechen, glaube ich kaum, dass dir irgendwer eine Träne nachweinen wird. Erst recht wenn sie denken, du hättest zwei Frauen getötet.«

»Mit einer Pistole, die ich nicht habe.«

»Glaubst du etwa, das könnten wir nicht arrangieren?« Er zieht die Augenbrauen hoch. »Wäre nicht das erste Mal. Kombinierter Mord und Selbstmord. Ich glaube, in echt ist mir das noch nie untergekommen, aber normale Leute – so wie du – fallen immer darauf rein.«

Ich weiche zurück. Doch da ist das Sofa. Weiter geht's nicht.

Ich sehe nicht mehr Smiley an.

Sondern die Pistole.

29

Alles läuft wie in Zeitlupe ab.

Seine Bewegungen. Wie er beide Hände hebt, um sicherer zu zielen. Seine Finger legen sich um den Griff, der rechte Zeigefinger gleitet zum Abzug.

Ich beobachte alles. Denke: *Wenigstens wird es schnell gehen,* und frage mich dann, wie ich so ruhig sein kann, wenn ich weiß, dass ich gleich sterbe.

Was alles in den letzten Wochen passiert ist:

Ed.

Das Geld.

Eine Polizistin, die in den Kopf geschossen wurde.

Meine beste Freundin, direkt vor meiner Nase hingerichtet. Auf meinen Schuhen ist ihr Blut, noch feucht.

Und jetzt ist alles vorbei.

Noch ein paar Sekunden.

Die Kugel wird in meinen Schädel eindringen, mein Gehirn durchbohren. Immerhin wird es nicht wehtun.

Hoffe ich zumindest.

Es macht einfach *peng*, und die Lichter sind aus.

So endet es also.

Vielleicht habe ich es verdient.

Ich bin keine Verbrecherin. Ich wollte nichts weiter als ein ruhiges Leben, tun, was mir gefällt, und den Ball immer schön flach halten.

Noch vor zwei Monaten hätte ich gesagt, dass jemand wie ich es verdient zu sterben. Nicht dass ich die Todesstrafe wieder einführen wollte, aber solange ich so was nicht selbst entscheiden muss, hätte ich gedacht: *na ja, selbst schuld.*

Leute, die so was tun wie ich, verdienen es zu sterben.

Meine Beine drücken gegen das Sofa.

Bei der Berührung schießt eine Art elektrischer Schlag durch meinen Körper. Die letzten paar Minuten bin ich völlig passiv gewesen, habe nur darauf gewartet, dass das Unausweichliche geschieht. Die Berührung mit dem Sofa holt mich zurück in die Wirklichkeit. Macht mir klar: Wenn ich nichts tue, sterbe ich.

Und das habe ich nicht verdient.

Beweg dich oder stirb.

Ich wirbele herum und laufe zum Schlafzimmer.

»Wo willst du hin?«, fragt Smiley.

Ich antworte nicht. Ich ducke mich – als wäre ich so schwerer zu treffen –, renne durch die offene Tür und schlage sie hinter mir zu.

Er lässt sich Zeit. Ganz entspannt. Wohin sollte ich auch flüchten?

Ich höre ihn hinter der Tür. »Du ziehst das Ganze nur unnötig hinaus. Es könnte im Handumdrehen vorbei sein.«

Weil ich nicht völlig bescheuert bin, bleibe ich neben der Tür und komme erst mal wieder zu Atem. Ein paar Sekunden habe ich. Ich muss wenigstens versuchen, mir einen Ausweg zu überlegen.

Ich blicke zum Fenster hinter dem großen Bett und weiß sofort, wenn ich da rausspringe, bin ich tot. Der dritte Stock ist eindeutig zu hoch. Selbst wenn ich lebend unten ankäme, würde ich danach nirgendwo mehr hinlaufen. Ist schließlich nicht weiter schwierig, mich zu erschießen, wenn ich auf dem Gehweg liege. Außerdem müsste ich erst mal das Fenster aufkriegen. Ich weiß nicht, ob Caroline es abschließt oder ob ich wertvolle Sekunden mit dem Versuch vergeuden würde, es zu öffnen. Jede Menge Zeit für einen Mann wie Smiley, das zu tun, was er am besten kann.

»Ich verspreche dir, du wirst nichts davon mitkriegen.«

Ich wünschte, er würde die Klappe halten.

Ich sehe mich im Zimmer um. Die Kieselsteinlampe neben dem Bett. Caroline hat sie irgendwo im West End gekauft, in einem dieser Schickimicki-Läden, wo du das Fünfzehnfache dessen bezahlst, was die Sachen eigentlich kosten dürften, aber du fühlst dich gut, weil irgendwo das Wort »Künstler« steht und die nagen ja immer am Hungertuch, also ist es ganz richtig, ein bisschen mehr für ihr Werk zu bezahlen.

Verzweifelte Zeiten.

Ich greife nach der Lampe, aber etwas bremst. Der Stecker. Ich fummele hinter dem Nachttisch herum.

Endlich löst sich der Stecker. Ich packe die Lampe und schüttele den voluminösen Schirm ab. Was ich brauche, ist der massive Kieselsteinfuß. Er ist glatt, als käme er direkt aus dem Meer. Und schwer. Das ist das Wichtigste. Man braucht Kraft, um ihn zu schwingen. Aber da ich bei der Arbeit ständig schwere Kartons wuchte, schreckt mich das nicht. Meine Arme sehen zwar dünn aus, aber das täuscht.

Ich warte neben der Tür. Atme ruhig und gleichmäßig. Das Blut fließt schneller als sonst durch meine Adern, ein Kribbeln, das unangenehm an eingeschlafene Glieder erinnert.

»Na gut«, sagt Smiley von draußen. »Dann eben auf die harte Tour.«

Der Knauf dreht sich. Die Tür geht auf.

Die Hand mit der Pistole zuerst.

Ich stelle mich auf die Zehenspitzen und hole aus, wie ein etwas ungeschicktes Kind beim Schlagball.

Zum Glück ist Smileys Kopf größer als ein Tennisball. Der Lampenfuß knallt mit einem dumpfen Knirschen gegen seine Schläfe. Kein Volltreffer, aber es reicht. Er fällt. Versucht, die Pistole zu heben. Ich hole erneut aus und lasse die Lampe auf seinen Schädel krachen. Der Aufprall rammt sein Gesicht in den Teppich. Er lässt die Waffe los. Ich kicke sie weg.

Als ich auf seinen Hinterkopf schaue, meine ich, zwischen dem Rot auch etwas Weißes zu sehen, als hätte ich ihm den

Schädel zertrümmert. Aber vielleicht bilde ich mir das auch nur ein.

Ich musste so fest wie möglich zuschlagen, damit er zu Boden geht.

Aber tot ist er nicht. Er bewegt sich, sein Arm zuckt. Er versucht aufzustehen.

»Verfluchtes …«, sagt er, den Rest verstehe ich nicht.

»Vier Leute sind tot«, sage ich. »Und ich weiß, dass alle mir die Schuld dafür geben.« Nur einer davon geht wirklich auf meine Kappe, aber diese Feinheiten werden keinen interessieren.

»Hätte dich einfach …« Er spricht undeutlich. Ich frage mich, was ich mit dem Lampenfuß angerichtet habe. Ich weiß nicht genau, woran man eine Gehirnerschütterung erkennt, aber auf jeden Fall habe ich seinen Kopf ordentlich durchgerüttelt.

»Hättest einfach gar nichts«, sage ich. Er ist keine Bedrohung mehr für mich. Er kann sich kaum rühren. Wahrscheinlich weiß er nicht mal, was hier genau abläuft.

Ich hebe die Pistole auf.

Ich habe noch nie zuvor eine in der Hand gehabt. Sie ist leichter, als ich dachte, obwohl sich die Verteilung des Gewichts ein wenig seltsam anfühlt. Ich halte sie vorsichtig und achte darauf, dass der Lauf von mir weg zeigt. Dann versuche ich, Smileys Haltung nachzuahmen. Mit beiden Händen, die eine unter dem Griff. Mein Zeigefinger legt sich um den Abzug.

Smiley hebt den Kopf. Schon der zweite Mann, der mir heute zu Füßen liegt. Beide verletzt und blutend. Was sagt das über die Entscheidungen aus, die ich in letzter Zeit getroffen habe?

»Das machst du nicht«, sagt er, offensichtlich gegen den Schmerz ankämpfend. »Du bist keine von uns, Jennifer. Du bist kein Killer. Du hast noch nie geschossen. Ich sehe, wie deine Hände zit-«

Der Knall unterbricht ihn. Meine Hände werden zurückgestoßen. Vielleicht habe ich total daneben geschossen. Der

Krach und der Rückstoß gehen mir durch Mark und Bein. In meinem Kopf ertönt ein hohes Fiepen, das alle anderen Geräusche überlagert.

Ich lasse die Pistole fallen.

Rechne damit, dass Smiley danach greift, den Job beendet, den er angefangen hat.

Doch er rührt sich nicht.

Denn zu meiner Überraschung habe ich ihm mitten durch den Kopf geschossen. Ich kann Haut und Knochen und Blut und kleine Stücke von irgendwas Hellgrauem sehen, das wohl Hirnmasse sein muss.

Ich weiche zurück.

Halte die Luft an.

Das Fiepen ist immer noch da.

Ich lasse mich auf Carolines Bett fallen.

Ich wollte das nicht tun. Ich wollte ihm nur Angst einjagen, ihm zeigen, dass es mir ernst war. Aber der Abzug war zu empfindlich. Dabei würde ich normalerweise nicht mal ein Scheunentor treffen. Und jetzt ist noch ein Mann tot.

Fünf Leichen auf meiner Kappe.

Da kommen ganz schön viele Jahre Knast zusammen, ganz egal, was ich den Leuten erzähle.

Verdammter Mist.

Die Klatschpresse wird sich gar nicht mehr einkriegen.

VIERTER TEIL

DAS SCHWEIGEN DER LÄMMER

30

Drei Wochen später

Die Haarfarbe läuft in den Ausguss.

Während ich zusehe, wie sich die dunkelbraune Flüssigkeit mit Wasser vermischt, muss ich an die Duschszene aus *Psycho* denken. Sie haben statt roter Farbe schwarzen Zuckersirup genommen, weil es auf der Leinwand echter aussah.

Das hat mir irgendwer mal erzählt. Ich habe auch die Buchvorlage von Robert Bloch gelesen. Davon kriegt jeder Albträume, mehr als von irgendeinem Film.

Manchmal träume ich, dass jemand den Duschvorhang wegreißt und auf mich einsticht. Aber nicht mit einem Messer, sondern mit einer Kieselsteinlampe, wie die, mit der ich Smiley niedergeschlagen habe.

In gewisser Weise wäre es ein Segen.

Ich trockne mich ab, ziehe mich an, dann betrachte ich mich im Spiegel. Die Frau, die mir entgegenblickt, ist dieselbe, und doch anders. Sie sieht härter aus als früher – das hat mit den Augen zu tun und der Strenge des Kurzhaarschnitts. Bei manchen Frauen sähe er sicher niedlich aus. Mir verleiht er eher was Männliches. Aber das ist mir egal. Hauptsache, ich sehe nicht mehr aus wie die Gefährlichste Frau Schottlands.

Sorry, liebe Nicola, ich hatte nicht vor, dir den Platz streitig zu machen.

Unten macht meine Mum gerade Frühstück. Es riecht nach Würstchen und Speck, die auf dem Aga brutzeln. Das Zischen des Fetts in der Pfanne weckt nostalgische Erinnerungen, die so gar nicht zu der Kindheit passen, an die ich mich erinnern will: eine voller Einsamkeit und Unsicherheit, der zu entkommen ich kaum erwarten konnte.

Wir schreiben unsere Geschichte ständig neu. Meine Mum würde schwören, dass ich ein glückliches Kind war. Dabei kam ich mir vor wie eine Aussätzige, das komische Mädchen, mit dem keiner reden wollte.

Alles eine Frage der Perspektive.

Das habe ich im Lauf der letzten Wochen gelernt.

Als ich in die Küche komme, sieht Mum mich an und schüttelt den Kopf. »Kommt mir vor, als hätte ich eine Fremde im Haus.« Sie meint meinen neuen Look. Der im Übrigen ihre Idee war. Falls jemand fragt, bin ich die Tochter ihrer Schwester, die mal ausprobieren will, wie es ist, auf einem Hof zu arbeiten. Klingt nach einer ziemlich fadenscheinigen Lüge, aber wir sind beide sicher, dass sich keiner im Dorf so richtig an mich erinnert. Ich bin abgehauen, sobald ich konnte. Die kurzen, dunkel gefärbten Haare und die anderen Klamotten müssten ausreichen, um die meisten Leute zu täuschen, solange ich mich abseits halte.

»Was steht heute an?« Ich will helfen, wo ich kann. Schließlich glaubt Mum mir. Da ist mit anzupacken ja wohl das wenigste, was ich tun kann.

Nach Dads Tod hat sie den ganzen Hof alleine weitergeführt. Als ich sie gefragt habe, wie sie das schafft, hat sie nur gelacht und gesagt, die McAllister-Frauen wären von Geburt an stark. Am Tag nach der Beerdigung hat sie wieder ihren Mädchennamen angenommen. Ich bin mir nicht sicher, was das über die Beziehung zwischen ihr und Dad in den letzten Jahren aussagt.

»Wenn du wirklich was tun willst«, sagt sie, »dann kannst du nach den Schafen sehen.«

Gut. Geht klar. Ich nicke kurz, dann setze ich mich an den Eichentisch in der Mitte des Raumes. Als sie mir den Teller hinstellt, kommen Erinnerungen an die Morgen meiner Teenagerzeit hoch. Hier drinnen bei Mum habe ich mich immer sicher gefühlt. Das muss ich ihr lassen. Das, wovor ich flüchten wollte, hatte nichts mit ihr oder mit Dad zu tun.

Ich frühstücke, dann ziehe ich meine Stiefel an und mache mich auf den Weg zu den Weiden am Fuß der Hügel. Seit Dads Tod hat Mum ein paar Leute, die ihr gelegentlich aushelfen, aber sie macht am liebsten alles selbst. Mit den Schafen und Kühen verdient sie nicht schlecht, sodass sie gut über die Runden kommt. Doch sie wird nicht jünger. Das leugnet sie natürlich, aber für eine Frau Mitte sechzig ist sie gut in Form; allerdings mir wird immer deutlicher bewusst, dass sie vielleicht schwächer ist, als sie sich anmerken lässt.

Es sind Kleinigkeiten. Ein abgespannterer Ausdruck auf ihrem Gesicht. Eine leise Müdigkeit in den Augen. Gelegentliche Momente frustrierter Verwirrung, die nicht zu der Mum von früher passen. Da ist eine Verletzlichkeit, die mir Angst macht.

Erwischt die uns alle irgendwann?

Ich bin in nachdenklicher Stimmung. Stehe am Gatter und sehe den Schafen beim Weiden zu.

Mein Gesicht taucht immer noch im Fernsehen auf, aber nicht mehr so oft. Ich bin eine nicht abgeschlossene Ermittlung. Die Polizei ist mehr als einmal hier auf dem Hof gewesen. Mum hat Freunde unten im Dorf, die durchklingeln, wenn sie die Polizei kommen sehen. Sie denken, sie geben ihr nur eine kleine Vorwarnung, damit sie sich nicht so erschreckt, wenn sie bei ihr aufkreuzen.

Tatsächlich gibt es mir Zeit, mich zur Maiden's Bower zu verziehen, einer alten Felshöhle am Fuß der Lomond Hills. Ich habe immer eine kleine Campingausrüstung parat, für den Fall, dass ich länger dort bleiben muss. Ich hoffe allerdings, dass es nicht so weit kommt. Meine Abmachung mit Mum ist, dass ich nach einem Monat weiterziehe. Wenn sich alles beruhigt hat.

Ich weiß nicht, ob sie mir wirklich glaubt, wenn ich ihr meine Unschuld beteuere. Aber sie ist meine Mum. Sie tut, was sie tun muss.

Ich weiß nicht, wie ich das finde.

Ich stapfe über die Weide und sehe mir ein Schaf nach dem anderen an. Checke die Markierung, die Nummer, taste sie ab und schaue, ob sie krank oder verletzt sind. Sie sind vollkommen ruhig und begrüßen mich wie eine alte Freundin. Vielleicht hätte ich doch auf dem Hof bleiben sollen. Vielleicht bin ich gar nicht so ungeschickt im Umgang mit Tieren, wie ich immer dachte.

Ich höre ein Auto und drehe mich zur Straße um. Ein Geländewagen kommt angerumpelt, einer von der aufgemotzten Sorte, die die Leute eher in der Stadt benutzen als auf dem Land. Viel zu sauber. Der Wagen hält am Gatter und jemand steigt aus. Ein Mann, nach allem, was ich von hier aus sehen kann. Er trägt das übliche Farmer-Outfit, Gummistiefel und eine Fleecejacke und eine alberne Wollmütze im Orange von Dundee United. Aber ich vermute, die Farbe ist eher Zufall als demonstrative Unterstützung eines Vereins. Er kommt auf mich zu, wobei er alle paar Schritte winkt.

Ich wappne mich.

Der Typ ist Ende dreißig, Anfang vierzig, schätze ich. Vielleicht von einem der benachbarten Höfe. Könnte ein Besitzer sein oder ein Arbeiter, das ist manchmal schwer zu sagen. Als ich jung war, kamen mir die Farmer alle uralt vor und ich dachte, sie würden einfach immer weitermachen, eine Konstante auf den Höfen, Feldern und Weiden. Jetzt sind sie von ihren Söhnen abgelöst worden oder von Arbeitern, die ihnen den Hof abgekauft haben. Was bedeutet, die neuen Farmer, selbst die in ihren Vierzigern, sehen viel zu jung aus, um die Verantwortung für das alles zu haben.

»Hallo«, sagt er und winkt ein letztes Mal, als er in Hörweite kommt. »Sie sind Mrs Carters Nichte, stimmt's?«

Ich nicke.

Er sieht mich einen Moment an und seine Stirn runzelt sich ein wenig. Doch das dauert nur eine Sekunde, dann entspannt er sich und lächelt. Aus der Nähe kommt mir sein Gesicht irgendwie bekannt vor, mit diesem ausgeprägten Kinn, das trotz der von Grau durchzogenen schwarzen Stoppeln gut zu sehen ist. Die Falten sind neu, aber diese klaren blauen Augen …

»Ich bin James Johnson«, sagt er und streckt mir die Hand hin.

Ich blinzele. »James«, sage ich. »Nein, ich meine … ich heiße Linda.«

»Sie scheinen sich nicht sicher zu sein, wie Sie heißen«, sagt er mit der Andeutung eines Lächelns. Er hat nie viel gelächelt. Das fällt mir jetzt wieder ein. Einer der Gründe, warum ich damals in ihn verknallt war. Immer dieser etwas unnahbare Ernst und dazu die Ahnung, dass, wenn man es nur richtig anstellte, darunter etwas Weicheres zum Vorschein kommen würde.

Willst du jetzt auf einmal deine ganze Jugend durch die rosa Brille sehen, Jen? Komm, lass den Quatsch.

James Johnson. An den habe ich seit über zehn Jahren nicht mehr gedacht.

»Doch, ich bin mir sicher, wie ich heiße«, sage ich. Mein Herz pocht. Aber nicht aus demselben Grund wie damals. Er war zehn Jahre älter als ich und sah in mir kaum etwas anderes als eine Nervensäge. Ich kann nur hoffen, dass er sich nicht mehr gut genug an mich erinnert, um die Verbindung zu ziehen.

»Man sieht, dass Sie zur Familie gehören.«

»Ja?« *Wumpa-wumpa-wumpa-wumpa.*

»Sie sehen Jen ähnlich, Mrs Carters Tochter.«

»Ah.« Mein Herz beruhigt sich ein wenig.

»Entschuldigung, ich wollte nicht … Ich wollte nur kurz Hallo sagen.«

Einen Moment herrscht Schweigen. »Gut«, sage ich. »Nett, ein freundliches Gesicht zu sehen.«

»Der Pub«, sagt er und deutet mit dem Kopf Richtung Straße. »Unten im Dorf. Da gibt's ein gutes Steak Pie. Ich meine, falls Sie …«

»Ich hab ziemlich viel zu tun.«

»Natürlich.«

»Aber ich denke drüber nach.«

Wieder Schweigen. Es dauert zu lange. Ich weiß nicht, ob das hier Flirten ist oder etwas anderes. Für Flirten ist es zu intensiv, denke ich und mir schwant, dass bei ihm gleich der Groschen fällt, wer ich wirklich bin.

»Ist ja wirklich eine Schande«, sagt er. »Was passiert ist.«

»Was?«

»Mit der Tochter von Ihrer … äh … Tante.«

»Ach so. Ja.«

»Hat sie sich nie bei ihr gemeldet? Ich meine, nachdem sie …«

»Nein«, sage ich. »Sie ist verschwunden. Vielleicht ist sie auch tot. Ich meine, niemand hat irgendwas von ihr gehört, oder? Ich frage M… meine Tante nicht danach. Sie hat schon genug um die Ohren. Aber ich lese Zeitung. Schaue die Nachrichten. Was macht man denn nach so was? Wo versteckt man sich?«

»Ich hätte gedacht, dass sie nach Hause kommt.«

»Das wäre aber ganz schön blöd«, sage ich. Meine Kehle ist auf einmal ganz eng und kratzig, mein Magen krampft sich zusammen. »Wer würde so was denn machen?«

Eins von den Schafen kommt zu uns herüber. Ich beginne es abzutasten, um zu signalisieren, dass ich etwas zu tun habe. James Johnson steht da und beobachtet mich. Versteht der

Kerl keine Andeutungen? Na ja, das hat ja damals schon nicht geklappt. Nur dass ich ihn jetzt gerne loswerden würde.

Nach einer Weile, während der ich beschäftigt tue, kapiert er es endlich und tritt einen Schritt zurück. »Das mit dem Essen war ernst gemeint«, sagt er. »Ich lade Sie ein.«

»Mal schauen.«

»Mrs Carter hat meine Nummer.« Nicht aufdringlich, aber hoffnungsvoll.

»In Ordnung.«

Er wendet sich zum Gehen. »Ich hoffe, sie taucht wieder auf«, sagt er. »Lebend. Ich meine, was sie getan hat, ist schrecklich, aber sie ist hier aufgewachsen. Da fragt man sich doch …«

»Ja«, sage ich. »Danke.« Gespräch beendet. Verpiss dich. Ich hab Wichtiges zu tun. Zum Beispiel Schafe begrapschen.

Er verstummt und geht zurück zu seinem Auto.

Ich warte, bis ich den Motor anspringen höre. Dann atme ich, auf das Schaf gestützt, tief durch und beginne mich zu fragen, ob es doch kein so guter Plan war, nach Hause zurückzukommen.

31

»War doch klar, dass das früher oder später passieren würde.«

»Mag sein. Aber trotzdem … Bist du sicher, dass er dich nicht erkannt hat?«

Mum ist kreidebleich und obwohl sie dieses Gespräch am Tisch sitzend begonnen hat, steht sie auf und fängt an, in der Küche auf und ab zu laufen. Die Bewegung hält sie davon ab, in nackte Panik auszubrechen.

Besser, als in Panik auszubrechen und jemanden zu töten. Ihre Selbstbeherrschung habe ich anscheinend nicht geerbt.

»Ganz bestimmt nicht. Natürlich hat er was von Ähnlichkeit gefaselt, aber das war doch klar, wenn jemand mir direkt ins Gesicht schaut. Deshalb haben wir ja allen erzählt, ich wäre deine Nichte. Damit keiner auf dumme Gedanken kommt.«

»Oder vielleicht erst recht«, sagt sie. »Ich glaube dir, dass du diese Leute nicht getötet hast, aber was machen wir jetzt?«

Ich kann sie nicht ansehen. Ich habe Mum so viel von der Wahrheit erzählt wie möglich, aber dass ich diejenige war, die Ed getötet hat, und was wirklich mit Smiley passiert ist, das war einfach zu viel. Ich habe nicht gelogen, nur ein bisschen die Wahrheit geschönt. Wie ich es als Jugendliche andauernd gemacht habe.

Mum bemerkt nichts davon. Sie ist in ihre eigenen Gedanken vertieft. »Ich weiß nicht, wie man an einen gefälschten Pass herankommt oder seinen Namen ändert oder was Leute sonst tun, wenn sie vor der Polizei fliehen. Aber ist es wirklich so einfach?« Sie überlegt einen Moment. »Neulich habe ich was im Fernsehen gesehen. Im Morgenprogramm. Da ging es um das Darknet.«

Beinahe hätte ich laut losgelacht. *Das Darknet*. Ich fasse es nicht.

»Aber wie kommt man da rein? Das haben sie nicht so richtig erklärt.« Sie redet mehr mit sich selbst als mit mir. Treibt auf einem Meer der Möglichkeiten. Klammert sich an Strohhalme. Virtuelle noch dazu.

»Ich glaube, dazu muss man deutlich mehr Ahnung von Computern haben als wir beide, Mum«, sage ich. »Außerdem glaube ich nicht, dass man sich da einfach einloggen und eine falsche Identität bestellen kann.«

»Und was schlägst du dann vor, Fräulein Neunmalklug?«

Wir sehen uns an und fangen beide an zu lachen.

Fräulein Neunmalklug. So hat sie mich nicht mehr genannt, seit … Auf jeden Fall habe ich da noch hier gewohnt.

Das Lachen reinigt die Luft. Und es tut auch ein bisschen weh. Wie wenn man einen Muskel trainiert, den man lange nicht benutzt hat.

»Im Ernst«, sage ich. »Das hier kann nicht ewig so weitergehen.« Ich schüttele den Kopf. »Er hat mich zum Essen eingeladen.«

»Oh?« Mum ist hin und her gerissen zwischen der Vorstellung, dass jemand ihre Tochter interessant genug findet, um sie zum Essen einzuladen, und dem Wissen, wie leicht unsere kleine Lüge auffliegen kann.

»Mit sechzehn hätte ich dafür getötet.« Noch im selben Moment wird mir bewusst, was ich gesagt habe. Ich spüre, wie meine Wangen brennen. Doch auch das bemerkt Mum nicht, oder sie tut zumindest so.

»Mit sechzehn hättest du aber keinen Alkohol trinken dürfen.« Wieder Schweigen. Sie wirft mir einen merkwürdigen Blick zu. »Du hast doch mit sechzehn nichts getrunken, oder?«

Ich weiß nicht, ob sie das ernst meint. Wir waren immer eine offene Familie, aber wie jede Tochter hatte ich auch meine Geheimnisse vor ihr und Dad. Wir haben nie darüber gesprochen, dass ich Alkohol getrunken habe, aber sie muss es gewusst haben.

Oder?

»Ich sollte sofort die Polizei rufen«, sagt sie trocken.

Das gibt uns den Rest. Wir prusten los, können uns kaum halten vor Lachen. Ich glaube, das ist das erste Mal seit dem Abend in Glasgow, dass ich lache, und es ist unglaublich befreiend. Ich habe das Gefühl, dass ich mit jedem Atemzug höher schwebe, und ich verliere mich in dem Klang.

Am Ende ringen wir beide nach Luft.

»Komm, du Schnapsnase«, sagt Mum. »Ich mache uns mal ein gutes Fläschchen auf.«

Nachts lasse ich die Vorhänge offen. Mein Zimmer geht nach hinten raus, mit Blick auf die Felder und Hügel. Das habe ich schon als Jugendliche gemacht. Stundenlang habe ich in den Nachthimmel gestarrt und über die Dramen nachgegrübelt, die mich jeweils gerade beschäftigten. Irgendwie hat dieses Dunkelblau, durchbrochen von den fast schwarzen Wolken und dem bleichen Licht des Mondes etwas Tröstliches. Vielleicht ist es einfach nur die Tatsache, dass es eine Kindheitserinnerung ist.

In dieser Nacht tue ich dasselbe, was ich immer getan habe. Ich liege hier und versuche, mich in diesem Himmel zu verlieren. Bete um Regen. Denn das Geräusch von Regen, der gegen das Fenster schlägt, hat mir immer geholfen einzuschlafen.

Aber ich kann nicht schlafen. Nicht richtig. Ab und zu nicke ich kurz weg, für ein paar Minuten, dann springen meine Augen wieder auf.

Smiley ist tot. Aber ich bin nicht in Sicherheit. Ganz im Gegenteil.

Solomon Buchan ist immer noch hinter mir her.

32

Um sechs Uhr morgens klingelt es an der Tür.

Das war's. Ganz gleich, wer da vor der Tür steht, entweder bin ich tot oder ich lande im Gefängnis.

Das Klingeln ist laut, fordernd. Die Einzigen, die so klingeln, sind die Leute von der Polizei. Was bedeutet, das alles vorbei ist.

Akzeptier dein Schicksal.

Ich stehe auf, steige in die Jeans, die neben meinem Bett liegt, und ziehe mir einen Pulli über. Keinen BH. Keine Zeit dafür. Ich frage mich allerdings, warum sie klingeln und nicht einfach die Tür einrammen. Irgendwie hatte ich mir den Showdown so vorgestellt: ein Ansturm von Gebrüll und Gewalt, dann verpasst mir jemand Handschellen, während ich meine Unschuld herausschreie.

Ich gehe nach unten. Vielleicht läuft es ja ganz ruhig ab. Vielleicht endet es nach all dem Blut und Horror friedlich. Mit einem Wimmern, nicht mit einem Knall.

Ich hätte nichts dagegen.

Mum ist schon an der Tür. Ich kann nicht sehen, mit wem sie spricht. Versucht sie, Zeit zu schinden? Wartet sie darauf, dass ich abhaue?

»Es ist James«, sagt sie.

Ich stoße einen Seufzer der Erleichterung aus.

»Wir müssen reden«, sagt er und geht einfach durch in die Küche. Sieht mich sofort. »Gut«, sagt er. »Du bist schon auf.«

»Was ist denn los?«, fragt Mum. Aber ihr Gesicht sagt mir, dass sie es weiß.

Gleich bricht alles zusammen.

Es war von Anfang an klar. Die Lämmer würden ihr Schweigen nicht brechen, aber sobald ich einem anderen Menschen hier begegnete, würde er Bescheid wissen. Wie dumm von uns zu glauben, wir kämen damit durch.

»Ich hab mal ein bisschen nachgeforscht«, sagt James. »Nach unserer Begegnung gestern auf der Weide. Das ist nicht sonderlich schwer. Dank Internet kann jeder Privatdetektiv spielen, wenn er ein bisschen Geduld hat. Von einem Onlinezugang mal abgesehen.«

Ich versuche, ruhig zu bleiben. Mal schauen, was kommt.

»Ihre Schwester, von der Sie mir erzählt haben, hat gar keine Tochter.« Er grinst, zeigt seine Zähne. Vielleicht denkt er, dass er wie ein Wolf aussieht.

Aber er tut nur so. Ich weiß, wie echte Killer aussehen. Der hier ist nur ein Windhund. Ich spüre leise Bestürzung in mir aufsteigen – in dieses Arschloch war ich mal verknallt?

»Na gut«, sagt Mum, um Fassung bemüht. »Dann bist du also schlauer, als du aussiehst.«

Doch James beachtet sie gar nicht, sondern schaut mich an. »Jennifer. Wusste ich's doch, dass du es bist.«

»Ja.« Ich lehne mich gegen den warmen Aga und versuche, ganz entspannt auszusehen. Als wäre das nichts, worüber man sich Sorgen machen müsste. Er weiß also Bescheid, aber was will er jetzt tun?

In meinen Armen fängt es an zu kribbeln. Ich erkenne das Gefühl wieder, von dem Moment, als ich Smiley getötet habe. Der Adrenalinschub. Der Selbsterhaltungstrieb. Das Gefühl, mich in mich selbst zurückzuziehen.

Ich bin ruhig und gefasst. Ich will ihn nicht töten. Aber ich weiß, dass ich alles tun werde, was nötig ist, um mich zu schützen.

James tritt auf mich zu. »Ich konnte es gar nicht glauben, als ich die Nachrichten sah. Was du angeblich getan hast. Du warst immer so ein stilles kleines Ding.«

»Ich hab's auch nicht getan.«

»Nein?«

»Jedenfalls nicht alles.«

»Du hast eine Polizistin getötet, deinen Exfreund, dessen Mitbewohner und deine beste Freundin. Hieß es jedenfalls.«

»Es gibt eine Erklärung«, sage ich.

»Na klar. Die gefährlichste Frau Schottlands haben sie dich genannt.«

»Was willst du?«, fragt Mum laut und scharf, als wollte sie uns daran erinnern, dass sie auch noch da ist.

»Was ich will?« Er dreht sich zu ihr um. »Gute Frage. Ich überlege, ob es sich lohnt, sie bei der Polizei zu verpfeifen.«

»Wenn du das vorhättest«, sagt Mum, »hättest du es schon längst getan.«

»Gut erkannt«, sagt James. Dann wendet er sich wieder zu mir. »In den Nachrichten haben sie gesagt, du hättest ein paar üblen Leuten eine Menge Geld geklaut.«

»So, haben sie das gesagt?«

»Dein Ex war ein Dealer. Du hast ihn umgebracht, um an sein Zeug ranzukommen. Was bedeutet, dass du Kohle bei dir haben musst. Du warst ja sicher nicht so blöd, alles bei der Bank einzuzahlen, oder?«

Ich antworte nicht.

Einen Moment herrscht Schweigen.

Dann sagt Mum: »Du willst also Geld?« Sie klingt ein wenig enttäuscht.

»Wie viel?«, frage ich.

Er sieht mich an. Jetzt lächelt er endlich. All die Jahre habe ich auf sein Lächeln gewartet und merke nun, dass es mir gar nicht gefällt. »Es hieß, du hättest mehrere tausend Pfund. Ich glaube, es ist mehr.«

»Es ist aber nicht hier«, sage ich.

»Sondern?«

Ich rutsche ein Stück am Aga entlang, ganz unauffällig. Er

bemerkt es nicht. »Es ist eine halbe Stunde mit dem Auto entfernt. Ich kann es holen …«

»Oder du kannst mich dorthin bringen.«

»Wie du willst. Hauptsache, du nimmst es und verschwindest.«

»Ich kannte deinen Vater, James Johnson«, sagt Mum mit mütterlicher Autorität in der Stimme. »Ich weiß, was er sagen würde, wenn er wüsste, dass …«

»Verschonen Sie mich mit dem Scheiß!«, fährt er sie plötzlich wütend an. Da kapiere ich, dass er nervös ist. Er ist nicht so cool und lässig, wie er vorgibt. Wahrscheinlich sein erster Erpressungsversuch. Er weiß gar nicht so richtig, was er tut.

Meine Finger tasten hinter dem Rücken am Rand des Herdes entlang. Mum stellt abends immer schon alles fürs Frühstück bereit. Eine Art Ritual. Das macht sie immer, auch wenn sie ein paar Gläser getrunken hat. Was bedeutet, dass alles da stehen muss. Auch die gusseiserne Pfanne, die ich als Kind kaum heben konnte, wenn ich zeigen wollte, wie gut ich Mummy beim Frühstückmachen helfe.

Jetzt bin ich kein Kind mehr.

Ich packe sie und schlage zu. Nur mit einer Hand, aber das genügt. Ich treffe ihn am Hinterkopf. Er geht in die Knie. Die Vibrationen jagen meinen Arm hoch und in die Schulter, aber ich lasse nicht los.

Er ist nicht bewusstlos. Vorsichtig betastet er seinen Hinterkopf. Als wüsste er nicht genau, was passiert ist. Ich schlage erneut zu. Diesmal treffe ich ihn mit der Pfanne mitten auf den Kopf und er fällt mit dem Gesicht auf den Boden. Er gibt ein leises Geräusch von sich, wie jemand, der aus dem Schlaf aufwacht.

Ich blicke auf ihn hinunter.

Ich stelle mir vor, was passiert, wenn ich ihn gehen lasse. Was er den Leuten erzählt. Er wird nicht den Mund halten. Nicht für immer.

Jetzt ist er verletzlich. Wie seine Hände und Füße zucken. Armselig. Jämmerlich.

Ich kann ihn daran hindern, irgendwem zu erzählen, was passiert ist. Das ist meine Chance.

Denk nicht nach.

Tu es einfach.

Ich schlage noch mal zu, mit aller Kraft. Etwas knirscht, als die Pfanne aufschlägt. Er zuckt ein letztes Mal, dann rührt er sich nicht mehr.

»Jennifer!« Meine Mum starrt mich fassungslos an. Dann bekommt sie Panik, als würde sie allmählich begreifen, was aus ihrer Tochter geworden ist. »O Gott! Was hast du getan? Was hast du getan?«

Ich blicke auf die Pfanne. Sie ist voller Blut. Genau wie meine Hände. Und meine Klamotten.

Dann blicke ich zu James. Sein Schädel ist vollkommen platt gedrückt.

33

»Es musste sein. Du weißt, was passiert wäre, wenn ich es nicht getan hätte.«

Wir sind im Wohnzimmer. James' Leiche liegt noch in der Küche. Seit er sich nicht mehr bewegt, hat keine von uns ihn angefasst. Jeder, der hereinkommt, wird ihn sehen, aber das erscheint mir eher nebensächlich. Erst mal muss ich Mum dazu kriegen zu akzeptieren, was gerade geschehen ist.

Ich frage mich, ob ich allmählich meine Menschlichkeit verliere. Ob diese ganzen Todesfälle mich immun dagegen gemacht haben, das, was geschieht, wirklich wahrzunehmen.

Desensibilisiert.

Zu viele Horrorfilme. Zu viele Computerspiele. Die Leute werden gegen Gewalt desensibilisiert.

Und was ist mit Büchern? Ich lese mehr, als dass ich Filme anschaue. Und Computerspiele interessieren mich gar nicht. In den Zeitungen steht nie was davon, dass zu viele Bücher jemanden zum Mörder machen, oder?

Ein Tee mit Milch hat Mum ein wenig gestärkt. Aber sie zittert, als sie den Becher an ihre Lippen hebt, und sie beugt sich auf ihrem Stuhl vor, als wollte sie gleich die Flucht ergreifen.

Immer wieder sieht sie mich an und wendet dann den Blick ab. Sie braucht mehrere Anläufe, bis sie mir in die Augen sehen kann. Und dann fragt sie: »Ist das mit Ed auch so gewesen?«

»Nein«, sage ich. »Das war ein Unfall.«

Sie überlegt kurz. »Und was war das hier? Was da eben in meiner Küche passiert ist?«

»Er hat uns bedroht, Mum.« Das muss sie doch erkennen. Sie

muss begreifen, dass das, was ich getan habe, Notwehr war. Genau wie bei Michael. Und bei Smiley.

»Du hast mir gesagt, du hättest niemanden getötet. Dass das … alles andere Leute waren.« Sie weiß Bescheid. Vielleicht hat sie es die ganze Zeit über vermutet. Und jetzt kann sie es nicht mehr verdrängen.

Ich reibe mir die Stirn, als könnte ich so mein Gehirn dazu bringen, das Richtige zu sagen. Aber es funktioniert nicht.

Trotzdem muss ich irgendwas sagen. Sie wartet darauf. Das sehe ich in ihren Augen. Derselbe Blick, mit dem sie mich angesehen hat, als ich ein widerspenstiger Teenager war. Also stammele ich eine Erklärung. »Das war nicht … Ich hab nicht … Ja, ich habe einen Mann getötet, Mum. Aus Notwehr. Weil er meine beste Freundin erschossen hat. Und weil ich wusste, was er mit mir machen würde.«

»Aber das war nicht James. Er hat dich nicht auf diese Art bedroht. Wie nennt die Polizei so was? Unangemessener Gewalteinsatz?«

»Ich konnte ja nicht wissen, dass sein Schädel so leicht nachgibt!«

»Er dachte, er kennt dich«, sagt Mum. »So wie ich. Ich dachte auch, ich kenne dich. Er hat gedacht, ganz gleich, was passiert ist, so gefährlich kann sie nicht sein. Sie ist immer noch das kleine Mädchen, das für mich schwärmt. Er hat gedacht, die Drohung, zur Polizei zu gehen, würde reichen.« Sie schüttelt den Kopf. »Er war schon immer ein komischer Kerl.«

Was soll ich dazu sagen?

Dann sieht sie mich wieder an. »Du bist nicht mehr mein kleines Mädchen. Das sehe ich in deinen Augen.«

»Mum …«, beginne ich, aber sie lässt mich nicht ausreden.

»Ich liebe dich«, sagt sie. »Das ist der Grund, warum ich nicht die Polizei rufe. Warum ich dich das Ganze so regeln lasse, wie du es für richtig hältst. Aber um ehrlich zu sein, Jennifer, ich habe Angst. Wenn du so was tun kannst, ohne auch nur darüber nachzudenken, dann muss ich vielleicht selbst vorsichtig sein.«

Wo verläuft die Grenze zwischen »mögen« und »lieben«?

Meine Mutter liebt mich.

Meine Mutter hat Angst vor mir.

Wie weit wird die Liebe gehen? Sie hat mich während der vergangenen paar Wochen bei sich aufgenommen. Aber jetzt hat sie gesehen, wie ich einen Mann getötet habe. Sie kann sich nicht länger davor verstecken, was für ein Mensch ich wirklich bin. Liebt sie mich genug, um mich auch weiterhin zu beschützen? Oder habe ich ihr zu viel zugemutet?

Wo stehe ich?

Ich glaube, ich stecke schon zu tief drin. Ich habe mindestens zwei Menschen willentlich getötet. Und ich bin indirekt für mehrere weitere Todesfälle verantwortlich. Vor allem dadurch, dass ich nichts getan habe.

Ich bin auf der Flucht und habe keine Ausrede mehr dafür.

Die gefährlichste Frau Schottlands? Mittlerweile glaube ich es fast selbst.

Ich gehe nach oben, reiße den Duschvorhang ab und bringe ihn in die Küche, um die Leiche darin einzuwickeln. Dann hole ich den Traktor aus der Scheune und fahre damit bis vor die Haustür. Mum sagt, sie muss sich wieder hinlegen. Sie kann das nicht mit ansehen.

Ich bringe sie ins Bett und denke, was für ein seltsamer Rollenwechsel. Sie sieht älter und zerbrechlicher aus, als ich sie je erlebt habe.

Habe ich ihr das angetan?

»Dein Dad«, sagt sie, als ich das Zimmer verlasse. »Dein Dad hätte gewusst, was zu tun ist.«

Ich halte im Türrahmen inne, drehe mich aber nicht um. »Ich weiß.«

»Vermisst du ihn?«

»Jeden Tag.«

Sie gibt ein Geräusch von sich. Vielleicht ist es Zustimmung. Dann beginnt sie, laut zu atmen. Wahrscheinlich hat sie gedacht, sie könnte nie wieder schlafen, aber ich weiß noch, wie es mir nach der Sache mit Ed ging, wie die Erschöpfung mich überrollt hat, bevor ich wusste, wie mir geschieht.

Ist vielleicht ganz gut so, dass sie nicht mitbekommt, was als Nächstes ansteht.

Mit geht eine Zeile aus einem Gedicht von Kipling durch den Kopf.

Dem, der keine Fragen stellt, niemand eine Lüg' erzählt.

Ich fahre rüber zum Silo. Die Leiche hüpft vorne in der Traktorschaufel auf und ab. Es ist noch früh genug, dass niemand auf dem Hof ist. Keiner von Mums Gehilfen. Die einzigen Zeugen sind die Kühe, die aus dem Stall herausschauen, als sie das Rumpeln des Traktors hören.

Sie werden nicht reden.

Hoffe ich zumindest.

Die Lösung ist einfach. Versteck die Leiche.

Vielleicht wird sie eines Tages gefunden, aber ich bezweifle, dass es dann noch darauf ankommt. Wichtig ist, das Problem sofort zu lösen. Wenn ich die Leiche ganz lasse, denken sie vielleicht sogar, es wäre ein Unfall gewesen. Weiß der Himmel, was für ein Unfall, aber auf jeden Fall ein tragischer.

Während ich ihn in den Turm rolle und die Tür schließe, frage ich mich, wann ich angefangen habe, so zu denken.

Vor ein paar Monaten war das mit Ed halb Kummer und halb Lust. Ich bin zur Arbeit gegangen, hatte ständig Angst, zu spät zu kommen, und manchmal habe ich einem süßen Barkeeper hinterhergeträumt, wenn ich mit Caroline nach der Arbeit noch was trinken gegangen bin. Aber ich bin immer brav zu Ed zurückgegangen, als wäre mir klar gewesen, dass es nur Träumereien waren. Ich hatte mich in einem Leben mit einem Mistkerl eingerichtet. Weiß der Himmel, warum. Auch alles andere kommt mir jetzt so kleinkariert vor. Ich habe mir Sorgen darum gemacht, ob ich den Receiver richtig programmiert habe, um *Nashville* aufzunehmen. Normaler, alltäglicher Kleinkram. Die möglichen Folgen bei der Entdeckung einer Leiche kamen in meinen Gedanken nicht vor.

Und jetzt?

Hat Mum recht? Habe ich mich verändert? Oder, noch schlimmer, war das schon immer in mir angelegt?

Es wäre einfacher, mich zu stellen. Und genau das sollte ich auch tun. Das sagen mir alle. Caroline hat es mir gesagt. Mum deutet es immer wieder an.

Wenn ich es täte, würde vielleicht auch diese Leichenschwemme aufhören.

Warum kann ich mich dann nicht dazu durchringen?

Während ich den Kornzulauf anschalte, überlege ich, ob ich einfach Crawford anrufen soll, wie Caroline es mir damals geraten hat. Ihm die Wahrheit sagen und scheiß drauf, wenn er mir nicht glaubt. Ich werde im Knast landen und meine Zeit absitzen, aber dann muss ich wenigstens nicht mehr ständig auf der Hut sein und überlegen, ob ich auch keinen Fehler gemacht habe. Die Vorstellung, einfach mit dem leben zu können, was ich getan habe, ist durchaus verlockend.

Vielleicht. Mal sehen.

Das Korn fällt in den Silo, ein ohrenbetäubendes, alles überlagerndes Rauschen. Ich stehe eine Weile da und lasse mich davon einhüllen. Dann drehe ich mich um und gehe davon.

Ich fahre den Traktor zurück zum Haus. Das Knattern des Motors lenkt mich ab.

Und dann sehe ich den Wagen in der Einfahrt. Ein neues Modell. Ein Audi, glaube ich. Silbern, frisch gewaschen. Er sieht aus wie das Auto eines Mannes im mittleren Management – oder wie ein ziviles Polizeifahrzeug.

Crawford.

Ganz bestimmt.

Er hat mich gefunden.

Was für eine Erleichterung. Endlich kann ich mir alles von der Seele reden. Ich kann die Wahrheit sagen und meine Strafe absitzen und es kann mir völlig egal sein, was mit Gangstern wie Solomon Buchan passiert und ob alle mich für eine Killerin halten. Hauptsache, das hier ist endlich vorbei.

Ich schwebe beinahe ins Haus. Getragen von der Vorstellung, dass ich meine Wahlfreiheit aufgebe, erneut zu fliehen. Ich kann nicht mehr weglaufen und ich will es auch nicht mehr.

Es ist endlich vorbei.

Ich gehe ins Wohnzimmer.

Und erstarre.

34

Der Alte blickt auf, als ich hereinkomme. Er steht vor dem Kamin, die Arme vor der Brust verschränkt, den Kopf leicht zur Seite geneigt, die Augen auf mich gerichtet.

Mum sitzt in ihrem Sessel. Auch sie sieht mich an. Ihre Körpersprache ist steif, vorsichtig.

Am Fenster stehen noch zwei Männer. Den einen kenne ich nicht. Er hat einen dicken Hals und einen kleinen Kopf. Ein auffälliges Tattoo schlängelt sich unter seinem Kragen hervor bis zu seinem Ohrläppchen. Schwarze Tinte. Ich kann nicht erkennen, was es darstellen soll. Er trägt Goldketten um den Hals und einen Siegelring, der ernsthaften Schaden anrichten könnte. Dazu einen von diesen Trainingsanzügen aus Ballonseide, von denen ich dachte, dass sie schon seit den Neunzigern out wären.

Den anderen Typen kenne ich. Er läuft auf Krücken. Schätze, er kann von Glück sagen, dass es nicht schlimmer gekommen ist.

Michael.

»Jennifer«, sagt Buchan. »Wie schön, Sie zu sehen. Ich habe gerade Ihrer Mutter erzählt, wie wir beide uns kennengelernt haben.«

Ich sehe Mum an. Sie sieht mich an. Ihr Blick ist kalt. Schwer zu sagen, was sie denkt. Ihre Miene ist neutral, aber ihr Unterkiefer vibriert vor Anspannung.

Ohne den Blick von Mum zu lösen, frage ich Buchan: »Wie haben Sie mich gefunden?«

Er bedeutet mir näher zu kommen. Ich trete ein paar Schritte vor.

Er mustert mich von oben bis unten. Nicht lüstern, sondern kühl und sachlich. »Ihr neuer Look gefällt mir nicht.«

»Ich hätte Sie nicht unbedingt für einen Modeexperten gehalten.«

»Ich bin alt, aber voller Überraschungen.« Er schüttelt den Kopf. »Der feminine Look stand Ihnen. Dieser androgyne Stil … Ich weiß nicht, was die Leute daran finden.«

»Ist vielleicht eine Generationensache.«

»Ja, vielleicht.«

Wir fixieren uns, der Alte und ich.

»Was war das für ein Gefühl?«, fragt er unvermittelt. »Gezielt jemanden zu töten? War es leicht? Es war ja wohl das erste Mal, dass Sie jemanden getötet haben, der sie nicht unmittelbar bedroht hat. Zumindest nach dem, was Ihre Mutter mir erzählt hat.«

Ich antworte nicht. Sehe wieder zu Mum. Sie wendet den Kopf ab.

Lieben und mögen.

Jetzt weiß ich, wo ich stehe.

»Den meisten Leuten fällt es schwer«, sagt Buchan. Ich wende mich wieder ihm zu. Er will meine Aufmerksamkeit. Und es ist wohl besser, wenn ich sie ihm fürs Erste gebe. »Sie kommen nicht damit klar. Smiley war beeindruckt, wie gut Sie das mit Ihrem Freund weggesteckt haben. Er dachte, Sie könnten vielleicht nützlich für uns sein. Wenn die Dinge anders gelaufen wären, würden wir zwei jetzt vielleicht ein ganz anderes Gespräch führen.«

»Ja, wir würden uns durch Gitterstäbe unterhalten«, sage ich.

»Und wer säße auf welcher Seite?« Er gestattet sich ein Lächeln. »Ich glaube, wir wissen alle, dass Sie von dem Moment an verloren hatten, als Sie beschlossen haben, sich nicht der Polizei zu stellen. Das war's für Sie, Ende der Geschichte.« Wieder lächelt er. »Wer war das eigentlich, so schön eingewickelt in den Duschvorhang?«

»Niemand Wichtiges.« Ich brauche Mum nicht anzusehen, um zu wissen, wie sehr sie die abgebrühte Beiläufigkeit meiner Antwort schockiert.

Aber ich muss so sein, diese Rolle spielen, wenn ich überleben will.

»Jeder ist wichtig, wenn Sie ihn töten«, sagt Buchan. »Ich kenne jeden, der durch meine Hand gestorben ist. Ich weiß seinen Namen und ich erinnere mich an den Ausdruck in seinen Augen.«

»Ein ganz schön harter Kerl«, sage ich. »Aber Sie sind jetzt alt.«

»Aber immer noch gefährlich.«

»Gangster Nummer eins.«

»Mehr als das.«

»Warum bringen Sie mich dann nicht einfach um?«

»Wir hatten über einen Kompromiss gesprochen.«

»Dafür ist es wohl ein bisschen spät.«

Er nickt. Langsam. »Also kein Kompromiss?«

»Nein.«

»Sie haben eine ganz einfache Wahl.«

»Ich stelle mich, nehme für alles die Schuld auf mich und sage Ihnen, wo das Geld ist?«

Wieder nickt er.

»Sonst töten Sie mich?«

Diesmal nickt er nicht. Sieht mich nur an. Mir fällt auf, dass ich mich nicht erinnern kann, wann er zuletzt geblinzelt hat.

»Wenn Sie sich stellen«, sagt er, »kümmern wir uns um Sie. Drinnen, meine ich.«

»Ach ja?«

»Unser Freund Michael hier ist nicht der einzige Korrupte im Justizsystem, den ich kenne. Die traurige Wahrheit ist, viele von denen sind schlimmer als Männer wie ich. Sie sollten sich also fragen, wem Sie vertrauen.«

Darauf falle ich nicht herein. Was er da liefert, ist eine billige schottische Kopie des Gangsters Casper Gutman aus *Der*

Malteser Falke. Er spielt mit meinen Erwartungen. Er sagt, er kennt mich. Dabei hat er keine Ahnung.

»Ich muss mich also nur der Polizei stellen und Sie garantieren mir, dass mein Urteil so milde ausfällt, wie Sie es deichseln können? Unbeschränkter Zugang zur Gefängnisbibliothek, spezielle Essenswünsche und so weiter?«

Er zuckt die Achseln.

»Und was ist mit den Drogen? Sie wissen, dass ich keine Ahnung habe, was Dave damit gemacht hat.«

»Manche Dinge muss man eben loslassen.« Er sieht meine Mutter an. »Das Alter und die Elternschaft verleihen einem eine besondere Art von Gelassenheit.«

Er dürfte jetzt ungefähr Mitte siebzig sein und in einem reinen Faustkampf könnte sogar ich es mit ihm aufnehmen. Aber ein Blick in seine Augen genügt, um zu erkennen, dass Solomon Buchan gefährlicher ist denn je. Ich wette, er gibt nicht mal seiner eigenen Tochter ein Geburtstagsgeschenk ohne Preisschild dran, ob offen oder verschleiert.

»Was muss ich sonst noch tun?«

Er sieht zu Mum. »Eine gute Tochter haben Sie da großgezogen. Nicht dumm.«

»Da bin ich mir nicht mehr so sicher«, sagt Mum. Was ihr immerhin ein Lächeln einträgt. Ein echtes.

»Unter gewissen Umständen kann jeder zum Mörder werden.«

Darauf antwortet Mum nicht. Sie lässt sich nicht auf ihn ein.

Ich frage: »Also, was wollen Sie?«

Ohne den Blick von Mum zu wenden, sagt er: »Sie werden sich in die Obhut von DI Crawford begeben. Soweit ich weiß, hatten Sie das in der Nacht erwogen, bevor Sie Smiley getötet haben.«

Mir wird flau im Magen.

»Wenn Sie sich stellen, werden Sie sagen, dass Sie ein umfassendes Geständnis ablegen wollen, aber nur bei ihm. Sie werden sich weigern, mit irgendjemand anders zu sprechen.«

Warum Crawford? Warum ausgerechnet er? Ich glaube einfach nicht, dass er von Buchan geschmiert wird. Das passt nicht zu dem Mann, den ich kennengelernt habe. Es sei denn, er ist ein verdammt guter Schauspieler.

Mir gefällt nicht, in welche Richtung das läuft.

»Sie könnte ihm auch einfach die Wahrheit sagen«, wendet Mum ein.

»Das könnte sie«, sagt Buchan. »Aber Ihre Tochter weiß, wenn sie auch nur daran denkt, mich noch mal auszutricksen, werde ich Sie töten. Und sie weiß, dass ich es ernst meine. Sie hat gesehen, was passiert, wenn Leute mich … enttäuschen.« Er tritt auf sie zu. »Sie scheinen mir eine gute Frau zu sein. Aber Sie sollten wissen, dass ich tue, was nötig ist. Ihre Tochter hat die Wahl.«

Ich sehe Mum an.

Sie erwidert den Blick und ich sehe, dass sie weiß, dass er die Wahrheit sagt. Ich kann mich ihr gegenüber nicht mehr verstellen.

Ich sage: »Bitte drohen Sie ihr nicht.«

Er nickt. Sein ganzes Verhalten zielt darauf ab, mir zu vermitteln, dass man mit ihm reden kann. Die Art, wie er spricht – ganz ruhig –, und die Art, wie er sich bewegt – mit entspannten Schultern und dieser fast demütigen Neigung des Kopfes –, hat nichts mehr von dem brutalen Mistkerl, den ich vor ein paar Wochen erlebt habe.

Welche Version von ihm ist gespielt?

Sind sie es beide?

»Und was passiert, wenn ich mit ihm in einem Raum bin?«, frage ich. »Sagt er mir, was ich sagen und tun soll? Er ist einer von Ihren Leuten, oder?«

»Sie tun, was Sie offenbar am besten können«, sagt Buchan. »Sie töten den Kerl.«

»Sie geben mir eine zweite Chance?«

Wieder zuckt er die Achseln. Bedeutet mir, mit ihm nach

draußen zu gehen. Ich gehorche. Mum folgt uns, wobei Goldkettchen sie schubst, damit sie kapiert, was Sache ist.

Ich weiß zwar nicht, was Buchan mir zeigen will, aber so, wie ich ihn kenne, wird es nichts Angenehmes sein.

35

Buchan und Michael gehen vor. Mitten auf dem Hof gibt der Alte mir ein Zeichen stehen zu bleiben.

Dann höre ich es: das Bellen. Das Knurren.

»Ich glaube, Sie kennen Brutus noch nicht«, sagt Buchan.

Brutus ist natürlich ein Hund. Und zwar ein großer, dem Gebell nach zu urteilen.

Ich bin ja eher ein Katzenmensch. Für mich klingen alle Hunde groß. Selbst bei den kleinen Kläffern schwingt immer so ein Ton mit, der sagt, dass sie dir an die Kehle gehen, wenn man sie nur lässt. Katzen töten auch. Aber sie sind schlau genug, nur Wesen anzugreifen, die kleiner sind als sie.

Brutus' Knurren hat einen bissigen Bass, der mich bis ins Mark erzittern lässt. Alles in mir spannt sich an. Ich will nicht darüber nachdenken, was das soll. Buchan und seine Kumpane sind sadistische Mistkerle, aber das hier geht doch wohl zu weit.

Oder?

Ich habe ihnen die Wahrheit gesagt. Aber offenbar glauben sie mir nicht. Das ist ihre Art, mir zu zeigen, dass es ihnen ernst ist.

Irgendwo in meinem Hirn bricht Panik aus, aber dieses coole, ruhige, gelassene Etwas, das anscheinend meinen Körper beherrscht, lässt nicht zu, dass sie sich ausbreitet. In meinem Schädel schreie ich, aber äußerlich bleibe ich ungerührt.

Ist das Tapferkeit?

Ich glaube nicht.

Vor einem der Schuppen steht ein Van. Er ist ungefähr zehn Meter entfernt. Von dort kommt das Bellen.

Ich drehe mich zu Mum um.

Sie schüttelt nur den Kopf.

Buchan gibt Goldkettchen ein Zeichen. Der geht zu dem Van. In aller Ruhe.

Buchan wendet sich zu Mum. »Mrs Carter, ich empfehle Ihnen, sich nicht zu rühren. Ganz gleich, was passiert.«

Goldkettchen öffnet die hintere Tür des Vans und weicht rasch zur Seite.

Brutus kommt herausgestürmt. Irgendein Pitbull, schätze ich. Schwarz-weiß geschecktes Fell, so kurz, dass es auch Haut sein könnte. Ein rosa Fleck um das eine Auge. Massige Schultern, die pure Kraft. Kurze Beine. Wuchtiger Kopf mit einem grauenerregenden Gebiss.

Cujo.

Stephen King.

Damals habe ich über das Buch gelacht, weil ich es albern fand, wie er versucht hat, einen Familienhund so furchteinflößend darzustellen. Ich fand es völlig unglaubwürdig.

Jetzt denke ich, es wäre an der Zeit für eine Neubewertung. Falls ich noch Gelegenheit habe, je wieder etwas zu lesen.

Goldkettchen kniet sich hin und streckt ohne jede Angst die Hand aus, um dem Hund den Kopf zu kraulen. Brutus scheint sich nicht daran zu stören, aber er bellt immer noch und zerrt an der Leine.

Der Alte kehrt dem Hund den Rücken zu und sieht mich an. »Brutus ist ein kleines Aas«, sagt er. »Auf Kampf gezüchtet. Hat für sein Herrchen schon so einige Kämpfe gewonnen.«

»Er ist ein Teddybär«, sagt Goldkettchen, der ihn immer noch krault. »Wenn er will.«

»Bei Leuten, die er kennt«, ergänzt Buchan. »Aber Fremden geht er gerne an die Kehle. Oder ans Bein. Oder was ihm gerade so vor die Zähne kommt. Diese Rasse hat nämlich eine Spezialität, wissen Sie. Das sogenannte Festbeißen und Totschütteln. Übel. Ganz übel. In Amerika gab es mal einen

Gerichtsfall und da hieß es, der Biss von einem Pitbull wäre kaum von dem eines Weißen Hais zu unterscheiden.«

Okay, jetzt habe ich wirklich Angst.

Die Panik in meinem Hirn schaltet auf Turbo. Aber sie kommt immer noch nicht durch.

Ich stehe vollkommen reglos da. Atme ruhig.

Mum, die hinter mir steht, muckst sich nicht.

Ich blicke über Buchans Kopf hinweg – nicht allzu schwer bei seiner Größe – und sehe, dass Goldkettchen etwas über das Gesicht des Hundes reibt. Ich denke an alte Filme, wo sie Suchhunden etwas von einem entflohenen Gefangenen geben, damit sie wissen, wonach sie suchen sollen.

Was immer er da hat, es kann nichts von mir sein. Oder? Sie haben nie meine Tasche oder irgendwas von meinen Klamotten gehabt.

Ich verkrampfe mich innerlich.

Buchan sagt: »Man muss seine Lektionen lernen. In meiner Branche ist es keine gute Idee, Leuten eine zweite Chance zu geben. Das nutzen sie nämlich aus. Jedes Mal.«

Ich falle auf die Knie. Endlich fühle ich etwas. Während der letzten Wochen war ich wie betäubt. Aber jetzt überrollt mich eine Woge von Angst.

Mein Atem kommt stoßweise. Ich sollte aufstehen, aber ich kann nicht.

Der Hund sieht mich an.

Buchan, der immer noch zwischen uns steht, sagt: »Sehen Sie ihm nicht in die Augen.«

Ich weiß nicht, wohin ich sonst sehen soll.

Buchan grinst und zwinkert mir zu.

Goldkettchen löst die Leine vom Halsband. Der Hund schüttelt sich frei und rennt los.

Mit letzter Kraft rappele ich mich hoch.

Aber ich glaube nicht, dass ich weglaufen kann.

Tut mir leid, Mum.

Habe ich das laut gesagt?

Plötzlich tritt der Alte dicht auf mich zu, als ob er mit mir tanzen will, und dreht mich um.

Ich begreife: Brutus geht nicht auf mich los.

Buchan will, dass ich das wahre Ziel des Hundes sehe.

Brutus' Beine sind zwar kurz, aber kräftig, und er stürzt sich mit einem Satz auf Michael. Der hat noch gar nicht kapiert, was los ist, und starrt nur mit weit aufgerissenen Augen auf das Vieh, dem bei der Vorstellung, seine Zähne in Michaels Fleisch zu graben, bereits der Sabber herunterläuft.

Im letzten Moment reißt Michael den Arm hoch, um sein Gesicht zu schützen. Seine Krücken fallen hin. Er ebenfalls. Brutus beißt in seinen Unterarm. Der Schwung und das Gewicht werfen Michael auf den Rücken, wo er sich schreiend und zuckend windet.

Buchan vergewissert sich, dass ich alles mitkriege. Leise sagt er: »Festbeißen und Totschütteln.«

Ich sehe zu, wie Mann und Hund sich auf dem Boden wälzen.

Michael stößt ein schrilles Kreischen aus, wie ein bockiges Kleinkind, nicht wie ein erwachsener Mann. Brutus knurrt, während er mit seinen Zähnen an Michaels Fleisch zerrt. Dann reißt er mit einer ruckartigen Bewegung den Kopf hoch. Wie es sich gehört, hat Brutus nicht losgelassen. Stattdessen hat er ein Stück von Michaels Anzug und von seinem Arm abgerissen.

Michaels Schreie kommen jetzt tief aus der Kehle und das ist vielleicht keine so gute Idee. Der Hund stellt die Pfoten auf seine Brust, schiebt energisch seinen Kopf an Michaels Arm vorbei und fletscht die Zähne.

Ich versuche, den Blick abzuwenden.

»Das ist wichtig«, sagt Buchan. »Sie müssen hinsehen.«

Ich will nicht, aber der Alte packt meinen Arm. Botschaft angekommen. Wenn ich nicht tue, was er sagt, könnte ich auch Schmerzhaftes erleben.

Die Zähne schließen sich um Michaels Kehle und beißen sich fest. Brutus' Kopf ruckt hin und her.

Buchan hat was von Haien gesagt, aber ich muss an Krokodile denken, wie sie ihre Beute packen und sich hin und her wälzen, bis das Fleisch reißt und das Tier aufhört zu zappeln.

Die Schreie verstummen.

Der Hund reißt den Kopf hoch.

Blut und Fleisch fliegen durch die Luft.

Michaels Arme und Beine zucken noch einen Moment, dann rührt er sich nicht mehr.

Ich sehe über die Schulter. Mum steht vollkommen reglos da, den Blick starr nach vorne gerichtet. Äußerlich ganz ruhig. Sie ist stark. Für ihre Tochter.

Ich will zu ihr laufen. Will, dass sie mich in den Arm nimmt.

Doch Buchan hält mich immer noch fest. Er will nicht, dass ich mich bewege. Er will, dass ich weiß, was gerade passiert ist. Dass ich begreife.

Der Hund sieht hinunter auf Michaels Gesicht. Jetzt knurrt er nicht mehr. Offensichtlich zufrieden mit seiner Arbeit, springt er von Michaels Brust und trottet ruhig zurück zu seinem Herrchen.

Buchan geht in die Hocke und streicht dem Hund über den Kopf.

»Wie ich schon sagte – in dieser Branche sind zweite Chancen keine gute Idee. Wollen wir jetzt über den werten Inspector Crawford sprechen?«

36

Ich nehme den Zug von Perth nach Glasgow. Einer von Buchans Jungs bringt mich zum Bahnhof. Ich habe ungefähr fünfzig Pfund bei mir. Das reicht für die Fahrkarte und ein billiges Essen, wenn ich Glück habe. Nichts Luxuriöses. Kein Steak mit Pommes. Vielleicht ein Aberdeen Angus von Burger King.

Nicht unbedingt das, was ich mir als Henkersmahlzeit vorstelle.

Im Zug ist nicht viel los. Ein paar Leute starren mich an, schütteln dann aber den Kopf, als wäre ich ihnen bekannt vorgekommen, was aber nicht sein kann. Vielleicht eine gewisse Ähnlichkeit mit jemandem.

Ich werde immer noch gesucht, aber die Schlagzeilen haben sich frischerem Blut zugewandt. Ich bin nur noch eine Hintergrundstory: spannend genug, um alle paar Tage darauf zurückzukommen, nur dass es nichts Neues zu berichten gibt. Trotz meines veränderten Aussehens habe ich immer noch Angst, dass jemand genauer hinsieht und kapiert, warum ich ihm bekannt vorkomme.

Und dann?

Tja, dann rennt er wahrscheinlich schreiend davon.

LEICHEN PFLASTERN IHREN WEG hat eins von den Boulevardblättern kurz nach meiner Flucht aus Glasgow getitelt. Mum hat es mir gezeigt. Ich war mir nicht sicher, ob sie stolz oder enttäuscht war, und ich glaube, sie wusste es auch nicht. Mir persönlich gefiel eine andere Schlagzeile besser: JEN CARTER IST NICHT ZU FASSEN. Vielleicht weil mich das an meine Jugendzeit erinnert. Damals war ich großer Steve-McQueen-Fan.

Mein siebzehn- oder achtzehnjähriges Ich wäre entsetzt, wenn es wüsste, dass ich nichts Besseres auf die Reihe gekriegt habe, als in einem Buchladen zu arbeiten. Als Job, übergangsweise, okay, aber mittlerweile bin ich schon fast zehn Jahre da. Obwohl ich bezweifle, dass ich nach den Ereignissen der letzten Wochen in nächster Zeit wieder dort anfangen werde.

Am Bahnhof Queen Street steige ich um Richtung Charing Cross. Von da aus gehe ich zu Fuß zur Polizeizentrale im Zentrum. Je näher ich komme, desto schwindeliger wird mir.

Als ich das Schild POLIZEI sehe, muss ich gegen den Drang ankämpfen, mich umzudrehen und wegzulaufen.

Da muss ich jetzt durch. Wie auch immer.

Ich denke an Mum. An ihren Blick, der mich bat, Buchan nicht zu gehorchen. Aber das konnte ich nicht, schließlich steht ihr Leben auf dem Spiel. Ist es gefühllos, so etwas zu denken? Kann es richtig sein, ein Leben zu opfern, um ein anderes zu retten?

Ich schmunzele in mich hinein. Wenn ich nicht aufpasse, ende ich noch wie Hamlet: endlose Monologe, aber keine Taten.

Seht her, die Kronprinzessin von Hyndland.

Königin aller Drückeberger.

Tja, jetzt nicht mehr.

Vor der Tür halte ich noch mal kurz inne. Dann gehe ich hinein. Direkt zum Schalter. Drumherum sitzen ein paar Leute, wie im Wartezimmer eines Arztes, und sehen mich an. Sie spüren, dass etwas in der Luft liegt. Womit sie nicht unrecht haben.

»Entschuldigen Sie.«

Die diensthabende Beamtin blickt auf. Gelangweilte Miene. Doch das ändert sich schnell. Sie weiß, wer ich bin. Wahrscheinlich hat sich ihr mein Gesicht ins Gedächtnis gebrannt. Und nicht nur ihr, nach allem, was passiert ist.

»Ich heiße Jennifer Carter. Ich werde wegen mehrfachen Mordes gesucht. Ich möchte mich stellen.«

Sie bringen mich in einen Raum im vierten Stock. Gehen kein Risiko ein. Zwei Detectives kommen herein, um mit mir zu sprechen. Außer den drei Sätzen unten am Eingang habe ich nichts gesagt. Die beiden setzen sich mir gegenüber.

Der eine – kleiner und korpulenter als sein Kollege – sagt: »Ich bin DI Stringer. Das hier ist Detective Constable White. Wir wissen, dass Sie aus freien Stücken gekommen sind, und dafür möchten wir Ihnen danken.«

Ich schweige. Erwartet er eine Antwort? Ich weiß es nicht. Ist dieses überflüssige Theater üblich? Das weiß ich auch nicht.

Der Größere von den beiden – White – sagt: »Alles, was in diesem Raum gesprochen wird, wird aufgezeichnet. Verstehen Sie das?«

»Ja, das verstehe ich«, sage ich ruhig.

Dann wieder Stringer: »Bevor wir anfangen können, müssen wir Sie über Ihre Rechte informieren.«

Ich hebe die Hand. »Bevor wir anfangen können: Ich will nicht mit Ihnen reden.«

Die beiden sehen sich an. Ratlos.

Ich helfe ihnen auf die Sprünge. »Ich will mit Detective Inspector Crawford reden.«

Stringer findet als Erster die Sprache wieder. Er ist eindeutig der Boss. »Detective Inspector Crawford hat eine Menge Fälle zu …«

»Das ist keine Bitte«, sage ich. »Ich rede nur mit ihm. Und sonst mit niemandem.«

Stringer schüttelt den Kopf. »So läuft das nicht. Sie können sich das nicht aussuchen. Sie haben hier nichts zu melden. Vielleicht denken Sie das. Vielleicht ist Ihnen der ganze Rummel in den Zeitungen zu Kopf gestiegen. Wär nicht das erste Mal. Alle Schlagzeilenmörder denken, Sie wären Promis. Aber in diesem Gebäude haben Sie keine Macht. Wir sind die diensthabenden Detectives und wir bestimmen, wo's langgeht.«

»Er kennt den Fall.« Ich halte meine Stimme absichtlich neutral. Ich muss ihnen klarmachen, dass das die beste Wahl ist, die sie treffen können.

»Wir alle kennen den Fall«, sagt White. »Jeder da draußen auf der Straße kennt den Fall.«

»Crawford«, sage ich, immer noch ganz ruhig.

»Nein«, entgegnet Stringer.

»Ich sage kein Wort mehr, solange Crawford nicht hier ist.«

Schweigen.

Stringer und White wechseln einen Blick. Der Große zieht die Augenbrauen hoch. Ich habe den Eindruck, die beiden arbeiten schon lange zusammen. Sie verständigen sich mit Gesten, wie ein Ehepaar. Vielleicht fühlen sie sich auch so. Aber statt Sex zu haben, führen sie gemeinsam Verhöre.

»Wir werden sehen, was wir tun können«, sagt Stringer. »Aber glauben Sie mir, es wird nichts daran ändern, was mit Ihnen geschieht.«

»Dann warte ich«, sage ich und verschränke die Arme.

Die beiden stehen auf und gehen ohne ein weiteres Wort. Vielleicht holen sie Crawford. Vielleicht lassen sie mich einfach schmoren. Aber die Psychospielchen machen mir nichts aus. Ist mal eine nette Abwechslung zu der ständigen Angst um mein Leben.

Als sie gehen, kommt ein Uniformierter herein. Ohne mich zu beachten, stellt er sich neben die Tür und starrt ins Nichts. Vielleicht denkt er an seinen Feierabend. Ich blicke nicht zurück. Ich sitze einfach da. Und warte.

37

Ich sitze, so still ich kann, und betrachte mich in der Spiegelwand gegenüber dem Tisch, als es an der Tür klopft. Der Constable, den sie zu meiner Bewachung abgestellt haben und der bisher kein Wort gesagt hat, macht auf und sieht überrascht aus, als ein weiterer Uniformierter hereinkommt. Dieser ist etwas älter und korpulenter. Er sieht nicht so aus, als würde er den vorgeschriebenen Fitnesstest für Neubewerber bestehen. Seine Nase ist rot. Die Art von Rot, die man von zu vielen Bierchen kriegt.

»Telefon für dich«, sagt er zu meinem Bewacher. Dann blickt er zu mir. »Ich behalte die da so lange im Auge.«

Mein Bewacher sieht ebenfalls zu mir. Er wirkt unschlüssig. Ich tue so, als würde ich die beiden gar nicht beachten, und starre weiter geradeaus.

»Wer ist es denn?«

»Weiß ich nicht. Hat nur gesagt, dass er mit dir sprechen will. Wenn du nicht willst, kann ich auch …«

»Nein, schon gut. Aber rede nicht mit ihr, okay? Sie holen Crawford, er soll sich um den ganzen Mist kümmern. Außerdem wollen wir ja nicht, dass sie behauptet, sie wäre schlecht behandelt worden, oder? Auch wenn sie eine von uns umgebracht hat, behandeln wir sie wie jede andere Mörderin.«

»Geht klar«, sagt der Dicke. Er mustert mich mit hochgezogener Augenbraue. »Sie machen mir doch keinen Ärger, Schätzchen, oder?«

Ich erwidere seinen Blick mit ausdrucksloser Miene, nach dem Motto »Leck mich.«

Der jüngere Constable geht. Die Tür wird geschlossen und

der Ältere verschränkt die Arme vor der Brust. Ich wende mich wieder dem zu, was ich vorher gemacht habe: warten.

»Jesses«, murmelt der Dicke.

Er greift in seine Tasche und zieht etwas heraus, das in einen alten Lappen oder so was eingewickelt ist. Er kommt näher und lässt es auf den Tisch fallen. Es landet mit einem dumpfen Knall. Was immer das ist, er benimmt sich, als wäre es radioaktiv. »Nehmen Sie's«, sagt er. »Los, machen Sie schon. Aber wehe, Sie verraten irgendwem, dass es von mir ist.«

Ich sehe erst ihn an, dann das Päckchen.

»Schnell«, sagt er. »Bevor die Dumpfbacke zurückkommt.«

Ich wickele das Päckchen ein wenig aus. Sehe die Klinge. Bevor sie dich einbuchten, nehmen sie dir alles ab, was als Waffe verwendet werden kann. Selbst so harmlose Dinge wie Haarnadeln oder Autoschlüssel werden weggeschlossen. Offensichtlich haben sie mich nicht als selbstmordgefährdet eingestuft, denn meine Schnürsenkel und meinen Gürtel habe ich noch. Oder vielleicht haben sie es auch darauf angelegt. Ich bin bei der Polizei nicht gerade sonderlich beliebt.

Ich stecke das Päckchen ein. Später werden sie mir natürlich Fragen stellen. Aber ich werde den Mund halten. Das ist Teil des Deals, damit Mum am Leben bleibt.

Sonst sagt der Dicke nichts weiter. Er stellt sich wieder bei der Tür auf und schwitzt vor sich hin.

Ich sehe ihn nicht direkt an, beobachte ihn nur aus dem Augenwinkel.

Dann kommt mein Bewacher zurück. »Da war keiner am Telefon.«

»He, ist nicht mein Problem, Kumpel«, sagt der Dicke. »Bin ja schließlich nicht deine Sekretärin!« Und damit verschwindet er, so schnell er kann.

»Arschloch«, sagt mein Bewacher, mehr zu sich selbst als zu mir.

Als wäre ich unsichtbar.

Ich sitze da und denke über die letzten Wochen nach. Versuche mich zu erinnern, wer ich war, bevor ich zum Staatsfeind Nummer eins geworden bin.

Als Crawford hereinkommt, krampft sich mein Magen vor Stress zusammen. Ich muss mich zusammenreißen, um ihm nicht vor die Füße zu kotzen.

Ich weiß nicht, ob er es bemerkt. Und ob es ihn kümmert.

Er sagt nichts. Schickt den Constable mit einer Handbewegung raus. Sieht ihn nicht mal an. Er kommt zum Tisch und setzt sich mir gegenüber.

Lässt das Schweigen im Raum hängen.

Er ist doch derjenige, der anfangen muss. Oder?

Wie soll ich es machen? Wie soll ich ihn töten?

Schneiden Sie ihm die Kehle durch.

Wann?

Sobald Sie eine Gelegenheit dazu haben. Aber er soll auf jeden Fall wissen, dass ich dahinter stecke. Der Scheißkerl soll wissen, dass ich ein verdammt gutes Gedächtnis habe.

»Als wir uns das letzte Mal unterhalten haben, haben Sie mir gesagt, Sie wüssten von nichts.«

»Ja.«

»Es gibt fünf Tote, die wir mit Ihnen in Verbindung bringen können.«

»Ja.«

»Sind Sie hier, um mir zu sagen, dass Sie sie getötet haben?«

»Ich habe Ed getötet.«

»Und?«

»Das war ein Unfall.«

»Okay.« Wieder schweigt er. Dann sieht er mich merkwürdig an. »Man hat Sie über Ihre Rechte informiert?«

»Ja, die beiden Officer, die mich hierher gebracht haben.«

»Warum wollten Sie nicht mit ihnen reden?«

Ich zucke die Achseln. Mein Blick wandert immer wieder zu der Ecke, wo die Kamera hängt. Ich spüre, wie sie sich bewegt, wie der Fokus wechselt. Beobachtet uns jemand? Oder werden die Aufzeichnungen später angesehen? Ich weiß es nicht. Lief die Kamera schon, als der Dicke mit der roten Nase mir das Messer gegeben hat?

Ich sehe zu der Spiegelwand gegenüber. Erinnere mich daran, wie ich spätnachts auf Channel 4 *NYPD Blue* gesehen habe. Die Cops standen immer in dem engen Raum hinter dem Einwegspiegel und schauten zu, wie Jimmy Smits und Dennis Franz Verdächtige vernahmen.

Ich habe eigentlich immer nur Jimmy Smits zugeschaut. Wobei mich seine Verhörtechnik weniger interessiert hat als seine anderen Vorzüge.

»Jen?«

»'tschuldigung«, sage ich und hole mich wieder ins Hier und Jetzt. Es ist leicht, die Gedanken wandern zu lassen. Vielleicht sogar leichter als alles andere. Wer weiß, wenn ich meine Gedanken weit genug wandern lasse, vielleicht entkomme ich dann alldem hier.

Im Grunde habe ich so was Ähnliches schon die ganzen letzten Wochen getan. Jedes Mal wenn ich etwas Unangenehmes machen musste, habe ich mich innerlich auf die Zuschauerbank gesetzt.

All das Blut. All die Gewalt. Warum berührt mich das nicht?

»Kommen Sie«, sagt Crawford. »Ich bin hier. Wenn Sie nicht reden wollen, warum haben Sie dann nach mir gefragt?«

»Sie haben nette Augen«, sage ich.

»Sie meinen, ich bin mitfühlend?«

Ich nicke.

»So hat mich noch keiner beschrieben.« Er lehnt sich zurück. »Soll ich Ihnen mal was erzählen?«

»Ja.«

»Bis letztes Jahr war ich DCI. Und bis vor ein paar Jahren habe ich bei der SCDEA gearbeitet. Wissen Sie, was das ist?«

Ich schüttele den Kopf.

»Scottish Crime and Drug Enforcement Agency. Wir waren diejenigen, die die Dealer und Gangster gejagt haben.«

»Sie sind also zurückgestuft worden? Was hat das mit mir zu tun?«

»Die SCDEA wurde aufgelöst, zuständig ist jetzt Police Scotland. Und das mit der Rückstufung … nun ja … Als wir das erste Mal bei Ihnen waren, sagten Sie, sie wären mit Katherine Scobie befreundet.«

»Stimmt.«

»Sie war der Grund.«

»Sie waren der V-Mann?« Ich erinnere mich an die Geschichten. Irgendwann war rausgekommen, dass Kats Freund ein Polizist war, der mit einer ganzen Einheit, die es offiziell gar nicht gab, für die Drogenmafia arbeitete. Das klingt wie eine Filmstory, bis man mitkriegt, wie oft so was tatsächlich passiert. Zum Beispiel diese englischen Umweltschützerinnen, die sogar Kinder mit den Männern hatten, die in Wirklichkeit eingeschleuste Polizisten waren. So weit hat Kat es nicht kommen lassen. Aber es war trotzdem eine hässliche Geschichte. So hässlich, dass sie komplett untergetaucht ist.

Er schüttelt den Kopf. »Nein, nein, das war ich nicht. Ich habe die Operation geleitet.«

Also ein einflussreicher Mann. Und jetzt ist er nur noch Detective Inspector. Wahrscheinlich hat er eine Menge gegen die entscheidenden Leute in der Hand, sonst hätten sie ihn sicher ganz rausgeworfen.

»Und?«

»Alles, was schiefgehen konnte, ist schiefgegangen. Kat sollte nie in die Sache reingezogen werden. Vor allem sollte sie nie in Gefahr geraten. Der Plan war, sie zu benutzen, um unseren V-Mann nah an die Familie heranzubekommen. Aber …«

»Aber?«

Er zuckt die Achseln. »Aber es kam anders. Wie so oft im Leben.« Er beugt sich vor. »Das kennen Sie auch, nicht? Dass die Dinge außer Kontrolle geraten?«

Ich frage mich, warum er so offen zu mir ist. Vielleicht habe ich einfach nur ein freundliches Gesicht. Nein, das ist es nicht. Er benutzt seine eigene Geschichte, um mein Vertrauen zu gewinnen.

Ich kann niemandem mehr vertrauen.

Ich bin allein.

Wenn mir jemand helfen kann, dann nur ich selbst.

»Sie wollten ihre Familie kriegen?«, frage ich.

»Sie waren Verbrecher.«

Und jetzt sind sie tot. Nachdem Crawfords V-Mann eine Reihe von Ereignissen in Gang gesetzt hatte, die in einem blutigen Massaker endeten. Ich erinnere mich noch an die Schlagzeile im *Herald* am nächsten Morgen:

DIE NACHT, ALS GLASGOW IM BLUT ERTRANK

Und das war noch die am wenigsten melodramatische.

»Sonst niemanden?«, frage ich. »Sie hatten es nur auf die Scobies abgesehen?«

»Sie standen damals im Zentrum.« Er sieht mich einen Moment an, als würde er sich fragen, ob ich auf etwas Bestimmtes hinauswill.

Vielleicht will ich das auch. »Buchan.« Ich werfe es ihm einfach so hin. Warum auch nicht?

Er lehnt sich wieder zurück. »Was wissen Sie über Buchan?«

»Genug.«

»Ihr Freund hatte Schulden bei Dealern. Leuten, die mit Solomon Buchan zu tun haben.«

Ich nicke.

»Das wussten Sie?«

»Erst als er tot war.«

»Wieso? Was ist passiert?«

»Ich habe sein Lager entdeckt. In meinem Schrank.«

»Und der Mitbewohner?«

»Der hat sich um die Leiche gekümmert. Es war seine Idee. Ich habe ihn angerufen, weil ich nicht wusste, wen ich sonst anrufen sollte. Er meinte, dass mir niemand glauben würde, was wirklich passiert ist.«

Crawford gestattet sich ein grimmiges kleines Lächeln.

»Sie geben also ihm die Schuld?«

»Nicht ganz.«

»Hat er Ihnen damit gedroht, zur Polizei zu gehen? Musste er deshalb auch verschwinden?«

Ich beiße mir auf die Unterlippe.

»Der Einzige, den Sie getötet haben, war Ed?«

Ich zögere. Es ist nur ein winziger Moment, aber das reicht. Ich habe ihn verloren. Jegliches Mitgefühl, das er vielleicht gehabt hat, verflüchtigt sich schlagartig. Ich habe ihn angelogen. Alles, was ich jetzt sage, wird er anzweifeln.

»Was haben Sie mit Eds Leiche gemacht? Verraten Sie mir wenigstens das.«

Ich beuge mich vor. Kann uns jemand hören? Zeichnet die Kamera immer noch alles auf, was in diesem Raum passiert? »Ich soll Sie töten«, flüstere ich. »Sagen Sie jetzt nichts.«

Glaubt er mir? Oder hält er mich für verrückt?

»Sie haben Ed getötet.« Er tut so, als hätte ich nichts gesagt. Ist das gut oder schlecht?

»Ja.«

»Und seinen Mitbewohner?«

»Ich … Ja.«

»Und meine Kollegin?«

»Ja.« Die Lügen gehen mir leicht über die Lippen. Buchan hat gesagt, ich bin für alles verantwortlich.

»Sie haben sie erschossen?« In seiner Stimme liegt Skepsis.

Gute Frage. Wieso hätte ich eine Waffe haben sollen? Und woher?

»Mit einer Waffe, die vermutlich Ihrem Freund gehörte?«, setzt Crawford nach. Er diktiert mir die Geschichte förmlich. Und er hat immer noch nicht auf meine Bemerkung von eben reagiert. Dass ich ihn töten soll. Entweder habe ich nur geträumt, dass ich es ihm gesagt habe, oder Crawford sollte bei der Polizei aufhören und professioneller Pokerspieler werden.

»Ja. Die war bei seinen Sachen.«

»Und die andere Frau haben Sie auch erschossen? Ihre Freundin?«

»Ja.«

»Vier Menschen«, sagt er.

»Vier Menschen«, sage ich.

»Sonst niemanden?«

Wieder zögere ich.

Ich suche seinen Blick, suche nach einem Anzeichen, dass er nur schauspielert. Er muss doch wissen, dass das eben ernst gemeint war, dass ich versucht habe, ihn zu warnen.

Ich soll Sie töten.

Hat er es überhaupt gehört?

Er steht auf. »Entschuldigen Sie mich einen Moment.«

Nein. Nein. Er kann jetzt nicht gehen.

Habe ich gerade meine Chance verpasst?

Habe ich statt Crawford meine Mutter getötet?

Ich will von meinem Stuhl aufspringen und ihn auf der Stelle niederstechen. Aber ich kann mich nicht bewegen. Bin wie gelähmt.

Er verlässt den Raum.

Mein Bewacher kommt wieder herein.

Ich starre zu der Kamera oben in der Ecke. Wer beobachtet mich? Was denkt derjenige?

Was mache ich jetzt?

Ich schmore ungefähr eine Dreiviertelstunde vor mich hin. Mein Bewacher schaut die meiste Zeit stumpf die Wand an. Ab und zu wirft er mir einen kurzen Seitenblick zu.

Dann geht die Tür auf. Crawford kommt zurück. Er schickt den Constable raus, schnappt sich seinen Stuhl, zieht ihn um den Tisch herum und setzt sich neben mich. Sieht mich an.

In meiner Brust wird es eng. Meine Augen tränen ein wenig.

Was soll ich sagen?

Ich sehe Crawford an. Meine Hand wandert zu meiner Tasche. Ich denke nicht mal darüber nach, was ich tue. Es passiert einfach.

Er sagt immer noch nichts. Warum nicht? Ist das ein Psychospielchen? Oder …?

Ich muss mich entscheiden.

Für Mum.

Selbst wenn es schiefgeht, kann ich wenigstens sagen, ich habe es versucht.

Tut mir leid, DI Crawford. Entweder Sie oder meine Mutter. Ich habe keine andere Wahl.

38

Crawford schüttelt den Kopf. »Jemanden zu töten, ist nicht leicht. Die meisten Leute zögern, selbst wenn sie es schon mal getan haben. Jemanden zu töten, ohne nachzudenken oder zu zweifeln, ist eine spezielle Form von Psychopathie.« Er sieht mich unverwandt an. »Ich glaube, der Typ sind Sie nicht.«

»Nein?«

Ist das seine Antwort auf das, was ich vorhin gesagt habe? Meine Finger legen sich unter dem Tisch um den Messergriff. Er ist aus Plastik. Vielleicht ist es einfach nur ein großes Küchenmesser.

Groß genug, um seinen Zweck zu erfüllen?

Ich weiß es nicht. Trotz allem, was in den letzten Wochen passiert ist, habe ich bisher niemanden gezielt erstochen. Stößt man ins Herz? Schneidet man die Kehle durch? Woher weiß man, dass der Job erledigt ist?

»Nein. Ich glaube nicht, dass Sie eine echte Killerin sind. Nach dem, was man mir gesagt hat, haben Sie sich freiwillig gestellt. Wenn Sie eine eiskalte Killerin wären, würden Sie das nicht tun. Nicht ohne guten Grund.«

»Ich dachte immer noch, ich könnte mich irgendwie aus allem herausreden.«

»Gut«, sagt er. »Sie zögern. Genau das meine ich. Einem Impuls nachzugeben, ist keine gute Idee. Das wissen Sie genau so gut wie ich. In gewisser Weise sind wir uns ähnlich.«

Ist das eine Botschaft? Versucht er, mir etwas zu sagen?

Keine Ahnung. Wenn, dann verstehe ich es nicht.

»Sie müssen warten, bis Sie sicher sind, dass der richtige Moment gekommen ist.«

Er steht auf, geht um den Tisch herum und beugt sich zu mir. »Los, stechen Sie zu«, sagt er. »In den Bauch. Linke Seite.«

Er sagt mir, wie ich ihn töten soll?

»Los!«

Er richtet sich wieder auf.

Ich sollte zögern.

Aber ich tue es nicht. Der Teil von mir, der mich immer wieder überrascht, steht auf, das Messer in der Hand. Ich versuche, ihm in die Augen zu sehen, mich wortlos bei ihm zu entschuldigen. Er bemerkt es nicht. Versucht nicht, sich zu verteidigen.

Das Ganze geschieht wie im Traum. Ich bin mir immer noch nicht sicher, ob er mir gerade wirklich gesagt hat, dass ich ihn töten soll. Vielleicht bin ich auch endgültig durchgeknallt.

Ich steche zu. Er dreht sich zur Seite. Die Klinge bohrt sich in seinen Bauch, und ich schwöre, er dreht sich ein Stück zur Seite. Will er, dass die Klinge noch tiefer eindringt? Blut läuft über meine Hand. Da ist nicht so viel Widerstand, wie ich dachte. Jedenfalls zuerst. Dann stoße ich auf etwas Hartes.

Das hier ist anders, als Ed zu töten oder Smiley eine Kugel in den Kopf zu verpassen. Ich schreie. Weiche zurück. Das Messer bleibt in ihm stecken. Er fällt, die Hände um den Griff geklammert.

Will er etwa sterben?

Die Tür fliegt auf. Ich spüre die Körper mehr, als dass ich sie sehe, als sie mich zu Boden werfen. Druck von oben. Ich kriege keine Luft. Wie damals, als ich sieben oder acht war und mit größeren Kindern gerangelt habe. Die haben auch immer ihr Gewicht genutzt, um mir die Luft abzudrücken. Dasselbe Gefühl von Klaustrophobie und Panik.

Mein Gesicht knallt seitlich auf den Boden. Meine Arme werden nach hinten verdreht, ein Knie drückt mir ins Kreuz.

Dann lässt der Druck ein wenig nach. Ich ringe ächzend nach Luft. Öffne die Augen. Sie haben dafür gesorgt, dass ich sehen kann, was ich getan habe.

Crawford liegt auf dem Boden, halb an die Wand gelehnt. Überall ist Blut.

So viel Blut.

Ed liegt neben mir auf der Transportliege. Er ist nackt. Seine Brust ist mit einem Y-Schnitt geöffnet worden. Das Blut ist schon lange getrocknet. Das Fleisch an den Schnitträndern sieht fast schwarz aus. Er hat den Kopf zur Seite gedreht, damit er mich ansehen kann.

Ich kann mich nicht bewegen. Mein Kopf ist auch zur Seite gedreht, sodass mir nichts anderes übrig bleibt, als ihn ebenfalls anzusehen. Seine Augen sind glasig, die Pupillen erweitert.

»Ich seh dir in die Augen, Kleines«, sagt er.

»Das hast du aus einem Film«, entgegne ich.

»Stimmt, Süße. Alle meine besten Sprüche waren geklaut. Oder sagen wir, es waren Zitate. Aber drauf abgefahren bist du trotzdem.« Selbst als Leiche ist er noch ein arroganter Arsch.

Jemand kommt herein. »Ich kann mich nicht bewegen«, sage ich, doch der Mann, der einen weißen Laborkittel trägt, beachtet mich nicht. Er verschwindet aus meinem Sichtfeld.

»Ich kann meinen Kopf nicht bewegen«, wiederhole ich.

»Er kann dich nicht hören«, sagt Ed.

»Warum nicht?«

»Niemand kann die Toten hören.«

Er hat recht. Wie dumm von mir. Ich entspanne mich ein wenig. »Okay«, sage ich. »So schlimm ist ja gar nicht.«

Ed gibt ein Geräusch von sich, das wie ein Schnauben klingt.

»Was ist?«

Ich merke, dass der Mann mit dem weißen Kittel über mir steht. Er fingert an irgendwas Schwerem herum. Ich weiß nicht, was es ist.

»Ed?«

»Sieh doch mal hoch«, sagt er.

Jetzt kann ich doch meinen Kopf bewegen. Sonst nichts. Nur meinen Kopf. Ich blicke hoch, sehe den Mann da stehen. Sein Gesicht ist verschwommen. Aber die Säge, die er in der Hand hat, sehe ich ganz klar und deutlich. Die Zacken sind verrostet und triefen von den Flüssigkeiten anderer Leichen.

»O Gott«, sage ich. »O Gott, nein!«

»Er kann dich nicht hören«, sagt Ed. »Das ist das Dumme, wenn man tot ist.«

Ich kann nicht mal die Augen zumachen. Oder blinzeln.

Die Säge wird eingeschaltet.

Das Kreischen hallt durch meinen Schädel.

Ich kann mich nicht bewegen.

Ich liege in einem Bett. Eng in die Decke gewickelt, die Arme links und rechts an der Seite. Als ich sie zu bewegen versuche, spüre ich Leder an meinen Handgelenken. Es ist also nicht die Decke. Ich bin festgeschnallt. Auch an den Füßen.

Ich öffne die Augen. Den Kopf kann ich bewegen und es ist auch keine andere Leiche zu sehen. Ich höre weder Eds Lachen noch das Kreischen einer Säge. Alles ist ruhig und still.

Ich bin in einem kleinen Zimmer. Einem Krankenzimmer. Die Jalousien sind heruntergelassen. Das einzige Licht kommt durch das kleine Fenster in der Tür. Um mich herum stehen verschiedene Geräte, aber ich bin an nichts angeschlossen. Nichts piept. Neben dem Bett steht ein Glas mit Wasser. Aber wegen der Riemen komme ich nicht dran.

Die Tür ist einen Spalt offen. Draußen im Flur steht jemand. Schwarze Hose, Schutzweste. Ein Polizist in Uniform. Ich habe einen Detective mit einem Messer angegriffen. Ich habe versucht, einen DI zu töten. Vielleicht habe ich ihn getötet. Natürlich bewachen sie mich. Ich bin eine Gefahr. Für mich und alle um mich herum.

Das Einzige, woran ich denken kann, ist das, was Buchan

mir versprochen hat: eine angenehme Zeit hinter Gittern und die Unversehrtheit meiner Mutter.

»Hallo?«

Der Polizist dreht sich nicht um. Habe ich wirklich etwas gesagt? Der Traum ist noch frisch in meiner Erinnerung. *Er kann dich nicht hören. Das ist das Dumme, wenn man tot ist.*

Meine Stimme ist heiser. Mein Hals tut weh.

Trotzdem: »Hallo?«

Diesmal dreht er sich um. Er öffnet die Tür ein Stück weiter, um hereinzuschauen. Kaum verhohlene Verachtung im Gesicht.

»Wo …?«

Er wendet sich wieder ab. Schließt die Tür von außen, sodass ich ihn nicht mehr sehen kann. Schätze, das sagt mir alles.

Ich schließe die Augen.

Nicke wieder ein.

39

Als ich erneut aufwache, fühlen sich die Riemen lockerer an. Oder vielleicht gewöhne ich mich auch einfach daran. Ich strecke meine Finger, um den Blutfluss wieder in Gang zu bringen. Bewege meine Beine.

Die Riemen sind nicht locker.

Sie sind gelöst worden.

Ich setze mich auf.

Das Fenster ist offen. Ein kühler Wind weht herein. Ich fröstele in meinem Krankenhaushemd.

Ich habe einen Polizisten erstochen.

Und jetzt hat mich jemand befreit?

Da ist etwas auf dem Kissen, neben der Stelle, wo mein Kopf gelegen hat. Ein Blatt Papier. A4, sauber gefaltet. Ich falte es auseinander. Gehe zum Fenster, um im Schein des Mondes zu lesen, was da steht.

Fliehen Sie.

Und eine Adresse, irgendwo in Tradeston.

Ich hole tief Luft. Was soll das bringen? Wenn ich in meinem Hemdchen wegzulaufen versuche, halten die mich doch fest, bevor ich auch nur beim Ausgang bin. Ich sehe mich im Zimmer um.

Da ist eine Ablage mit meinen Sachen. Ich ziehe mich an, so schnell ich kann, voller Angst, dass jeden Moment die Tür aufgeht.

Der Gedanke, hier zu bleiben, kommt mir gar nicht. Wieso auch? Weglaufen ist für mich ja mittlerweile normal. Was anderes kann ich gar nicht mehr.

Ich spähe durchs Fenster in der Tür. Draußen steht ein Stuhl, wo wahrscheinlich mein Aufpasser sitzen sollte. Aber er ist nirgends zu sehen.

Riesenglück? Oder eine Falle?

Wer auch immer mir den Zettel da hingelegt hat, geht ein ziemliches Risiko ein. Schließlich könnte ich, statt zu der Adresse zu gehen, einfach in der Nacht verschwinden. So ähnlich wie Kat vor zwei Jahren. Nur dass sie nie des Mordes verdächtigt wurde. Sie hat nie einen Polizisten angegriffen.

Crawford.

Lebt er noch?

Und glaube ich wirklich, dass er mir den Zettel hingelegt hat?

Er hat mich aufgefordert, ihn zu erstechen. Das habe ich mir nicht eingebildet. Ganz bestimmt nicht. Eins weiß ich genau: Mein Kopf funktioniert einwandfrei. Ich bin nicht verrückt. Trotz allem, was vermutlich in der Zeitung stand.

Wenn Crawford noch lebt, dann ist das hier vielleicht Teil seines Plans.

Ich weiß allerdings nicht, ob ich ihn verstehe.

Ich muss mich konzentrieren. Den inneren Abstand wiederfinden, den ich hatte, als ich Smiley getötet habe, als ich zugesehen habe, wie Eds zerstückelte Leiche im Wasser versank. Es ist nicht wichtig, wer den Zettel dahin gelegt hat. Er gibt mir die Möglichkeit zu fliehen. Ganz egal, was jetzt passiert, ich kann es mir nicht erlauben, Schwäche zu zeigen. Ich habe vielleicht nicht die Kontrolle, aber ich kann zumindest so tun, als würde ich sie mir zurückholen.

Und was ist, wenn der Zettelschreiber einer von Buchans Leuten ist?

Was, wenn ich von hier direkt in den Tod marschiere?

Aber das ergibt keinen Sinn.

Ich schlüpfe zur Tür hinaus und laufe den Flur entlang. Keine Ahnung, ob und wann der Aufpasser zurückkommt. Ich schaffe es unbemerkt bis zum Aufzug ganz hinten. Drücke auf den Knopf.

Das Warten dauert ewig.

Im kalten Licht der Neonröhren liegt der Flur verlassen da. Der Anblick löst ein Gefühl beunruhigender Einsamkeit aus. Ich bin der einzige Mensch hier.

Die Aufzugtüren öffnen sich. Endlich. Ich trete hinein.

Krankenhausaufzüge sind irritierend groß. Als die Türen zugleiten, fühle ich mich verloren. Ich frage mich, warum er nicht losfährt, dann wird mir klar, dass ich noch gar nicht auf einen Knopf gedrückt habe. Ich wähle das Erdgeschoss, dann lehne ich mich an die Rückwand.

Als die Türen wieder aufgehen, rechne ich damit, eine Reihe Polizisten da stehen zu sehen, die mit Schlagstock und finsterer Miene auf mich warten.

Doch da ist niemand. Nicht nur mein Flur, das ganze Gebäude ist leer. Stephen King lässt grüßen. Wann taucht der Clown mit seinen Luftballons auf?

Hier schweben wir alle, Jen.

Versuch, nicht daran zu denken.

Als ich aus dem Aufzug trete und Richtung Empfang gehe, sehe ich doch noch jemanden. Eine Putzfrau. Die weißen Stöpsel ihres iPods in den Ohren, wischt sie im Takt ihrer Musik den Boden. Ich husche leise an ihr vorbei. Sie bemerkt mich nicht. Vielleicht denkt sie auch, ich wäre eine Ärztin oder Krankenschwester, die nach einer langen Schicht Feierabend macht.

Die Nachtluft draußen ist kalt, aber nicht eisig. Ich bleibe stehen, um mich zu orientieren.

Das Gebäude erkenne ich sofort: das Southern General. Beziehungsweise das Royal Victoria. Oder wie es nun gerade heißt.

Ich darf nicht lange hier herumstehen. Außer meinen Kleidern habe ich nichts bei mir. Und ich glaube, als Autoknackerin eigne ich mich nicht.

Also entscheide ich mich für das Nächstbeste.

Ich weiß, dass hier in der Nähe das Battlefield Rest ist, ein altes Glasgower Restaurant. Ein auffälliges Gebäude, mitten auf einer großen Kreuzung. Es hat schon zu, als ich dort ankomme, also muss es spät sein, vielleicht sogar nach Mitternacht. Aber in der Gegend ist normalerweise ziemlich viel los, und in diesem Teil der South Side leben eine Menge Studenten, sodass es nicht allzu schwer sein dürfte, ein Taxi zu finden.

Und tatsächlich gelingt es mir kurz darauf, ein Black Cab anzuhalten. Ich steige ein.

Der Fahrer mustert mich im Rückspiegel. Ich sehe seine Augen. Sie wirken erst ein wenig misstrauisch, aber dann kommt er offenbar zu dem Schluss, dass ich in Ordnung bin, denn sein Blick entspannt sich. Er ist um die fünfzig, und ich denke, vielleicht habe ich einen von Glasgows berühmten Schwätzern erwischt. An manchen Abenden ist das klasse, aber heute ist mir wirklich nicht danach. Wahrscheinlich liest er die *Sun*. Was bedeutet, dass bei ihm jeden Moment der Groschen fallen kann.

Das sind die Risiken. Niemand hat behauptet, es wäre leicht, aus der U-Haft zu entkommen.

Obwohl, bis jetzt …

Ich lächle und lehne mich zurück. Versuche, ein wenig angeschickert auszusehen. Nenne ihm die Adresse, die auf dem Zettel stand.

Als wir losfahren, beginnt er einen Monolog darüber, dass die Clubs immer später schließen und dass er früher um diese Zeit längst im Bett gelegen hat. »Und noch dazu mitten in der Woche«, sagt er und schüttelt den Kopf. »Ihr Studenten heutzutage …«

Ich sage nichts, fühle mich aber geschmeichelt, dass er mich für eine Studentin hält. Vielleicht ist er auch nur zu höflich, um das Wort »reif« hinzuzufügen. Aber so, wie er mich immer wieder im Rückspiegel ansieht, glaube ich das nicht. Als er das Lenkrad einschlägt, sehe ich, dass er einen Ehering trägt, ich weiß also, womit ich kontern kann, falls er versucht, mich anzubaggern.

Aber ich glaube nicht, dass er das vorhat. Schließlich ist er Mister Konservativ, erzählt die ganze Zeit, dass früher alles besser war, trotz der technischen Fortschritte und der Tatsache, dass das Fernsehprogamm um Längen besser ist als früher.

»Wenn ich frei hab«, sagt er, »schau ich mir mit meiner Frau Serien an. Auf Sky und so. Grad sind wir bei *True Detective*.«

»Ach, ja?«, sage ich und schaue aus dem Seitenfenster auf die vorbeiziehenden Häuser.

»Das ist super.« Offenbar ist es ihm völlig egal, ob ich zuhöre oder nicht. »Ich mein, ich versteh kein Wort von dem, was dieser McConaughey sagt, aber trotzdem … Haben Sie's mal gesehen?«

»Ist nicht so mein Ding.«

»Genau das hat sie auch gesagt. Also, meine Frau. Nicht ihr Ding, zu gewalttätig und so. Zu männlich, hat sie gesagt. Ich meine, ich weiß, Männer sind eher … Na ja, wir sind halt eher mal gewalttätig. Ist so. Aber 'n guter Film ist nun mal 'n guter Film. Sie gucken wahrscheinlich lieber *Sex and the City*, stimmt's?«

Ich denke bei mir, dass ich ihm zeigen könnte, wer gewalttätiger ist. Hätte ich Eds Leiche doch nur irgendwo gelassen, wo man sie finden kann. Dann könnte ich den Leuten zeigen, wozu wir zarten, schwachen Frauen fähig sind, auch wenn es nur aus Versehen ist.

»Ich schaue nicht so viel fern.«

»Ah«, sagt er. »Sie lesen lieber. Ich hab's ja nicht so mit Büchern … Ein paar von den Kollegen schmökern, wenn nicht viel los ist. Ich les dann eher Zeitung.«

Wieder werde ich nervös, aber offenbar liest er sie nicht gründlich genug, um zu merken, wer ich bin.

Den Rest der Fahrt döse ich vor mich hin. Ich brauche gar nicht auf die Worte zu lauschen. Nur auf die Pausen. Die

Momente, wenn er von mir eine Reaktion erwartet, auch wenn ihm ganz egal ist, was ich sage.

Schließlich kommen wir nach Tradeston. Die Gegend, durch die wir fahren, ist eher Industrie- als Wohngebiet. »Sind Sie sicher, dass das hier richtig ist?«, fragt er.

Ich sage ihm, dass er anhalten soll.

»Also, an Ihrer Stelle würd ich hier aber nicht …«

»Sie haben gesagt, Sie lesen die Zeitung?« Ich lasse die Nummer mit dem Angeschickertsein fallen, spreche klar und bestimmt.

»Ja«, sagt er, auf einmal ganz vorsichtig.

»Ich bin Jennifer Carter.«

Er starrt mich mit offenem Mund an. Die Rädchen in seinem Kopf fangen an zu surren. »Nee«, sagt er. »Quatsch.«

»Kein Quatsch. Ich bin gerade aus der U-Haft abgehauen. Sie haben mich hierher gebracht. Sie lassen mich jetzt aussteigen. Dann fahren Sie weg. Und Sie werden so tun, als wäre das hier nie passiert.«

»Aber die Uhr …«

»Ihr Problem«, sage ich. »Und wenn Sie keine weiteren Probleme haben wollen, die tödlicher sein könnten, schlage ich vor, Sie tun, was ich sage.«

Er nickt. »Haben Sie die wirklich alle umgebracht?«

Ich steige aus dem Taxi.

40

Das Taxi verschwindet um die Ecke. Ein bisschen habe ich ein schlechtes Gewissen. Schließlich ist es kein Verbrechen, eine Nervensäge zu sein. Aber ich hatte das Gefühl, dass er mir nicht den Fahrpreis erlassen würde, nur weil ich ihn darum bitte. Es ist nicht das Schlimmste, was ich getan habe. Aber wenn ich jetzt so darüber nachdenke: Was sollte ihn davon abhalten, die Polizei zu rufen und denen zu sagen, wo ich bin? Ich muss vorsichtiger sein. Vorausdenken. Aufhören, im Augenblick zu leben, und überlegen, wie es weitergeht.

Dafür ist es jetzt natürlich zu spät.

Dann kann ich wohl nur hoffen, dass es Crawford war, der mir den Zettel hingelegt hat.

Ein feiner Nieselregen fällt. Stille liegt in der Luft. Erwartung. Die Stadt wartet darauf, dass etwas passiert. Hält den Atem an.

Ich gestatte mir ein Lächeln. Jetzt ist keine Zeit zum Nachdenken. So gerne ich auch einen Gang runterschalten würde, ich weiß, dass ich in Bewegung bleiben muss.

Die Straßen hier sind schlecht beleuchtet, überall in den Lücken zwischen den niedrigen Gebäuden und hinter den Mauern der verlassenen Parkplätze könnte jemand lauern.

Das Gebäude vor mir ist eine Autowerkstatt. Die Sorte, wo du dein Auto hinbringst, wenn es überall sonst durch den TÜV gefallen ist. Über dem Schaufenster hängt ein Schild mit der Aufschrift: »Glasgows billigste Werkstatt!«

Alles klar.

Ich frage mich, wo das Geld herkommt, wie ein Schuppen wie der da existieren kann. Früher hätte ich mir diese Frage beiläufig gestellt. Jetzt habe ich das Gefühl, ich sollte sie ernst nehmen. Wie eine Frage, die nach einer Antwort verlangt.

Ich gehe ein Stück auf die Werkstatt zu und bleibe stehen.

Was soll ich jetzt tun? Ich blicke mich um, denke, vielleicht beobachtet mich jemand. Nichts rührt sich. Nicht mal das Surren einer Kamera ist zu hören. Das Gebäude wirkt völlig verlassen.

Habe ich mich getäuscht? Bin ich am falschen Ort?

Dann höre ich ein Auto kommen. Ein schwarzer Lexus fährt auf den Hof. Bleibt direkt vor mir stehen. Ich halte schützend die Hand vor die Augen, weil die Scheinwerfer blenden.

Vorne steigen zwei Männer aus. Zwei Gangster in Ballonseidenanzügen. Einer bleibt in einer Art militärischer Haltung neben dem Wagen stehen. Er hält sich anscheinend für einen Soldaten.

Na super. Männer sind immer am intelligentesten, wenn sie sich für Machos halten.

Der zweite Ballonseidenanzug dreht sich um und öffnet die hintere Tür an der Beifahrerseite. In der Art, wie er sich bewegt, liegt eine geradezu komische Ehrfurcht.

Wer steigt aus? Der Alte, Solomon Buchan. Irgendwie kommt es mir so vor, als wäre er aus einer modernen Fassung von »Rumpelstilzchen« gekrochen. Das verhutzelte Gesicht, der winzige Körper, das Gefühl, dass er nicht wirklich menschlich ist.

Vielleicht ist Buchan gar nicht sein richtiger Name. Vielleicht sagt er mir gleich, ich soll raten, wie er wirklich heißt. Dreimal. Was passiert wohl, wenn ich richtig rate?

Buchan nickt kurz dankend, dann kommt er auf mich zu. Offenbar denkt er, so legt man einen Auftritt hin. Oder er will mich einschüchtern.

Aber das funktioniert nicht. Über die Phase bin ich längst hinaus. Ich bin müde und genervt und will einfach nur, dass das endlich ein Ende hat.

Diesmal mache ich den Eröffnungszug. »Ich habe getan, was Sie von mir verlangt haben.«

»Haben Sie das?«

»Ja.«

»Warum sind Sie dann hier?« Es scheint ihn wirklich zu interessieren. Er mustert mich mit leicht zusammengekniffenen Augen, als könnte er mich so besser sehen.

»Was soll das heißen: Warum bin ich hier?«

»Die Polizei würde Sie doch nicht gehen lassen. Sie müssten jetzt unter höchsten Sicherheitsvorkehrungen in einer Zelle sitzen. Mir hat man gesagt, Sie wären ins Krankenhaus gebracht worden. Sie hätten sich am Kopf verletzt, als man Ihnen Handschellen anlegen wollte.«

Da muss was falsch gelaufen sein.

Einen Moment herrscht Schweigen. Ist das alles nur ein krankes Spiel für ihn? Eine fortwährende, grausame Art psychologischer Folter? Um mir zu zeigen, dass Michael es leicht hatte? Dass es barmherzig war, ihm von einem Hund die Kehle zerfetzen zu lassen?

Dann scheint er eine Entscheidung zu treffen. Er strafft die Schultern. Sein Blick wird klar. Jetzt sehe ich wieder die Entschlossenheit, die er bei unserer ersten Begegnung gezeigt hat. »Steigen Sie ins Auto«, sagt er. »Sofort.«

»Wollen Sie mich töten?«

Er bleibt, wo er ist. Reglos. Gleichmütig.

Ledersitze. Von der Rückbank sehe ich ein Duftbäumchen am Rückspiegel hängen.

Ich sitze hinter dem Fahrer. Die Beinfreiheit ist beeindruckend. Ich kann mich ganz ausstrecken und komme trotzdem nicht an den Sitz vor mir. Wobei ich natürlich auch kein Riese bin.

Buchan will genau wissen, was passiert ist. »Da war ein Zettel?«

Ich nicke und hole ihn hervor. So dumm, ihn zurückzulassen, war ich dann doch nicht.

Buchan betrachtet ihn einen Moment. »Der ist nicht von mir. Die Schrift kenne ich nicht.«

»Woher wussten Sie dann, dass ich bei der Werkstatt sein würde?«

»Sie haben mir eine Nachricht geschickt.«

»Ach ja?«

»Eine SMS.«

»Ich habe Ihre Nummer gar nicht.«

Er sagt nichts. Aber seine Schultern spannen sich an und er presst die Lippen aufeinander.

Ich habe ihn bei einem Fehler erwischt. Ich schätze, es sind schon Leute für weniger seinem blutrünstigen Köter zum Fraß vorgeworfen worden.

»Verstehe.« Kurz und knapp. Keine Reden. Keine Vorträge. Vielleicht hat er einfach Schiss. Endlich.

»Ich habe Ihnen keine SMS geschickt«, wiederhole ich. »Und Sie haben mir keinen Zettel hingelegt.«

»Aber Sie haben Crawford getötet?«

»Ich habe ihm das Messer in den Bauch gerammt.«

»Das heißt nicht unbedingt, dass er tot ist.«

»Sie hätten das Blut sehen sollen.«

»Haben Sie ihm gesagt, warum?«

»Ja.«

»Und Sie sind sicher, dass er tot ist?«

Ich zögere. »Ich … Da war eine Menge Blut. Aber ich hatte keine Gelegenheit, nach seinem Puls zu tasten.«

Er nickt. »Ich bin ein törichter alter Kerl. Ein verdammter Idiot.« Danach spricht er nicht mehr mit mir.

Aber die Stille tut gut. So kann ich wenigstens nachdenken. Versuchen zu verstehen, was hier los ist. Warum sollte jemand sich die Mühe machen, mir zur Flucht zu verhelfen, nur um mich dann zu Buchan zurückzuschicken? Und was hatte Crawford im Sinn, als er gesagt hat, ich soll ihn erstechen?

Es ist, als hätte mich eine mächtige Welle erfasst. Wenn ich versuche, dagegen anzukämpfen, wird es noch viel schlimmer, als wenn ich mich einfach dem Sog überlasse.

Buchan kommt zurück ins Hier und Jetzt. »Ziehen Sie sich aus.«

»Was?« Ich bin halb schockiert und halb verwirrt.

Er atmet tief durch, dann wiederholt er langsam, als wäre ich schwer von Begriff: »Ziehen Sie sich aus.«

»Nicht ohne Abendessen und Blumenstrauß«, erwidere ich.

Er schüttelt den Kopf. »Ich muss sicher sein, dass Sie nicht verwanzt sind. Ich bin heute schon mal ausgetrickst worden. Noch mal passiert mir das nicht. Wenn Sie sich weigern, muss ich davon ausgehen, dass Sie etwas zu verbergen haben. Und dann lasse ich Sie töten.«

Ich ziehe mir das T-Shirt über den Kopf, peinlich berührt, dass ich mir am Morgen nicht die Zeit genommen habe, meinen BH drunterzuziehen.

»Jetzt die Hose«, sagt Buchan.

»Herrgott noch mal!«

Er wartet.

Mühsam kämpfe ich mich aus meiner Jeans. Das ist ein ziemliches Gezappel, und trotz des geräumigen Autos ist es gar nicht so einfach, Buchan dabei nicht meinen Ellbogen oder mein Knie ins Gesicht zu rammen. Aus Versehen natürlich.

Schließlich sitze ich nur noch in meinem Slip da. »Zufrieden?«

Buchan nickt, offenbar beruhigt. »Ziehen Sie sich wieder an.« Dann beugt er sich vor und tippt dem Fahrer auf die Schulter. »Kann sein, dass wir Gesellschaft haben.«

»Ich sehe niemanden.«

»Trotzdem«, sagt er. »Wir gehen lieber auf Nummer sicher.«

Der Wagen biegt abrupt in eine Seitenstraße ein. Ich falle gegen Buchan, weil ich gerade dabei bin, mich wieder in meine Jeans zu winden. Seine Haut fühlt sich an wie altes Leder.

Er sieht mich an, als ich mich von ihm löse. Vielleicht lächelt er. Genau kann man das nicht erkennen.

»Was ist los? Ich habe doch getan, was Sie wollten.«

»Das ist eine verdammte Falle«, sagt er. »Irgendein Mistkerl wollte uns beide gleichzeitig am selben Ort haben.«

»Ich habe keine Ahnung, was Sie meinen.«

»Sie beteuern immer wieder Ihre Unschuld. Trotzdem haben Sie versucht, einen Polizisten zu töten, weil ich Sie dazu aufgefordert habe.«

»Weil Sie meine Mutter bedroht haben.«

»Und irgendwie haben Sie es geschafft, Smiley auszuschalten, einen Mann, der mindestens sechzehn Leute erledigt hat. Der war kein Amateur. Nicht wie diese kleine Ratte, die wir Brutus überlassen haben. Und wenn das mit Ihrem Exfreund tatsächlich ein Unfall war, dann haben Sie entweder ein Mordsglück gehabt oder ein Mordspech.« Er schweigt einen Moment. »Was meinen Sie, was von beidem ist es?«

»Im Ernst? Keine Ahnung.«

41

Der Wagen macht mehrere abrupte Manöver. Blinkt links und biegt rechts ab. Der Fahrer blickt immer wieder in den Rückspiegel, aber nicht um seine Passagiere anzusehen. Er übertritt mehrfach kurzfristig die Geschwindigkeitsbegrenzung und überholt ohne Vorwarnung andere Autos.

Als wir die Stadt verlassen, fährt er endlich wieder normal.

Buchan sagt: »Loch Lomond. Du weißt, wohin.«

Ich lasse mich gegen die lederne Rückenlehne sinken und schließe die Augen. Loch Lomond? Der ausgefuchste alte Kerl weiß, was er tut. Vielleicht war's das jetzt tatsächlich. Man kann ja nicht immer Glück haben. Obwohl es mir nicht so vorkommt, als hätte ich überhaupt Glück gehabt.

»Hat er Ihnen irgendwas angeboten?«, fragt Buchan, nun zu mir gewandt. »Einen Deal vielleicht? Eine Verkürzung der Haftstrafe oder …«

Ich öffne nicht mal die Augen. »So wie Sie?«

»Ich hab's ernst gemeint.«

»Und er nicht?«

Buchan antwortet nicht.

Ich lasse die Augen zu. Ich bin so müde. Ich will einfach nur schlafen. Wann habe ich eigentlich zum letzten Mal so richtig gut geschlafen? Selbst während ich bei Mum war, bin ich immer nur für kurze Zeit weggenickt.

»Was ist mit dem restlichen Geld passiert?«, fragt Buchan. Seine Stimme ist das Einzige, was mich davon abhält, in der Dunkelheit zu versinken. »Und mit der Ware?«

»Ich weiß es nicht.« Meine Stimme ist undeutlich, die Worte rutschen ineinander. Ich klinge, als wäre ich betrunken. Oder high. »Die Ware … hat Dave mitgenommen. Ich weiß nicht, was er damit vorhatte. Wollte auch nicht fragen.«

»Und er ist tot.«

»Das war Ihr Mann, Smiley.«

»Manchmal hat er ein bisschen fest zugelangt.«

»So kann man's auch nennen.«

»Ich wollte Ihnen seinen Job anbieten.«

Jetzt öffne ich doch die Augen. Vielleicht bin ich eingeschlafen. Vielleicht träume ich.

Buchan lächelt. »Ganz im Ernst. Der Gedanke kam mir vorübergehend in den Sinn. Niemand sollte so viel Glück haben wie Sie.«

Ich widerspreche ihm nicht. Wozu auch?

»Sie haben so viele Leute umgelegt und sind ohne eine Schramme davongekommen – da könnte man schon auf die Idee kommen, dass Sie Talent haben.«

»Wie viele Berufskillerinnen gibt es denn?«, entgegne ich. »Ich meine, außerhalb der dämlichen Hollywoodfilme.«

»Mehr als Sie denken. Mehr als viele auch nur ahnen. Und ›Killerin‹ ist so ein hässliches Wort. Smiley war kein Killer. Er war ein Sammler. Er beherrschte die hohe Kunst der Überredung. Während seiner Zeit beim Militär hat er wesentlich mehr Leute getötet als bei seiner Arbeit für mich.«

Ich dachte mir schon, dass Smiley vom Militär kam. Da war etwas an der Art, wie er ging.

Ich war mal mit einem Soldaten zusammen. Hat nicht lange gehalten. Der Typ war mir zu intensiv. Vielleicht war er einfach so, vielleicht lag es an dem, was er erlebt hat, aber ich erinnere mich an den Blick in seinen Augen, und wenn ich jetzt so darüber nachdenke, dann hatte Smiley den gleichen Blick. Nur noch schlimmer.

»Er gehörte zu einer Spezialeinheit, die Informationen gesammelt hat. Das klingt nach einem langweiligen Job für jemanden wie Smiley. Aber seine Aufgabe war es, Informationen aus

Leuten herauszukriegen, die nicht reden wollten. Ich glaube, Sie wissen, was ich meine.«

Ich habe eine ungefähre Vorstellung. Verschärfte Verhörmethoden nennt man so was wohl.

»Als er nach Hause kam – er wurde unehrenhaft entlassen –, stellte er fest, dass er nicht mehr in diese Welt passte. Ein Mann mit seinen Fähigkeiten nützte als Zivilist niemandem.«

»Also haben Sie ihm einen Job angeboten?«

»Ich bin hier nicht der Böse. Bei dem, was ich tue, geht es nicht um Lust an Verbrechen oder Grausamkeit. Es geht darum, die Dummheit und Schwäche anderer Leute auszunutzen.«

»An Ihren Verkaufsargumenten sollten Sie aber noch ein bisschen feilen«, sage ich.

Doch Buchan lässt sich nicht provozieren. »Es ist selten, dass eine Frau in der Branche arbeitet, aber es kommt durchaus vor. Besonders neuerdings. Ich wäre nicht da, wo ich heute bin, wenn ich nicht mit der Zeit gehen würde. Ich dachte einen Moment lang, Sie hätten das Zeug dazu.«

»Und jetzt?«

Er zuckt die Achseln.

Also antworte ich für ihn. »Und jetzt sehen Sie, was ich wirklich bin. Einfach eine Frau, die sich gewaltig übernommen hat.«

»Ja.«

»Und was passiert jetzt?«

»Wissen Sie, ich fühle mich verantwortlich«, sagt er.

Das ist mir schnuppe. »Was passiert jetzt?«

»Es wird nicht wehtun. Es wird schnell gehen. Ich bin kein nachtragender Mensch.«

»Ach ja?«

»Ich weiß, dass Sie das Geld nicht haben. Und die Drogen auch nicht. Ich weiß, dass Sie Smiley nicht töten wollten.«

»Ich wollte niemanden töten. Auch Ed nicht. Auch Crawford nicht. Der geht auf Ihr Konto.«

»Trotzdem haben Sie ihn umgebracht.«

»Oder es zumindest versucht.«

»Aber jetzt stecken Sie zu tief drin. Sie sind ein echtes Problem für mich. Ich weiß nicht, ob Sie mich an Crawford verpfiffen haben …«

»Was ist das eigentlich für eine Geschichte zwischen Ihnen?«

»Etwas Persönliches.«

Nicht die Antwort, auf die ich gehofft hatte, aber mehr werde ich aus ihm wohl nicht rauskriegen.

»Und was ist mit meiner Mum?«

»Um die kümmern wir uns.«

»Ehrenwort?«

»Ehrenwort.«

Ich schließe wieder die Augen. Gut, meinetwegen. Soll mir recht sein.

Das Auto hält an. Wir sind irgendwo in der Nähe des Sees. Als ich rausschaue, sehe ich ein Hotel. Buchan sagt: »Ich steige hier aus.«

»Okay.«

»Es darf ja keine Verbindung zwischen uns geben.«

»Verstehe.«

»Meine Jungs«, sagt er und deutet auf die beiden Männer, die vorne sitzen, »kümmern sich um den Rest.«

»Okay.«

»Aber es wird schnell gehen. Versprochen.« Er streckt tatsächlich die Hand aus und berührt mich an der Schulter. Ich versuche, nicht zurückzuzucken.

Ihm ist es doch völlig egal, ob ich qualvoll sterbe oder nicht. Hauptsache, ich bin weg und nerve ihn nicht mehr.

Er tätschelt mein Knie. »Tut mir wirklich leid, meine Liebe.«

Und mir erst.

Er wartet, bis der Typ auf dem Beifahrersitz aussteigt und ihm die Tür aufhält. Buchan besteht auf Etikette, so viel ist klar. Seine Macht beruht nicht nur darauf, wer er ist, sondern auch darauf, wie er sich gibt. Vielleicht ist das für Männer wie ihn die halbe Miete. Es geht nicht um das Blut an ihren Händen oder um die schrecklichen Dinge, die sie tun, sondern darum, ob andere ihm so etwas zutrauen.

Ein harter Mann zu sein, ist das wie alles andere im Leben? Einfach eine Frage des Selbstvertrauens?

Die Tür geht auf. Buchan steigt aus. Er achtet darauf, dass ich hören kann, was er zu dem Gangster sagt. »Seht zu, dass es schnell geht, verstanden? Und sorgt dafür, dass man ihre Leiche identifizieren kann. Wenn ich irgendwas von Grobheiten höre, ziehe ich euch das Fell über die Ohren.«

O ja, was ist er doch für ein liebenswürdiger Mensch.

42

Als das Auto wieder losfährt, beuge ich mich vor, zwischen die beiden Sitze. Die Ballonseidenzwillinge sehen weder mich an noch einander. Augen auf die Straße. Als gäbe es mich gar nicht.

Typisch Mann.

»Ihr könntet mich einfach laufen lassen«, sage ich. »Wer sollte das rauskriegen?«

Reden wollen sie auch nicht.

Der auf der linken Seite hat weichere Gesichtszüge. Könnte sein, dass er jünger ist. Auf jeden Fall ist er pummeliger als sein Kumpel. Wenn du ihm auf der Straße begegnen würdest und er hätte es nicht gerade auf dich abgesehen, würdest du denken, er sieht nett aus. So ein bisschen wie ein kahlköpfiger Teddybär. Wenn er nicht diese Härte in den Augen hätte, fände ich ihn sogar ganz süß.

»Kommt schon«, sage ich, entschlossen, ihnen eine Antwort zu entlocken. »Ich will doch selbst nicht, dass irgendwer weiß, dass ich noch lebe. Ich gehe nicht zur Polizei. Ich wäre ja verrückt, wenn ich mich an eurem Boss rächen wollte.«

Immer noch nichts.

Ein letzter Versuch. »Er will, dass ich verschwinde, sonst nichts.«

»Nein«, sagt Teddybär.

Ein Wort. Mit einem Tsunami von Kraft dahinter.

Ich lehne mich zurück. »Okay. Und wie wollt ihr es machen? Mich umbringen, meine ich.« Ich versuche, möglichst gelangweilt und gelassen zu wirken.

Aber mein Herz schlägt wie verrückt. Vielleicht habe ich ja Glück und kriege einen Herzinfarkt. Oder eine Ader in meinem

Gehirn platzt. Nach allem, was in letzter Zeit passiert ist, wäre das durchaus möglich.

»Geht dich ’nen Scheißdreck an«, sagt der Fahrer. »Halt die Klappe und lass uns machen.«

»Genau«, sagt Teddybär. Echt gesprächig, der Typ.

»Wie geht’s eigentlich weiter, jetzt, wo Smiley tot ist? Wer von euch beiden kriegt seinen Job?«

»Der Arsch?«, sagt Teddybär. Offenbar kann er doch sprechen. »Der war ’n verdammter Schwafler. Hat den Boss mit seinen blöden Kriegsgeschichten eingewickelt.« Sogar mit Wörtern, die mehr als zwei Silben haben.

»Wie er diese irakischen Rebellen ausgequetscht hat und so«, fügt der Fahrer hinzu. »Hat sich aufgespielt, als wär er Jack Bauer. Dabei war er nicht mal gut genug, um Jack die Stiefel zu lecken.«

»Genau«, sagt Teddybär. »Der Arsch.« Womit wir wieder beim Anfang wären.

Aber sie haben mir eine Menge darüber verraten, wie sie Smiley fanden. Vielleicht gibt es ja eine andere Möglichkeit, wie ich sie dazu kriege, das mit dem Mich-Umbringen und Die-Leiche-Entsorgen noch mal zu überdenken.

»Ihr wisst, dass ich ihn umgebracht habe, oder?«, frage ich.

Die beiden lachen los. »Träum weiter, Süße!«, sagt der Fahrer.

Aber Teddybär dreht sich um. Seine Stirn runzelt sich ein wenig. Vielleicht glaubt er mir ja doch. »Wie ist es denn passiert? Ich meine, wie ist das Arschgesicht gestorben?«

»Vielleicht erzähle ich es euch«, sage ich. »Wenn ich meine Mum anrufen darf.«

Einen Schritt nach dem anderen. Bring sie dazu, dass sie dir einen Gefallen tun, und dann vielleicht noch einen. Und noch einen. Irgendwann werden sie mich am Leben lassen.

Oder?

Die Atmosphäre kühlt sich schlagartig ab. Teddybär dreht sich wieder nach vorne. Mir wird flau im Magen, meine Kehle schnürt sich zu. Irgendwas ist falsch. Die ganze Gelassenheit und Ruhe, die ich aufgebaut hatte, ist weg. Ich muss daran denken, wie Ed mal mitten beim Sex beiläufig vorgeschlagen hat, Caroline anzurufen und sie zu fragen, ob sie nicht mitmachen will. Es ist dieselbe Art von plötzlicher Erstarrung, nur dass ich sie diesmal von der anderen Seite erlebe.

»Hey, ich will ihr nur Lebewohl sagen. Sie ist schließlich meine Mum.«

Teddybär sieht aus, als würde er sich unbehaglich fühlen. Ich kann sein Spiegelbild in der Windschutzscheibe sehen. Jungs und ihre Mütter. Das kann ein schwieriges Thema sein.

»Nein«, sagt er.

»Nur eine …«

»Ich hab Nein gesagt!« Er dreht sich zu mir und bleckt die Zähne. Ein Raubtier, bereit, seiner Beute an die Gurgel zu springen.

Ich denke an Brutus, wie er Michael die Kehle herausgerissen hat.

Irgendwas stimmt nicht. Es ist nur so ein Gefühl, aber ich weiß, dass ich es mir nicht einbilde. »Sie ist tot«, sage ich leise. Ich denke nicht mal nach, bevor ich es ausspreche. Erst als die Worte raus sind, begreife ich, was ich gesagt habe. »O Gott. Sie ist tot.«

»Hör mal«, fängt Teddybär an. Er weiß es. Er weiß es. Der Scheißkerl.

Habe ich wirklich geglaubt, dass Buchan Wort halten würde? Er hat sich bis an die Spitze der Verbrecherkette hochgemordet, obwohl alle wussten, wer und was er ist. Habe ich ernsthaft geglaubt, dass er das geschafft hat, indem er Wort gehalten hat? Von wegen Ganovenehre? Nein. Nicht unter Gangstern.

Ich strecke beide Hände um den Sitz und kralle mich in Teddybärs Gesicht. Ich war noch nie ein Fan von langen Nägeln. Der Typ bin ich einfach nicht. Aber selbst kurze Nägel können ganz schön Schaden anrichten. Vor allem, wenn man die Augen erwischt.

Und ich erwische die Augen. Ziehe ihn gegen die Kopfstütze und drücke mit meinen Mittelfingern auf seine fest zusammengekniffenen Lider.

Er quiekt, schrill und grotesk. Tritt gegen den Fußraum, als könnte er sich dadurch dem Angriff entziehen, und fuchtelt mit den Armen.

Sein Kumpel tritt voll auf die Bremse.

Ich lasse Teddybär los und er fliegt nach vorne.

Und es passiert etwas Unerwartetes. Ich entspanne mich. Mein Herzschlag verlangsamt sich. Ich lasse Teddybär los und lehne mich zurück, als würden wir einen netten Sonntagsausflug machen.

Vorne explodieren die Airbags.

Ich lasse meinen Körper dem Schwung folgen.

So ähnlich muss sich Zen anfühlen.

Das Auto schrappt knirschend gegen etwas auf meiner Seite und das Gewicht kippt. Das Gefühl zu schweben verschwindet und die Schwerkraft packt zu. Ich knalle mit der Schulter gegen die Tür. Ein dumpfer Schmerz. Nichts gebrochen. Das gibt nur ein paar blaue Flecken.

Ich blinzele in der plötzlichen Stille.

Ist das gerade wirklich passiert?

Ich konzentriere mich und blicke nach vorne. Die beiden sind noch in ihren Sitzen. Der Fahrer liegt zusammengesunken auf dem Airbag, den Kopf zur Seite gedreht. Die Augen sind geschlossen. Auf seinem Gesicht ist Blut. Vielleicht ist die Nase gebrochen. Aber er atmet.

Bei Teddybär dasselbe. Er ist vom Airbag zurückgeprallt und man könnte meinen, er schläft, wäre da nicht das Blut. Sein Mund steht offen und die Schneidezähne fehlen.

Immerhin leben sie beide noch.

Ich drücke die Tür auf und klettere aus dem Auto. Draußen

ist alles dunkel, bis auf die Scheinwerfer, die in den Graben leuchten, in den wir gerutscht sind, und auf die Straße vor uns.

Meine Beine sind noch wackelig und mir verschwimmt immer wieder alles vor den Augen, aber ich reiße mich zusammen und laufe los.

Ich könnte der Straße folgen. Aber das wäre das Dümmste, was ich machen kann. Da kann ich vielleicht besser sehen, aber dasselbe gilt für meine Verfolger.

Zwischen den Bäumen ist es dunkel und geschützt. Ich werde zwar blind wie ein Maulwurf sein, aber wenn die hässlichen Zwillinge sich schnell genug erholen, um mich zu verfolgen, wird es ihnen genauso gehen.

Toller Plan.

Da ist ein Geräusch, aber das hat nichts zu bedeuten. Es klingt wie das Klicken eines Schlosses. Unwichtig.

Wann habe ich angefangen, so zu denken? Wann bin ich zu dieser Frau geworden?

Plötzlich spüre ich einen Druck an meinen Fußgelenken. Zwei Hände packen mich, ziehen mir die Füße weg.

Ich verliere das Gleichgewicht.

Lande mit dem Gesicht zuerst in nassem Gras und Schlamm. Meine Wange trifft auf etwas Hartes, Glattes. Ein Stein, der halb aus der Erde ragt. Meine Zähne graben sich in meine Zunge. Ich schmecke Blut. Alles dreht sich. Ich rolle mich auf den Rücken.

Hände packen mich an den Schultern. Ein schweres Gewicht drückt mich nieder.

Teddybär klettert auf mich. Er ist schwer. So schwer, dass ich kaum noch Luft kriege. »Miststück«, sagt er.

Im Zwielicht kann ich die Wunde an seiner Schläfe sehen, das Blut, das ihm übers Gesicht läuft. Auch seine Nase blutet. Seine Augen sind geweitet von Zorn und vielleicht auch von einer Gehirnerschütterung. Aber das ist ihm egal. Er ist wütend. Das ist alles, woran er denken kann.

»Miststück.«

Seine Hände lösen sich von meinen Schultern und legen sich um meinen Hals. Seine Finger sind dick. Ich muss an Würste im Schaufenster des Fleischers denken. Dem unten an der Byres Road.

Konzentrier dich, Jen. Konzentrier dich.

Er ist zu groß. Zu schwer.

Und ich bin erschöpft. Ich glaube, jetzt bin ich wirklich am Ende.

Er genießt es sichtlich, als er mich niederdrückt und seine Finger immer enger um meinen Hals schlingt.

Ich greife nach seinen Armen, aber es ist nur ein halbherziger Versuch. Ein Reflex. Ich kriege sie nicht zu fassen, meine Hände rutschen an der scheußlichen Ballonseide ab. Meine Finger haben keine Kraft. Ich kann nichts dagegen tun.

Tut mir leid, Mum.

Tut mir leid.

Meine Hand fällt nutzlos zu Boden. Streift über den glatten, nassen Stein.

Mum.

Ich denke an ihr Gesicht, wie es war, als ich sie zuletzt gesehen habe. Die Enttäuschung darin. Sie hat mich geliebt, weil ich ihre Tochter war, und zugleich hat sie gehasst, was aus mir geworden ist.

Mum.

War es genauso? Seine Hände um ihren Hals? Die Welt, die von den Rändern her schwarz wird, bis nur noch ein blutroter winziger Punkt zu sehen ist; die Kraft, die immer mehr nachlässt, bis es mühsamer erscheint, sich zu wehren, als einfach zu sterben?

Mum.

Der Stein. Ich spüre ihn. Glatt, halb im Schlamm versunken, aber locker.

Meine Finger legen sich darum. Er passt in meine Hand.

Eine letzte Bewegung.

Ich greife. Ziehe. Mit einem Schmatzen löst sich der Stein. Ich hole aus und schlage damit gegen die Seite von Teddybärs Gesicht, die bereits blutet. Etwas kracht in der Dunkelheit. Kein Schuss, aber ein lautes, scharfes Knacken, das man für einen fernen Gewehrschuss halten könnte.

Teddybär fällt von mir runter.

Nicht tot oder bewusstlos. Nur benommen. Er stöhnt. Wälzt sich im Schlamm wie ein Bär, der von der Kugel des Jägers getroffen ist.

Ich krabbele auf allen vieren von ihm weg, den Stein noch in der Hand.

Sein Freund ist noch im Auto.

Gut.

Ist mir egal, ob er lebt oder tot ist. Er ist nicht mein Problem.

Ich richte mich auf, kauere mich über Teddybär.

Er sieht zu mir hoch. Ich frage: »Ist sie tot?«

Er stöhnt und verdreht die Augen.

»Ist sie tot?«

»Ja.« Das Wort kommt zäh und schwer heraus.

Ich denke nicht darüber nach, was ich tue. In meiner Brust breitet sich wieder dieses leere Gefühl aus. Das Gefühl, das ich hatte, bevor ich Smiley getötet habe. Und nachdem ich gesehen habe, wie das Leben aus Eds Augen wich. Vielleicht ist es ein Überlebensinstinkt. Vielleicht haben den alle. Vielleicht war er schon immer in mir und hat nur auf einen Vorwand gewartet, um herauszukommen: mein innerer Psychopath.

Teddybär lächelt, dass seine Zahnlücken strahlen. Weiß der Himmel, warum. Und vielleicht nicht mal der.

Gut.

Ich finde, das hier muss nicht real sein. Je unwirklicher, desto besser. Ich kann es zu Ende bringen, wenn ich nicht daran glaube.

Ich nehme verschwommen das Geräusch eines Motors wahr. Noch ein Auto?

Da ist auch Licht, es kommt von irgendwo hinter mir und scheint auf Teddybär. Vielleicht werde ich verrückt. Vielleicht ist es das Licht Gottes oder so, eine Art Rechtfertigung für das, was ich tue.

»Jennifer …«

Ich hebe den Stein hoch.

Teddybär reißt die Augen auf und blickt an mir vorbei, als sähe er seine Erlösung.

»Jennifer …« Die Stimme klingt vertraut, aber ein Stück entfernt. Es ist nicht Teddybär. Und auch nicht sein Kumpel.

»Jennifer …«

Ich schlage mit aller Kraft zu.

Mum.

Sein Wangenknochen gibt nach. Etwas spritzt auf meinen Schuh. Ich hole erneut aus. Einmal reicht nicht.

Finger legen sich um mein Handgelenk.

Ich wehre mich nicht.

43

Ich lasse den Stein fallen und stehe auf. Drehe mich um. Schön langsam. Die Finger, die mein Handgelenk festhalten, lassen vorsichtig los.

Ich blinzele, um den Mann hinter mir besser sehen zu können.

Crawford.

Natürlich.

»Für einen Toten sehen Sie ziemlich munter aus«, sage ich.

»Die Personalleitung wollte, dass ich eine Auszeit nehme.« Er geht merkwürdig, als bemühte er sich, kein Gewicht auf die linke Seite zu geben. Wenig überraschend nach dem, was passiert ist. Trotzdem ist da irgendwas faul.

»Ich habe Sie niedergestochen«, sage ich. »Da war überall Blut. Und jetzt, keinen Tag später …«

Er grinst. »So schlimm war's nicht.«

»Und der Job ist Ihnen so wichtig?«

»Ich musste das hier zu Ende bringen.« Kann sein, dass er lächelt. Schwer zu sagen in dem Zwielicht. »Nein, es gab einen Grund, warum ich wollte, dass Sie auf mich einstechen. Nicht ganz ungefährlich, aber … Sie haben mich nicht ernsthaft verletzt. Ich hatte eine Schutzweste an und das Blut kam aus einem Beutel. Ich wollte, dass es echt aussieht. Für die Kameras. Ich weiß, dass Buchan seine Leute bei uns hat.«

»Das klingt aber nicht nach vorschriftsmäßigem Vorgehen.«

»Stimmt. Aber darin war ich noch nie sehr gut. Was glauben Sie, warum sie mich zurückgestuft haben? Jemanden wie Buchan kriegt man nicht, wenn man sich an die Regeln hält. Es tut mir nur leid, dass Sie da mit reingerutscht sind. Aber irgendwie scheint das allmählich zur Gewohnheit zu werden. Sie wissen doch, dass ich der Grund dafür war, dass Ihre Freundin Katherine untergetaucht ist?«

»Sie haben jemanden undercover eingeschleust. Ihr Freund hat die ganze Zeit für Sie gearbeitet. Aber die Operation ging schief.«

»Wie viel hat Buchan Ihnen erzählt?«

»Oh«, sage ich. »Genug, um zu wissen, dass Sie gerne große Entscheidungen treffen, die dann außer Kontrolle geraten.«

Er nickt. »Tja, das stimmt wohl.«

Als ich an ihm vorbei zur Straße blicke, sehe ich, wie Polizisten den Fahrer aus dem verunglückten Auto ziehen.

Wie zum Teufel bin ich da unbeschadet rausgekommen?

»Wir sollten den Alten in Ihrer Gegenwart festnehmen«, sagt Crawford. »Und die Anklage darauf aufbauen, dass er Ihnen seinen Schutz angeboten hat, nachdem Sie mich auf seine Anweisung hin niedergestochen hatten.«

»Verstehe.«

»Es war ein verzweifelter Versuch«, sagt er. »Und ich weiß, es sieht so aus, als wäre es für Sie auch nicht gut ausgegangen. Aber in Anbetracht der Tatsache, dass Sie mich nicht getötet und unter Zwang gehandelt haben ...«

Ich winke ab. Erklärungen interessieren mich nicht.

Ich habe mich in der letzten Zeit zu viel herumschubsen lassen. Von anderen Leuten. Vom Schicksal oder wie man das nennen will. Sämtliche Entscheidungen sind mir aus der Hand genommen worden. Jetzt will ich einfach nur mein Leben zurück.

»Der Zettel war also von Ihnen?«

»Das sollte alles etwas anders laufen ...« Er sieht zu Teddybär hinunter, der jetzt vollkommen reglos daliegt. Ich glaube, er atmet noch. Aber, ehrlich gesagt, ist es mir ziemlich gleichgültig.

»Das war Notwehr.«

»Sie hätten weglaufen können.«

»Er wäre mir gefolgt.«

»Sie waren gerade dabei, ihm mit einem Stein den Schädel einzuschlagen.« Er hält inne, sieht mich an und beißt sich leicht auf die Unterlippe. »Und ich glaube, wenn ich Sie nicht daran gehindert hätte, wäre das für Sie auch in Ordnung gewesen.«

»Ist Ihnen schon mal der Gedanke gekommen«, frage ich, »dass uns alle nur eine einzige falsche Entscheidung zum Schwerverbrecher machen kann?«

Er antwortet nicht.

»Im Ernst. Mein ganzes Leben lang bin ich ein braves Mädchen gewesen. Habe meine Arbeit gemacht. Den ganzen Mist gefressen, den das Schicksal mir ins Gesicht geworfen hat, und trotzdem gelächelt. Dann habe ich einen Fehler gemacht. Und der hat zum nächsten geführt. Und der wieder zum nächsten.«

»Einen Fehler«, erwidert er, »hätte man verzeihen können.«

»Nicht so einen.«

Ich denke an Eds Leiche. Ich kann mich kaum noch daran erinnern, wie er war, als er noch gelebt hat. Wenn ich jetzt an ihn denke, sehe ich immer nur seine glasigen Augen, höre sein letztes Röcheln, als seine Lunge sich mit Blut füllte. Ich denke an das Messer in seinem Bauch. Daran, wie er es herausgezogen hat.

»Es ist vor allem das, was danach passiert ist«, sagt Crawford. »Dass Sie die Leiche haben verschwinden lassen. Dass Sie das Geld behalten und die Drogen verkauft haben.«

Ich schüttele den Kopf. »Das war Dave.«

»Sie waren aber daran beteiligt. Verabredung zu einer Straftat nennt man so was. Sie haben in den Plan eingewilligt. Außerdem bin ich immer noch nicht sicher, ob es nicht Ihre Idee war, die Leiche im See zu versenken. Selbst wenn Sie Dave dazu überredet haben, sie zu zersägen.«

»Ich konnte nicht klar denken.«

»Sie haben alle Beweise vernichtet. Sie haben sich nicht gestellt. Selbst als sie Buchans Leuten entkommen waren, hätten Sie sich stellen und uns die Wahrheit sagen können. Gut, es war da schon ziemlich übel. Aber jetzt ist es noch viel schlimmer.«

Ich muss lachen. Es ist keine Hysterie, dafür bin ich zu ruhig. Nur ein spöttisches, fast schon grausames Lachen.

Klinge ich wirklich so? Ich war immer so brav. Habe nicht mal geflucht, wenn es nicht unbedingt sein musste. Aber Crawford, der so von seiner Rechtschaffenheit überzeugt ist, meine Worte entgegenzuschleudern, gibt mir ein merkwürdiges Gefühl von Freiheit. Vielleicht ist es die einzige wirkliche Freiheit, die mir noch bleibt.

»Und wie geht's jetzt weiter? Ich stelle mich? Werde verhaftet? Komme ins Gefängnis? Werde ich dort unter Schutz gestellt, für das, was ich Buchan und seinen Leuten angetan habe? Hm? Sagen Sie's mir, Detective Crawford: Wie geht's jetzt weiter?«

»Jetzt«, antwortet er, »versuchen wir, das hier wieder hinzubiegen. Zusammen.« Er weiß, wie er seine Worte betonen muss. Er klingt wie ein Freund, der nur mein Bestes will. Selbst wenn ich ihm ins Gesicht sehe, könnte ich das glauben. Dass es immer noch eine Möglichkeit gibt, alles wieder ins Reine zu bringen.

Aber er hat gerade gesehen, wie ich einen Mann erschlagen – oder es zumindest versucht – habe. Es gibt kein Zurück. Und das weiß Crawford genauso gut wie ich.

Zum ersten Mal seit der Sache mit Ed habe ich keine Entschuldigung für das, was ich getan habe.

Also …

Ergebe ich mich?

Oder haue ich ab?

Triff eine Entscheidung, Jen. Bevor es jemand anders für dich tut.

Ich schaue noch mal zu dem Mann am Boden. Ich denke an Mum. Daran, was er ihr angetan hat. Ich habe meine Rache gehabt, oder? Damit ist das Ganze doch zu Ende, oder? Aber das ist es nicht. Ich weiß nicht, ob Teddybär derjenige war, der Mum getötet hat. Ich weiß nicht mal, ob er ihr überhaupt je begegnet ist. Ich weiß nur, dass ich an sie gedacht habe, als ich auf ihn eingeschlagen habe, und daran, dass er sie getötet haben könnte.

So darf man nicht handeln.

So darf man nicht denken.

Ich habe meine Rache noch nicht gehabt.

Meine Mum hat oft alte Sprüche zitiert, die sie wiederum von ihrer Mum hatte. Einer davon kam immer, wenn sie eine Weinflasche aufmachte. Sie schenkte sich erst mal nur einen winzigen Schluck ein, trank ihn, verkündete: *Wer A sagt, muss auch B sagen*, und goss das Glas dann bis zum Rand voll.

Ein Mum-Glas.

Wer A sagt.

Ich bin schon so weit gekommen.

Muss auch B sagen.

Was soll mich daran hindern weiterzugehen? Ich werde mir nie wieder in die Augen sehen können, wenn ich es nicht versuche. Ganz egal, was noch passiert, sie werden mich ohnehin als Mörderin behandeln. Die Zeitungen haben mich längst verdammt. Die Leute auch. Und auch wenn Crawford sich alle Mühe gibt, wie ein Freund zu klingen, weiß ich, dass ich mich aus seiner Sicht auf der falschen Seite des Gesetzes befinde.

Wir stehen auf diesem schmalen Grasstreifen und sehen uns an.

Mein Rücken ist den Schatten zugewandt. Seiner dem Licht.

Er setzt an, um etwas zu sagen. Ich sehe, wie seine Lippen sich bewegen. Was es auch ist, ich will es nicht hören. Sonst kann ich vielleicht nicht mehr weitermachen. Vielleicht gebe ich dann einfach auf.

»Jen…«

Ich drehe mich um und renne. In die Dunkelheit.

FÜNFTER TEIL

MAN LEBT NUR ZWEIMAL

44

Ich halte mich an den Bereich, wo die Bäume am dichtesten und die Schatten am dunkelsten sind.

Die Polizisten verfolgen mich. Manchmal schneidet der Strahl ihrer Taschenlampen durch die Dunkelheit und ich kann Rufe und Gesprächsfetzen hören.

Ich denke an die beiden Männer mit dem Hundeschlitten in der Anfangsszene von Jack Londons *Wolfsblut*. Gejagt. Verfolgt. Erbarmungslos und unerbittlich. Früher oder später wirst du gefressen. Aber vor allem, wenn du dich umdrehst und kämpfst.

Ich versuche, dem Verlauf der Straße zu folgen, in der Richtung, aus der wir gekommen sind. Aber es ist schwer festzustellen, wo ich genau bin. Ich muss möglichst tief im Wald bleiben, mich hinter Baumstämmen und Gebüsch verstecken, schnell und geduckt vorwärts laufen.

Ich denke an die Schule. An den Ausflug nach Ardeonaig im Abschlussjahr. Sie haben uns in Gruppen aufgeteilt und auf eine Art Orientierungslauf geschickt. Der Plan war, dass wir uns an einer Schutzhütte treffen sollten, wo wir dann auch übernachten würden. Meine Gruppe hat sich verlaufen und ist vier Meilen aus dem Kartenbereich rausmarschiert.

Und wer war wohl am Kompass?

Die Stimmen der Männer hallen wider. Ich kann nicht orten, wo sie sind. Ihre Worte prallen kreuz und quer von den Bäumen ab.

Aber wenn ich mich umdrehe, bin ich tot.

Selbst wenn ich Finger – oder womöglich sogar Krallen – an meinen Fußgelenken spüre, muss ich weiterlaufen. Wenn mich etwas retten kann, dann mein Instinkt. Bisher hat er mich am Leben gehalten. Gibt keinen Grund anzunehmen, dass sich das jetzt ändert.

Nicht denken, Jen. Machen.

Die Stimmen werden leiser, kommen von weiter her. Sie verlieren mich.

Sie verlieren mich.

Ich glaube, sie haben mich verloren.

Mein Herzschlag beruhigt sich. Ich habe keine Ahnung, wie weit ich gekommen bin. Meine Lunge brennt vor Kälte und ich halte mich immer wieder an Stämmen fest, um nicht umzukippen. Der Adrenalinschub von vorhin lässt nach.

Zwischen den Bäumen zu meiner Linken erspähe ich die Straße. Das Brummen eines Motors. Scheinwerfer, die in meine Richtung kommen. Polizei? Folgen sie der Baumlinie, um mich zu finden?

Vielleicht. Vielleicht auch nicht.

Ich gehe das Risiko ein. *Vertrau deinem Instinkt, Jen.* Ich gehe zum Waldrand, stelle mich zwischen die Bäume, die Straße direkt vor mir. Die Scheinwerfer kommen näher.

Ich trete vor.

Per Anhalter zu fahren, ist in Schottland nicht üblich. Vielleicht weil das Land so klein ist, dass niemand Lust hat, sich an den Straßenrand zu stellen und den Daumen rauszuhalten, oder vielleicht sind wir auch ein Haufen unfreundlicher Zyniker, die keine Fremden in ihr Auto lassen wollen.

Doch das Auto bremst ab und hält neben mir. Ein Van. Silbern. Ein Mann am Steuer, Ende fünfzig oder Anfang sechzig, mit einem weißen Bart und schütterem, aber immer noch dunklem Haar. Ich muss an einen gepflegten Weihnachtsmann denken. Er sieht mich über seine Brille hinweg an.

»Alles in Ordnung?«

»Mein Auto ist liegen geblieben. Ich wollte zu Fuß zurück nach …«

»Soll ich Sie mitnehmen?«

Ich nicke dankbar.

»Ich fahre ins West End«, sagt er.

»Sie können mich einfach im Zentrum absetzen.«

»Sind Sie sicher?«

Ich steige auf der Beifahrerseite ein. »Danke.«

»Haben Sie kein Handy?« Er fährt wieder los. Wirft mir alle paar Sekunden einen Blick zu, als würde er halb damit rechnen, dass ich mich als Psychopathin entpuppe. Aber die Nummer habe ich heute Nacht schon mal abgezogen. Zweimal muss nicht sein.

»Nein«, antworte ich. »Na ja, schon, aber … der Akku ist leer.«

Er schüttelt den Kopf. »Erst kein Glück und dann noch Pech.«

»Stimmt.«

»Solche Tage haben wir alle schon erlebt.«

Schweigen macht sich breit. Mich stört's nicht. Ich will gar nicht, dass er redet. Hauptsache, er fährt. Er wirkt ganz zufrieden. Streckt die Hand aus und stellt die Musik lauter. »Ist das okay?«

Ich nicke. Die Musik ist gut. Lenkt mich ein bisschen ab. Altmodischer Blues, wie man ihn spätabends in Jazzclubs hört. Ed hat mich mal in einen Jazzclub mitgenommen. Grauenvoll. Ich hab Kopfschmerzen vorgeschoben, um da wieder rauszukommen. Aber das hier ist nicht schlecht. Wenigstens gibt es einen Text. Und eine schreckliche Melancholie in der Stimme der Sängerin, bei der mir fast die Tränen kommen.

Bald darauf erreichen wir den Stadtrand. Das gelbe Licht der Straßenlaternen huscht vorbei. Ich spüre eine Schwere in meinem Körper, die mich daran erinnert, wie müde ich bin.

Hier im Auto, mit der ruhigen Musik und der Heizung, die meinen Körper sanft wärmt, wäre es leicht, einfach die Augen zu schließen und wegzudämmern.

So leicht.

»Wo soll ich Sie rauslassen?«

Ich schrecke hoch. Als wäre die Zeit vorgespult worden und ich hätte auf einmal keinen Bezugsrahmen mehr. Das Denken fällt mir schwer. »Äh …«

»Schon okay. Sie waren eingeschlafen. War ja auch ein langer Tag. Wo soll ich Sie rauslassen?«

Beinahe hätte ich gesagt: »An der Queen Street«, aber in einer belebten Gegend ist die Gefahr größer, dass mich jemand erkennt. Ich muss vorsichtig sein. Ohne Verdacht zu erwecken.

»Einfach … irgendwo an der Charing Cross Station.«

»Sind Sie sicher?«

Ich nicke und blinzele ein paarmal, um den Schlaf aus den Augen zu kriegen. »Ja, ja. Keine Sorge.«

Er setzt mich an der Mitchell Library ab, aber selbst als ich schon ausgestiegen bin, wirkt er immer noch beunruhigt. »Wirklich«, sage ich. »Alles in Ordnung.«

Als er losfährt, tue ich so, als wollte ich zur Charing Cross Station rübergehen, doch sobald er weg ist, mache ich kehrt und gehe zu einem kleinen Pub an der Rückseite der Bibliothek. Es ist die Sorte von Pub, wo es nur stinknormales Tennant's gibt und wo der kulinarische Höhepunkt Bohnen auf Toast ist. Es ist die Sorte von Pub, wo niemand deinen Namen kennt. Genau das Richtige für mich.

Hinter der Bar steht eine Frau, ungefähr eins sechzig groß und genauso viel Umfang, ein Geschirrtuch über der Schulter. Sie mustert mich mit halb zusammengekniffenen Augen, als ich mich an die Bar setze. Aber nicht so, als würde sie mich kennen, sondern eher so, als würde sie sich fragen, was eine Frau wie ich in ihrem Etablissement verloren hat. Nach ihrer Miene zu urteilen, denkt sie bei »eine Frau wie ich« an eine spezielle Sorte.

»Einen Weißwein«, sage ich.

Während sie mir einschenkt, lässt sie mich nicht aus den Augen.

»Kenne ich Sie?«

Ich erstarre. »Ich glaube nicht …«

»Nee, klar, Sie haben bloß eins von diesen Gesichtern, stimmt's?« *Spielt sie mit mir? Schwer zu sagen. Lass dir nichts anmerken.*

Ich nicke und zucke die Achseln, als würde mir so was andauernd passieren. Nett und locker bleiben. Freundlich. *Verscherz es dir nicht mit ihr, Jen. Du brauchst jeden Freund, den du kriegen kannst.*

Ich bezahle den Wein und lasse ihn einen Moment vor mir stehen. Ich betrachte ihn und denke daran, dass ich vor ein paar Wochen den Laden hier nicht mal betreten hätte.

Es geht darum, die Kontrolle zurückzubekommen. Ich bin die ganze Zeit nur weggelaufen. Voller Angst davor, mich umzudrehen. Weil ich nur zu gut weiß, dass die Wölfe mich zerfleischen können.

Aber was ist die Alternative? Immer weiterlaufen und hoffen, dass mich jemand rettet? Dass mein Leben wieder einmal fremdbestimmt wird?

Nein.

Es ist an der Zeit, das Ruder selbst in die Hand zu nehmen.

Ich leere das Glas in einem Zug. Die Frau hinter der Bar sieht mich an, die gestrichelten Augenbrauen hochgezogen. Ist mir egal.

Der Wein schmeckt herb und sauer, als wäre er am Ende seines Lebens. Ich hoffe, das ist kein Zeichen.

Ich verlasse den Pub. Ich weiß, wohin ich gehen muss. Was ich tun muss.

Und hoffe, dass ich es durchziehen kann.

45

Die Karte, die er mir gegeben hat, habe ich nicht mehr. Aber ich weiß noch, wo er wohnt, was Ed mir über seine Geschäfte erzählt hat und was er zu mir gesagt hat, als ich gegangen bin. *Keine Fragen. Kein Kommentar. Nur Service.* Na, schauen wir mal, wie gut der Service ist. Denn wenn ich die Kontrolle übernehmen will, brauche ich eine sehr spezielle Art von Unterstützung.

Als er die Tür öffnet, kriegt er große Augen. Entweder ist er schlauer, als er aussieht, oder mein neuer Look ist nicht so überzeugend, wie ich dachte.

»Du weißt, wer ich bin?«

»Eds Freundin.«

»Weißt du auch, was passiert ist?«

»Ja.«

»Dann lass mich rein.«

Sobald ich drinnen bin, verschließt und verriegelt er die Tür. Sicher ist sicher. Dann mustert er mich von oben bis unten und fragt: »Hast du das wirklich getan?«

»Was?«

»Die ganzen Leute umgebracht? Und Ed?«

»Ich habe Ed getötet.«

»Und die anderen?«

Darauf erwidere ich nichts. Das mit der Verantwortlichkeit lässt sich nicht mehr so einfach definieren. Ich weiß nicht, welche Toten auf mein Konto gehen und welche nicht.

Wir sind in der Küche. Es ist ein großer Raum, überzogen von Staub, Fett und Alter. Chris lebt von Pizzaservice und Co. Überall liegen Kartons und Bestellzettel. Nichts deutet darauf hin, dass die Küche für ihren eigentlichen Zweck genutzt wird. Der Ofen sieht nicht so aus, als würde er noch funktionieren. Wahrscheinlich funktioniert hier kaum noch irgendwas.

»Was willst du?«, fragt er unumwunden, bemüht, sich seine Angst nicht anmerken zu lassen – was ihm misslingt. Ich weiß noch, wie ich mich bei unserer ersten Begegnung gefragt habe, wie er es schafft, seine Angelegenheiten auf die Reihe zu kriegen, mit den Leuten klarzukommen, mit denen er zu tun hat.

»Ed hat gesagt, du könntest Sachen besorgen.«

»Richtig.«

»So, wie du damals was für ihn besorgt hast.«

»Ich kenne Leute. Jemand hat mir eine Tasche gegeben und ich hab die Tasche Ed gegeben«, sagt er. »Keine Ahnung, was da drin war. Vielleicht war's Mehl. Ich hab nicht reingeschaut.«

Vielleicht liegt es an der Paranoia, dass er schon so lange im Geschäft ist. »Hör zu, Chris, ich bin nicht hier, um dir Ärger zu machen oder dich zu töten.«

»Aha. Gut zu wissen.«

»Aber ich brauche etwas von dir. Um der alten Zeiten willen.«

»Welche alten Zeiten? Ich kenne dich kaum. Wir sind uns genau einmal begegnet. Zwei Tage später bringst du deinen Freund um. Einen Monat später bist du die meistgesuchte Frau Schottlands.«

Ich blicke mich in der Küche um. Er kocht hier zwar nicht, aber er hat ein paar Sachen herumliegen, als hätte er es irgendwann mal vor. Ein paar Messer und Gabeln. Einen Mixer, der aussieht, als würde er explodieren, falls jemand es wagt, ihn einzustöpseln. Eine Mikrowelle, die mit einer so dicken Schmierschicht überzogen ist, dass man sie vermutlich nicht mal mehr aufkriegt, geschweige denn in Gang gesetzt.

Mein Blick fällt auf einen Satz Küchenmesser in einem Holzblock. Schwere schwarze Griffe. Darunter die Ahnung scharfer Klingen. Nie benutzt, keine Gelegenheit, stumpf zu werden.

Ich bewege mich unauffällig darauf zu und hoffe, dass Chris nicht merkt, was ich vorhabe.

Er lässt mich nicht aus den Augen, aber offenbar fällt der Groschen nicht.

Ich ziehe am größten Griff. Die Klinge gleitet heraus.

Jetzt kapiert er.

»He, Moment mal!«, sagt Chris und weicht mit ausgestreckten Armen zurück.

Ich bedrohe ihn nicht allzu sehr. Komme nur auf ihn zu, im gleichen Tempo, wie er zurückweicht. Und sorge dafür, dass er das Messer sieht.

Leichen pflastern ihren Weg … Er scheint es zu glauben.

»Chris«, sage ich. »Du weißt, dass ich deinen Preis zahlen werde, auf die eine oder andere Art. Aber jetzt musst du mir vertrauen und mir einen kleinen Gefallen tun.«

»Hör mal, ich glaube, von Drogen solltest du besser …«

»Ich will keine Drogen. Auch keinen Anwalt. Und auch kein Geld.«

»Was dann?«

»Eine Waffe.«

»Eine Waffe?«

»Ja. Was für eine, ist mir egal. Hauptsache, ich kann damit den Mistkerl erschießen.«

»Okay«, sagt er. »Okay. Aber … meinst du nicht, du hast schon genug …«

»Chris!« Er zuckt beim Klang seines eigenen Namens zusammen. »Du solltest jetzt besser die Klappe halten und alles Nötige in die Wege leiten. Ich brauche die Waffe noch heute Nacht. Außerdem brauche ich neue Papiere, wenn ich untertauchen will.«

»In Ordnung.«

»Und wenn du versuchst, mich auszutricksen …« Ich halte das Messer hoch. »Du weißt ja, was mit Ed passiert ist.«

»J-ja.«

»Und mit der Polizistin.«

Er nickt.

»Und mit den anderen.«

»Ich seh mir die Nachrichten an, okay? Ich bin ja nicht blöd!«

»Abgesehen davon, dass du mich trotzdem reingelassen hast.«

»Stimmt.« Er klingt resigniert.

»Verstehen wir uns?«

»Ja, ja, schon gut, verdammt noch mal!« Er strafft die Schultern, versucht, den Anschein zu erwecken, als hätte er von Anfang an gewusst, dass ich ihm nichts antun würde, als hätte er nur um meinetwillen mitgespielt. »Und ich kann mich drauf verlassen, was das Geld angeht?«

Ich hebe das Messer erneut und trete einen Schritt vor.

Er weicht zurück. »Natürlich. Blöde Frage. War ein langer Tag. Ich schaue, was sich machen lässt, okay?«

Er wendet sich zum Gehen.

»Chris!«

Er bleibt stehen. Dreht sich um. Die Augen voller Angst.

»Hast du hier irgendwas zu trinken?«

Der Junge, der dann auftaucht, sieht aus, als hätte er kaum die Grundschule hinter sich, und ganz bestimmt nicht so, als könnte er mit der Summe umgehen, die er verlangt. Er heißt Knirps. Wie passend.

Er setzt sich auf das räudige Sofa in Chris' Wohnzimmer und mustert mich immer wieder mit einem lüsternen Blick, für den er ungefähr fünfzig Jahre zu jung ist. Er trägt ein Adidas-T-Shirt, das schon bessere Zeiten gesehen hat, eine weite Jogginghose und Sneakers, die so makellos weiß sind, dass sie ihm wahrscheinlich nachts den Weg leuchten können.

»Gefällt dir, was du siehst?«, fragt er. Ich versuche, die Zweideutigkeit in seinem Tonfall zu ignorieren.

Ich betrachte die Auswahl, die auf dem Beistelltisch liegt.

Nicht übel. Die meisten sind normale Pistolen. Aber ein Modell macht mich neugierig. »Was ist das?«

»Ah, Süße«, sagt er und zeigt seine gelben Zähne. »Du hast Geschmack.« Er nimmt die Waffe in die Hand. Sie ist kompakt, sieht aber tödlich aus. »Das ist eine Ruger MP9 aus dem guten alten Amerika.« Er hält sie mit einer Hand hoch. »Keine Sorge, sie ist nicht geladen.«

Ich mache mir keine Sorgen. Er sieht jung aus, aber um solche Verbindungen zu haben, muss er wissen, was er tut.

»Siehst du das hier?« Er zeigt auf einen kleinen Hebel seitlich an der Waffe. »Das ist die Sicherung. Du hast drei verschiedene Einstellungen.«

»Drei?«

»Ja. So«, sagt er und zeigt es mir, »ist sie gesichert. Wenn du einmal drückst, steht sie auf Einzelschuss.«

»Einzelschuss?«

»Das Baby hier ballert 'ne ganze Ladung durch, wenn du nicht weißt, wie du damit umgehen musst.« Er sieht mich prüfend an. »Und ich schätze mal, du weißt nicht, wie du damit umgehen musst. Kommt nicht oft vor, dass 'ne Puppe 'ne Knarre von mir will.«

Die »Puppe« beschließt, ihm vorerst nicht den mageren Hals umzudrehen.

»Und so«, er stellt den Hebel auf die dritte Position, »steht sie auf Vollautomatik. Bäm-bäm-bäm-bäm.« Er hält mir die Waffe hin. »Probier mal, wie sie sich anfühlt.«

Vorsichtig nehme ich die Waffe. Er verbeißt sich das Lachen. Wahrscheinlich sehe ich aus, als würde ich mir gleich in die Hose machen. Mein Herz wummert und meine Hände sind feucht. Meine Wangen brennen, als würden sie jeden Moment in Flammen aufgehen.

Vielleicht ist das keine so gute Idee.

»Fass sie ruhig an«, sagt der Junge.

»Was?«

»Fass sie an, damit du ein Gefühl dafür kriegst.« Er hebt in gespieltem Ergeben die Hände. »Aber richte sie nicht auf mich, okay?«

Ich drehe mich von ihm weg und lege eine Hand um den vorderen Griff und eine um den hinteren.

»Schon mal nicht schlecht«, sagt der Junge. »Aber am besten stützt du sie so ab.« Er stellt sich hinter mich und hilft mir, die ausziehbare Schulterstütze so zu positionieren, dass ich am Waffenlauf entlangschauen kann. »Kannst du was sehen?«

»Ja«, sage ich und versuche, nicht daran zu denken, wie sehr er diesen engen Kontakt genießt.

»Gut«, sagt er, so nah, dass ich seinen unangenehm warmen Atem an meinem Ohrläppchen spüre. »Du drückst die Stütze fest an deine Schulter, okay? So kannst du den Rückstoß ’n bisschen abfangen, damit du nicht das Gleichgewicht verlierst, wenn du den Typen abknallst.«

Ich senke die Maschinenpistole und schüttele ihn ab. Er setzt sich widerstrebend zurück aufs Sofa. Ich kann nur mit Mühe ein Schaudern unterdrücken. Dieser widerliche kleine Lustmolch.

»Munition ist dabei, oder?«

»Ja, klar, die gehört dazu. Bist du interessiert?«

»Und das Ding kann wirklich jemanden töten?«

»Süße, mit dem Schätzchen kannst du jeden gottverdammten, beschissenen Huren …«

Ich hebe die Hand. »Schon gut, ich hab verstanden.« Das Letzte, worauf ich jetzt Lust habe, ist so ein abstoßender Zwerg, der einen auf Samuel L. Jackson macht.

»Okay, okay. Was die Bezahlung angeht, wär ich übrigens auch bereit, einen Teil in Naturalien zu nehmen.« Wieder dieser lüsterne Blick.

»Du bist zu jung«, sage ich.

»Sechsundzwanzig, Süße.«

»Du mich auch.«

Er legt die Hand auf die Brust und schließt die Augen. »Ich schwöre beim Allmächtigen. Möge mich der Schlag treffen, wenn ich lüge.« Er lässt die Hand wieder sinken und sieht mich an. »Wachstumshormonmangel. Aber glaub mir, Süße, da, wo's drauf ankommt, bin ich ein Mann.«

Ich ignoriere die Anzüglichkeit. »Kann ich die als Geschenk verpackt haben?«

Er stutzt. »Hä?«

Also doch nicht so schlau. »Nicht wichtig. Ich nehme die, mit so viel Munition, wie du hast.« Ich schaue auf den Tisch. »Und die Glock.«

»Willst du in den Krieg ziehen?«

Ich sehe ihn nur schweigend an.

»Hey, du kannst es 'nem Mann doch nicht verübeln, wenn er sich für 'ne schöne Frau interessiert, die auf Waffen steht.«

»Die schöne Frau hat kein Problem damit, Männern, die ihr auf die Pelle rücken, die Eier wegzuschießen.«

»Also keine Chance auf einen Kaffee?«

»Nein.«

Er steht auf. »Oder einen Abschiedskuss?«

Er muss sich mit meinem erhobenen Mittelfinger begnügen.

46

Ich hebe die Maschinenpistole und drücke die Stütze an die Schulter. Spähe durch die Zielvorrichtung.

Atme ein. Und aus.

Jetzt wird es mehr als gefährlich, das weiß ich. Aber wenn man erst mal drin steckt, steckt man ganz drin. Und ich will mich an den Leuten rächen, die mein Leben zerstört und mich dazu gebracht haben, Dinge zu tun, die mir sonst nicht mal im Traum eingefallen wären.

Ja, ich habe Dave mit ins Boot geholt, um Eds Leiche loszuwerden. Aber alles andere war außerhalb meiner Kontrolle.

Die Frau, die mich aus dem Spiegel ansieht, ist im Krieg gewesen. Sie trägt kein Make-up. Ihr T-Shirt ist schmutzig und verschwitzt. Ihre Jeans ist abgetragen. Man kann Falten um ihre Augen sehen, die vorher nicht da waren. Und die so tief sind, wie sie nicht mal mit vierzig sein sollten. Die Art, wie sie da steht, ist mir neu, mit so einem Interessiert-mich-einen-Scheißdreck-Schwung in der Hüfte. Schwer zu sagen, ob der aus einem neuen Selbstvertrauen heraus entstanden ist oder einen Mangel an selbigem überspielen soll.

»Redest du mit mir?«

Ich lache und senke die Waffe.

Es klopft an der Schlafzimmertür. Zögernd. Vorsichtig. »Jen?«

Ich lege die Waffe aufs Bett und lasse Chris herein. Er huscht hin und her. In einem anderen Leben hätte er Renfield aus *Dracula* sein können.

Ich nun wieder, immer noch die Buchhändlerin. Ich denke in Büchern.

Vielleicht bin ich deshalb noch nicht verrückt geworden:

weil ich alles, was mir widerfährt, wie eine Art Romanhandlung wahrnehme.

Ich bin die Heldin meiner eigenen Geschichte.

Nur leider gibt es keine Garantie, dass ich immer die richtige Entscheidung treffe und alles ein gutes Ende nimmt. Es gibt keinen Weg zurück in mein altes Leben. In der wirklichen Welt gibt es kein Zurück auf Los.

»Was willst du?«

»Das ist keine gute Idee«, sagt Chris.

»Du weißt doch gar nicht, was ich vorhabe.«

»Na ja, ich hab da so eine Ahnung.«

»Nein, hast du nicht.«

»Du willst jemanden umlegen«, sagt er. »Und ich gehe jede Wette ein, dass es Buchan ist.« Er ist ein seltsamer Kerl, aber ich habe den Eindruck, er hat durchaus menschliche Gefühle. So, wie er hier lebt, in dieser Bruchbude und mit seinem nervösen Gehabe, ist das wohl seine Art, sich durchzuschlagen. Die Leute vertrauen ihm, was Drogen, Waffen oder sonstige Deals angeht, weil er harmlos ist, weil sie wissen, dass er nicht versuchen wird, sich zum Boss aufzuschwingen. Er ist zuverlässig und leicht einzuschüchtern. Vielleicht gefällt ihm sein Job sogar. Er ist der Mittelsmann. Derjenige, der das ganze Risiko auf sich nimmt, aber keinen Ruhm erntet. Trotzdem muss er eine Befriedigung daraus ziehen. Er ist in gewisser Weise ein Verkäufer. Aber das hier ist kein Warenhaus, und wenn er einen Kunden verstimmt, riskiert er weitaus mehr als eine Gehaltskürzung oder Entlassung.

Ich setze mich aufs Bett. Er bleibt stehen, offenbar nervös, weil er mit mir in einem Zimmer ist. Er sieht peinlich berührt aus, als gehöre es sich nicht, mit einer Frau allein in einem Schlafzimmer zu sein. Dadurch wirkt er jünger, als er ist.

»Wenn ich tatsächlich vorhätte, Buchan umzubringen«, frage ich, »würdest du mich für bekloppt halten?«

»Für lebensmüde.«

»Okay. Aber weißt du … manchmal muss ein Mädchen eben tun, was es tun muss.«

Das entlockt ihm ein Lächeln.

»Es wird nicht auf dich zurückfallen, falls du dir deswegen Sorgen machst.«

»Nein, nein.« Er fängt an, an seinen Fingernägeln herumzuzupfen. Sie sind überall eingerissen, weil er das offenbar schon seit Jahren macht. Ich schätze, wenn er erst mal loslegt, zupft und kaut er daran herum, bis sie bluten.

»Dann bist du also einverstanden, dass ich ein paar Tage hier bleibe? Bis die Papiere fertig sind.«

»Er ist gut, was das angeht.«

»Dein kleiner Freund?«

»Ja.« Er nagt mit den Schneidezähnen ein Stück von seinem Nagel ab und spuckt es geistesabwesend aus.

»Chris?«

Er lässt das Fingernagelkauen und sieht mich mit großen Augen an. Ich muss an den Hund denken, den wir auf dem Hof hatten, als ich klein war. An die Art, wie er einen ansah, wenn man seinen Namen rief, so als wüsste er nicht, ob er gelobt oder ausgeschimpft werden würde.

Wishbone hieß er. Keine Ahnung, warum. Den Namen hatte er schon lange, bevor ich auf der Bildfläche erschien. Ich hätte Mum und Dad danach fragen sollen, aber das ist mir nie in den Sinn gekommen. Es gibt eine Menge Sachen, die ich sie hätte fragen sollen. Als Dad starb, habe ich bedauert, dass ich es nie getan habe, aber immerhin war Mum ja noch da, wenn ich irgendwas wissen wollte.

Jetzt ist sie auch tot. Da war so viel, was ich sie hätte fragen und worüber ich mit ihr hätte reden sollen. Das meiste davon waren Kleinigkeiten. Aber genau die sind wichtig. Nicht die großen Fragen, sondern all die kleinen. Die bedauert man hinterher am meisten.

»Ja?«

Ich merke, dass ich eine ganze Weile geschwiegen habe, völlig versunken in meinen Gedanken. Schlechtes Zeichen. Ganz schlecht. »Ich wollte nur … Danke.«

»Schon gut«, sagt er. »Dafür nicht.«

Als ich aufwache, drücken sich lose Sprungfedern in meine Seite. Ich bin noch angezogen, die dünne Decke wie einen Kokon um mich gewickelt. Während der wenigen Augenblicke, in denen ich mich zu erinnern versuche, wo ich bin, fühlt sich die Welt seltsam normal an. Als wären die letzten Wochen nur ein böser Traum gewesen, den ich abschütteln kann, wenn ich erst mal richtig wach bin.

Doch das flaue Gefühl im Magen erinnert mich daran, wie es wirklich ist.

Ich ignoriere die Angst, setze mich auf und schwinge die Beine vom Bett. Die nackten Dielen sind rau, und ich muss aufpassen, dass ich mir keine Splitter in den Füßen hole.

Mit der Sonne, die durch die Fenster hereinscheint, sieht das Gästezimmer gar nicht so übel aus. Wenn man hier ein paar ordentliche Möbel reinstellen und mal gründlich durchputzen würde, wäre es fast gemütlich.

Zumindest hilft es, mir das einzureden.

Ich stehe auf und recke mich. Dann setze ich mich im Schneidersitz auf die räudige alte Decke, die Chris für mich aus einem Schrank geholt hat. Bevor das alles losging, habe ich Yoga gemacht, um meinen Körper zu lockern. Während es im Haus noch ganz still ist, schließe ich die Augen, rufe mir die Abläufe ins Gedächtnis und gehe fließend die Haltungen durch, ganz auf die Bewegungen meines Körpers und den Rhythmus meines Atems konzentriert.

Der Atem ist wichtig. Er wird mir helfen, ruhig zu bleiben, wenn ich Buchan gegenübertrete. Wie das Ganze ablaufen soll, weiß ich noch nicht, aber die Waffe auf dem Bett wird mir dabei helfen.

Und danach?

Es kann gut sein, dass ich dabei draufgehe. Der alte Dreckskerl hat all die Jahre gegen die übelsten, durchgeknalltesten Psychopathen durchgehalten, die Glasgow aufzubieten hat. Und ich bin nur eine kleine Göre, die sich die absurde Idee in den Kopf gesetzt hat, dass sie nah genug an ihn herankommt, um auf den Abzug zu drücken. Er würde lachen, wenn er wüsste, was ich vorhabe.

Würde ich auch, wenn ich ernsthaft darüber nachdächte.

Aber ich muss es wenigstens versuchen.

Als ich mit dem Yoga durch bin, betrachte ich mich im Spiegel. Das Glas ist schmierig und verstaubt und meine Gesichtszüge sind ein wenig unscharf, aber ich finde, ich sehe ganz gut aus. Duschen wäre vielleicht nicht verkehrt. Aber das schiebe ich so lange wie möglich vor mir her. Warmes Wasser grenzt in Chris' Haus an ein Wunder. Das liegt nicht daran, dass er die Rechnungen nicht bezahlt, sondern daran, dass der alte Kasten allmählich verrottet. Der Typ, dem das Haus gehört, kassiert nur die Miete und kümmert sich sonst um nichts. Er fragt nicht, was Chris hier macht, und es ist ihm auch egal. Vermieterisches *laissez faire* vom Feinsten.

Es klopft an der Tür. »Jen?«

»Ja?«

»Komm mal runter.«

»Warum?«

»Ähm, wegen der Nachrichten. Im Fernsehen. Das solltest du dir ansehen.«

Ich hole tief Luft und gehe nach unten. Er läuft vor mir her, voller Eile, damit wir nichts verpassen.

Als ich ins Wohnzimmer komme, sehe ich Crawfords Gesicht auf dem Bildschirm.

» … können wir weder bestätigen noch ausschließen, dass es sich bei der Leiche um Jennifer Carter handelt …«

Leiche?

» … untersuchen den Fall weiter und bitten jeden, der Miss Carter beherbergt hat oder weiß, wohin sie nach dieser wochenlangen Orgie der Gewalt verschwunden ist …«

Ich lese den Text auf dem Nachrichtenticker am unteren Rand des Bildschirms. *Aktuelles.* Sie haben eine Leiche aus dem Clyde gezogen und glauben, dass ich es bin.

»Du bist tot«, sagt Chris. Lacht er etwa?

»Meine Güte.«

»Na, wie fühlt sich das an?«

Gut fühlt es sich an. Befreiend. Ein weiterer Schritt in die richtige Richtung. Die Papiere sollen heute fertig sein. Wenn ich will, kann ich völlig untertauchen, jemand anders werden, das alles hinter mir lassen.

Aber ich kann nicht.

Ich habe noch was zu erledigen.

»Danke«, sage ich.

»Keine Ursache.«

Ich lächle.

47

Dorothy Rose Harrow.

Komischer Name.

»Wir wär's, wenn du dich Dot nennst?«

Das ginge vielleicht. Ja. *Dot*. Das passt. Das ist okay.

Ich sehe mir den Pass und den Führerschein an. »Läuft das immer noch so wie früher?«, frage ich. »Wie in den Büchern, wo sie die Namen von gestorbenen Babys nehmen?«

Knirps lächelt und schweigt. Wahrscheinlich ist es besser, nicht nachzubohren. »Die sind biometrisch und alles«, sagt er. »Bei 'ner Passkontrolle in der EU gehst du damit einfach durch die Schleuse.«

»Fein.«

»Ja, praktisch, nicht? Lange werden wir das bestimmt nicht mehr haben, nach dem, was letztes Jahr passiert ist, aber für dich wird's reichen. Und die anderen Sachen – alles okay?« Er spricht nicht aus, was er meint. Vielleicht aus Vorsicht. Wände können Ohren haben. Oder zumindest Mikrofone.

»Ja.«

»Gut.« Er steht auf.

»Das war wirklich nett von dir«, sage ich.

Kurz vor der Tür bleibt er stehen und dreht sich um. Seine Augen funkeln. Er denkt, jetzt hat er Glück. Vor allem, weil ich direkt auf ihn zugehe.

»Ach was«, sagt er mit gespielter Bescheidenheit und winkt lässig ab. »Das ist schließlich mein Job.«

»Ich weiß. Aber dass du dich so beeilt hast.«

»Für Freunde von Chris doch immer.«

Ich breite die Arme aus. Natürlich kann er nicht widerstehen.

Ich umarme ihn. Er schlingt seine Arme um mich und schnüffelt ein wenig an meinem Hals. Vielleicht denkt er, ich merke es nicht, oder vielleicht ist es ihm auch egal.

Und dann spannt sich sein Körper an.

»Oh, Scheiße.«

Ich trete zurück. Ich drücke die Pistole nicht länger als nötig in seine Seite. Nicht dass er noch denkt, er könnte sie mir abnehmen.

»Was soll das werden?«, fragt er.

»Wonach sieht's denn aus?«

»Ich hab kein Geld bei mir.«

»Das interessiert mich auch nicht.«

»Was dann?«

»Du hast noch andere Kunden außer Chris«, sage ich.

»Klar.«

»Chris weiß das. Er hat's mir gesagt. Hat mir auch Namen genannt.«

Knirps mustert mich einen Moment, als sähe er mich zum ersten Mal. Dann begreift er. »Oh, Scheiße.«

»Du glaubst, du könntest Buchan und mich gegeneinander ausspielen, was? So was hast du wahrscheinlich schon dein ganzes Leben lang getan. Und dir gesagt, das geht halt nicht anders, wenn man in dieser Welt überleben will.«

»Heute Morgen haben sie im Fernsehen gesagt, du wärst tot. Da war ein Foto von dir. Sah anders aus, aber ich wusste sofort, dass du es bist. Und der Mann zahlt gut, wenn du verstehst, was ich meine.«

»Die Ausweise, sind die echt?«

»Die hab ich in Auftrag gegeben, bevor das in den Nachrichten kam. Klar sind die echt und die Kontakte und alles andere auch«, sagt er. »Das war, bevor ich wusste, wer du bist.« Er schüttelt den Kopf. Grinst. »Ich fasse es nicht – der Todesengel.«

»Was?«

»So hat er dich genannt.«

»Buchan?«

»Ja.«

Also denkt er vielleicht, ich wäre wirklich verrückt.

»Er hat gehofft, du wärst tot. Wollte, dass wir ihm sofort Bescheid sagen, wenn wir irgendwas hören. Aber ich wär nie auf die Idee gekommen …«

»Nein.«

»Chris hat sich für dich verbürgt.«

»Ja, hat er.«

»Scheiße.«

»Er ist nicht tot.«

Knirps sieht mich verwirrt an.

»Chris, meine ich.«

»Ach so.«

»Nur für den Fall, dass du dir Sorgen machst. Schließlich bin ich ja der Todesengel. Er ist nur für eine Weile verschwunden, weil er wusste, was ich vorhatte. Er dachte, du wärst wahrscheinlich ziemlich angefressen. Keine Ahnung, ob er zurückkommt.«

Knirps lacht los. Verstummt aber schnell wieder. »Er ist also nicht dumm.«

»Nein.«

»Im Gegensatz zu mir.«

»Im Gegensatz zu dir.«

»Tja, da bin ich wohl auf dein hübsches Gesicht reingefallen.« Er zwinkert mir zu, aber diesmal nur halbherzig.

»Schmeichelei kann tödlich sein.«

»Ist immer gefährlich, so was.« Er klatscht in die Hände. »Okay, und wie geht's jetzt weiter?«

»Du rufst den Alten an und sagst ihm, dass du mich gesehen hast.«

»Ist ja immerhin nicht gelogen.«

Ich bedeute ihm mit der Glock, dass er sich hinsetzen soll. Er lässt sich auf das angeranzte Sofa fallen. »Hast du 'ne Zigarette?«

»Nein.«

»Ich hab's mit Schnüffeln versucht, aber das ist nichts für mich.«

»Ich hab nie geraucht.«

»Leb doch mal ein bisschen gefährlich.«

Guter Vorschlag.

»Ruf ihn an.«

»Jetzt?«

»Sag ihm, du willst dich heute Abend mit ihm treffen.«

»Und wo?«

»In Kinning Park«, sage ich. »Du kannst ihm die Wahrheit erzählen, was unsere Begegnung angeht, und dann sagst du ihm, dass da die Übergabe stattfindet.«

»Er wird nicht allein kommen.«

»Das macht nichts.«

»Bist du irre? Du hast 'ne Waffe, aber er hat 'ne verdammte Armee. 'ne Armee von Knallköpfen, aber trotzdem …«

»Schon möglich«, sage ich. Dann halte ich die Glock hoch, damit er nicht vergisst, dass ich sie in der Hand habe. »Ich hab so was schon mal benutzt.«

»Ich weiß. Hast du wirklich Smiley umgelegt?«

»Ja.«

»Dann wähl ich jetzt die verdammte Nummer«, sagt er und zieht sein Handy aus der Tasche. »Und zwar so schnell ich kann.«

Die Frau im Spiegel ist nicht müde. Sie ist wütend.

Ich gehe näher heran. Versuche, noch etwas anderes an ihr zu sehen. Irgendwas. Ein Mensch besteht nicht nur aus einem Gefühl. Da muss noch mehr sein.

Doch im Moment ist da nur Wut.

Und ein Name.

Dorothy Rose Harrow.

Dot.

Der Name fühlt sich jünger und weicher an als die Frau, die ich vor mir sehe. Vielleicht wird sie es irgendwann sein. Nicht weich im Sinne von leicht beiseitezuschieben, sondern so, dass die Leute gerne mit ihr zusammen sein wollen. Witzig. Vertrauenswürdig und verlässlich. Aber auch witzig.

Wie ich früher war. Glaube ich zumindest.

Ich werde nie wieder Jen Carter sein, aber vielleicht wird Dorothy Harrow – Dot – so klug sein, nicht dieselben Fehler zu machen.

Ich lächle meinem Spiegelbild zu.

Könnte ja sein, dass sie lesbisch ist. Wäre vielleicht die beste Möglichkeit, um zu vermeiden, dass so was noch mal passiert. Schließlich waren an allem, was passiert ist, Männer schuld.

Ed.

Smiley.

Buchan.

Sogar Crawford.

Nein, das wäre nichts für mich. Das weiß ich.

Vielleicht schaffe ich mir einfach eine Katze an.

Wo auch immer ich schließlich lande.

48

Als Bezahlung hat Knirps 200.000 Pfund in bar verlangt. In einer Reisetasche.

Ich dachte, das wäre zu viel oder es wäre ungewöhnlich, in bar zu bezahlen, aber offenbar ist das gang und gäbe. »Das ist in der Branche so üblich«, sagte er. »Ich mache alles in bar. Damit das Finanzamt nichts davon mitkriegt, verstehst du?«

Die *Daily Mail* würde ihn lieben. Verdient Hunderttausende und bezieht trotzdem Stütze. Allerdings verstehe ich nicht, warum er sich so komisch anzieht. Vielleicht denkt er, das gehört dazu. Eine Hommage an seine Wurzeln oder so. Oder vielleicht will er da, wo er sich herumtreibt, einfach nicht auffallen.

Er hat ein Auto. Einen ramponierten alten Seat Ibiza, dunkelgrün und halb verrostet. Die Räder sehen aus, als würden sie sich jeden Moment selbstständig machen, aber Knirps versichert mir, dass der Wagen völlig problemlos durch den TÜV gekommen ist. Ich frage ihn nicht, wie viel er dafür auf den Tisch gelegt hat. Ich will es gar nicht wissen. Oder auch nur darüber nachdenken.

Während der Fahrt fragt er mich, ob ich wirklich glaube, dass ich das, was ich vorhabe, schaffe.

Als ich nicht antworte, hakt er nach: »Warum willst du das überhaupt? Warum haust du nicht einfach ab?«

»Das hätte ich vielleicht getan«, sage ich. »Vielleicht hätte ich mich sogar der Polizei gestellt.«

»Aber?«

»Aber er hat daraus etwas Persönliches gemacht. Er hat mir etwas versprochen und es dann nicht gehalten.«

»Was hat er dir denn versprochen?«

»Meine Mum am Leben zu lassen.«

Alles andere – die ganze Gewalt, die ganzen Toten, den ganzen Schmerz – hätte ich loslassen können. Ich hätte meine Niederlage akzeptiert und versucht, irgendwo, vielleicht in einem anderen Land, ein ruhiges Leben zu führen, von einem Tag auf den anderen zu leben.

Danach fahren wir schweigend weiter. Das Autoradio geht nicht. Er behauptet, er hätte den Code verschusselt und keine Lust, Geld dafür hinzulegen, dass das Radio entsperrt wird, oder die Anleitung dafür im Internet zu suchen. »Die Musik in meinem Kopf reicht mir«, sagt er.

Ich zweifle nicht daran, dass er in seinem kleinen Schädel jede Menge merkwürdige Töne hört.

Ich habe eine Tasche auf dem Schoß. In der Tasche ist die Ruger. Knirps hat mir noch gesagt, dass die Maschinenpistole eine Art Sammlerstück ist, dass sie seit 1996 nicht mehr hergestellt wird. Er hat sie mitgebracht, weil Chris ihm gesagt hat, Geld spielt keine Rolle. Er versichert mir, dass sie nicht mehr hergestellt wird, heißt nicht, dass damit irgendwas nicht in Ordnung ist. »Absolut zuverlässig«, sagt er. »Topqualität aus Amerika und du weißt ja, was das heißt, oder?«

Ja, weiß ich. Er hat mir das gute Stück schon ausgiebig angepriesen. Vielleicht muss er einfach nur reden. Mir egal, Hauptsache, das Ding tut, was es soll.

Vor uns ragt das leere Gebäude auf. Wir sind zu früh hier, aber das ist gut so.

Der Plan ist, dass Buchan uns sozusagen *in flagranti* erwischen soll. Ich habe mir das genau überlegt. Ich weiß, was ich tue.

Oder zumindest rede ich mir das ein.

Knirps starrt mit großen Augen am Gebäude hoch. »Scheiße«, sagt er. »Da geh ich nicht rein. *No way!*«

Als ich ihn mit der Glock anstupse, gibt er nach. Ich trage die Tasche mit der Ruger über der Schulter. Die Glock will ich erst zum Schluss einsetzen. Eine Pistole ist irgendwie persönlicher. Die Ruger nimmt man eher dazu, den Raum freizupusten.

Wann habe ich angefangen, so zu denken?

Ich sehe immer wieder Smileys Gesicht vor mir, als er starb. Als er wusste, dass ich ihn töten würde. Unmittelbar bevor ich abgedrückt habe, hat er gelächelt. Als würde jemand einen Witz erzählen, dessen Pointe er bereits erahnte.

Vielleicht weil er wusste, dass er in gewisser Weise gewonnen hatte. Nicht auf die Art, die er geplant hatte. Aber anstatt mich zu töten, hat er eine Killerin aus mir gemacht. Alles davor war unabsichtlich.

Und alles danach?

»Bist du sicher, dass hier keine Penner sind?«, fragt Knirps.

»Wenn, dann werden sie bestimmt so schlau sein, uns nicht in die Quere zu kommen.«

»Na klar. Ein Mädchen und ein halber Kerl – die werden sich totlachen.«

Ich packe die Glock in die Tasche und nehme die Ruger heraus. Die Tasche bleibt auf meiner Schulter. Ich vergewissere mich, dass die MP geladen ist, dann lockere ich meinen Griff. Jetzt können wir nur noch warten.

»Dann werden sie bald merken, dass sie sich geirrt haben«, sage ich.

»Du bist ein kaltherziges Aas.«

Ich lasse ihn reden und versuche, mich auf das zu konzentrieren, was ansteht. Stattdessen denke ich an Mum. Ich kann nicht anders. Die Gedanken sind schon die ganze Zeit da und warten. Ich kann sie nicht länger zurückhalten.

Als wir das letzte Mal miteinander gesprochen haben, spürte ich, dass sie mich liebte, aber dass sie Angst vor der Jen hatte, zu der ich geworden war. Wäre sie jetzt hier, wäre sie entsetzt über das, was ich vorhabe.

Aber wenn man ihr alles genommen hätte, sähe sie das vielleicht anders. Vielleicht würde sie es sogar verstehen. Wenn sie nicht nur die Menschen verloren hätte, die sie liebte, sondern alles, was sie für wahr gehalten hatte.

Ich habe nicht nur meine Mum verloren, meine Freundin, meinen Exfreund. Mein ganzes Leben.

Ich habe mich selbst verloren.

Knirps hat genug davon, stumm herumzustehen. »Und was passiert jetzt?«

Ich antworte nicht.

»Soll ich irgendwas machen?«

»Ja, du solltest mir verraten, was zum Teufel hier los ist.« Buchans Stimme dröhnt durch die Dunkelheit.

Ich drehe mich zu ihm um. Er hat zwei Männer an seiner Seite, die ich noch nicht kenne. Groß und bullig. Beide mit Schrotflinten in der Hand.

»Oh«, sagt er. »Sie haben doch nicht gedacht, dass ich unvorbereitet komme, oder? Dieser kleine Scheißer«, er meint Knirps, »ruft nicht einfach aus heiterem Himmel bei mir an.«

Ich sehe Knirps an. Er zuckt die Achseln. »Ich hab getan, was du gesagt hast. Und was er gesagt hat.«

Den einen gegen den anderen ausspielen. Miese Ratte. »Du bist tot«, sage ich zu ihm.

»Der Tod«, sagt Buchan, »ist wie ein harmloses Jucken im Vergleich zu dem, was ich mit ihm machen würde. Und das weiß er.«

Ich hebe die Ruger.

»Sie wollen mich also töten?«, fragt Buchan. »Sie sind eine Frau mit einer Waffe. Meine Freunde hier sind auch bewaffnet. Selbst wenn Sie mich töten, töten die beiden Sie. Wenn Sie einen von ihnen töten, erwischt der andere Sie. Und dann? Ist es das wert?«

»Verraten Sie's mir.«

Er sieht zu Knirps. »Und du? Du mieser kleiner Drecksack. Wir hatten eine Abmachung.«

Knirps beginnt, stoßweise zu atmen, als brächte er die Worte nicht heraus. Er hat begriffen, dass er das Spiel zu weit getrieben hat.

Buchan wendet sich wieder zu mir. »Ich habe schon oft gedacht, jemand sollte den kleinen Scheißer von seinem Elend erlösen. Er muss die Mädchen bezahlen, wissen Sie? Und selbst dann schlafen sie nur mit ihm, weil ich ihnen sage, dass es in ihrem Interesse ist.«

Knirps bebt vor Zorn. Aber er kann nichts tun. Er ist der Einzige hier ohne Schutz. Und nach dem, was Buchan gerade gesagt hat, schätze ich, hat er das schon öfter erlebt.

»Knallen Sie sie einfach ab«, sagt Knirps. »Ich mach Ihnen ’nen Vorschlag: Ich nehm nur die Hälfte von dem Geld. Ich meine, sie ist doch hier, oder? Wie ich’s gesagt hab.«

»Du kannst froh sein, wenn ich dich am Leben lasse.«

Ich sehe Buchan und seine Bodyguards an. Sie sind jetzt etwa anderthalb Meter entfernt. Buchan ist völlig cool. Wahrscheinlich denkt er, die Kugeln prallen an ihm ab. Er ist Glasgows letzter echter harter Kerl. Ganze Armeen haben es nicht geschafft, ihn zu erledigen. Wie soll ihm da ein kleines Mädchen wie ich gefährlich werden?

»Ich weiß, Sie sind verzweifelt«, sagt Buchan zu mir. »Und fürs Protokoll: Ich habe diesen beiden Idioten nicht befohlen, Ihre Mutter zu töten. Sie haben einfach beschlossen, ein bisschen zu improvisieren. Das ist das Problem mit den jungen Leuten, wissen Sie. Wir haben eine Generation von Durchgeknallten hervorgebracht. Das gilt zumindest für die Jungs.«

»Und was ist mit mir?«

»Wenn Sie die eiskalte Killerin wären, die die Zeitungen aus ihnen gemacht haben und für die Smiley Sie gehalten hat, dann wären Sie so klug gewesen, in Deckung zu bleiben, und nicht einfach hier aufgetaucht.«

»Die Tote, die sie gefunden haben«, sage ich. »Die Leiche im Fluss. Wieso heißt es, dass ich das war?«

»Ein Irrtum«, sagt Buchan. »Ich weiß nicht, wer sie war oder wem sie in die Quere gekommen ist. Aber sie sah Ihnen ähnlich genug, dass die Leiche falsch identifiziert wurde. Nun ja, die Tatsache, dass ich ein paar Leute geschmiert habe, hat vielleicht auch dazu beigetragen.«

»Warum haben Sie das getan?«

»Ich dachte, das lockt Sie aus Ihrem Versteck. Wenn Sie so sind, wie ich vermute – und Sie sind so –, dann würden Sie nicht tatenlos zusehen, wie jemand anders für Sie gehalten wird. Wie Sie den Kerl da am Straßenrand getötet haben … den, der ihre werte Mutter auf dem Gewissen hatte … das war wirklich beeindruckend.«

»Er ist wirklich tot?«

»Sie haben ihm mit einem Stein das Hirn aus dem Schädel geschlagen. Tun Sie nicht so, als ob Sie das nicht wüssten.«

Ich muss einfach nur auf den Abzug drücken. Die Ruger steht auf Automatik. Knirps hat mir genau erklärt, wie viel Schuss sie pro Minute und pro Sekunde abfeuert. Selbst wenn der Rückstoß mich überrascht, müsste ich jemanden erwischen können. Vielleicht sogar die beiden bulligen Typen, bevor sie es schaffen, mir mit ihren Waffen das Gesicht wegzupusten.

»Meine Liebe«, sagt Buchan. »Ich weiß, Sie können es kaum erwarten, entweder mich umzunieten oder selbst mit Glanz und Gloria unterzugehen. Meinetwegen. Aber hören Sie mir kurz zu. Mir gefällt, was ich sehe. Und Sie sollten eins bedenken, bevor Sie auf den Abzug drücken.«

»Und das wäre?«

»Ich möchte Ihnen einen Job anbieten.«

49

»Scheiße, nee!«, sagt Knirps. »Sind Sie bekifft?«

Buchan beachtet ihn nicht, sondern sieht mich an. »Genau genommen Smileys Job. Ich will, dass Sie zu mir kommen und für mich arbeiten. Ich will, dass Sie nichtsnutzige Idioten wie Ihren Exfreund in Schach halten und sich um miese Verräter wie Ihren kleinen Freund da kümmern.«

»Wie bitte?«, frage ich.

Vielleicht habe ich Halluzinationen. Vielleicht bin ich jetzt doch durchgeknallt.

»Ihre Antwort entscheidet vermutlich darüber, ob wir alle hier lebend rauskommen. Außer dem kleinen Knirps natürlich. Das ist Ihr erster Auftrag. Töten Sie ihn und dann kümmere ich mich um alles andere.«

»Das ist ein Witz«, sagt Knirps mit schriller Stimme. »Ein echt schräger Witz. Ha, ha. Okay, und jetzt knallen Sie sie ab.«

»Ein neuer Name«, sagt Buchan. »Sogar ein neues Gesicht. Kommen Sie, hat's alles schon gegeben. Und so eine kleine Schönheits-OP ist doch nichts, wovor man Angst haben müsste.«

Ich schnaube nur. Er verarscht mich. Schindet Zeit.

Nein.

Das funktioniert nicht.

Knirps plärrt in die Stille: »Okay, Sie hatten Ihren Spaß. Ich hab getan, was Sie wollten, und die Tante hergebracht. Die Sache ist erledigt. Sie brauchen mich auch nicht zu bezahlen. Scheiße, ich bin loyal, Mann, ich schwör's! Wenn's sein muss, knalle ich sie selbst ab, um Ihnen zu zeigen, dass ich es ernst meine.«

Anscheinend ist er jetzt nicht mehr so scharf auf mich.

Der Typ rechts neben Buchan hebt seine Schrotflinte. Nur eine winzige Bewegung. Hätte ich woanders hingeguckt, hätte ich es wahrscheinlich nicht bemerkt.

Ich reagiere schnell. Hebe die Ruger. Keine Zeit zu zielen oder die Stütze an meiner Schulter zu positionieren. Alles, was ich tun kann, ist, auf den Abzug drücken.

Der Rückstoß ist so heftig, dass ich mir selbst den Ellbogen in die Seite ramme. Keine schlaue Idee, sie auf Automatik zu stellen. Die Waffe springt in meiner Hand und die Kugelsalve fliegt zu hoch. Das Geballer hallt von den Wänden wider. Fast ebenso tödlich wie die Kugeln. Es lässt meine Knochen beben, zertrümmert mir das Hirn.

Der Typ mit der Schrotflinte reißt den Kopf zurück. Ich sehe roten Sprühnebel aufstieben. Muss wohl Blut sein. Die Flinte zuckt auch nach oben und ein dumpfer Knall ertönt, als der Schuss Richtung Decke geht. Dann lässt er die Waffe fallen.

Der andere Typ bewegt sich ebenfalls, während Buchan hinter ihm in Deckung geht.

Ich drehe mich um, ducke mich und feuere eine weitere kurze Salve ab. Den Finger höchstens eine Sekunde auf dem Abzug. Die Kraft der Waffe – die man ihr weiß Gott nicht ansieht – ist beängstigend.

Einen Moment lang habe ich peinlicherweise den Drang loszuheulen.

Diesmal halte ich die Waffe tiefer und der Gangster krümmt sich mit üblen Bauchschmerzen zusammen. Hat nicht mal mehr Zeit zu schießen. Er lässt die Flinte fallen und landet auf seinem Gesicht.

Buchan will abhauen. Ich hebe die Waffe.

Etwas zieht mich zur Seite und ich verliere das Gleichgewicht, während ich abdrücke. Ich feuere vielleicht vier oder fünf Kugeln ab, dann falle ich. Knirps ist aufgesprungen und hat meinen Arm gepackt, um zu verhindern, dass ich Buchan erschieße. Er hat genug. Versucht, Buchan das Leben zu retten.

Um zu beweisen, auf welcher Seite er steht. Um seine eigene Haut zu retten.

Selbst ich weiß, dass das Wunschdenken ist.

Tja, die Hoffnung stirbt zuletzt.

Ich lande seitwärts auf Knirps, lasse dabei Buchan aber nicht aus den Augen. Der Alte stolpert und fällt. Ich habe ihn erwischt. Bleibt die Frage, wie stark.

Ich habe die Ruger immer noch in der Hand, aber Knirps hält meinen Arm so fest umklammert, dass ich mich nicht rühren kann. Für so einen kleinen Kerl hat er verdammt viel Kraft.

Er dreht sich unter mir und zieht meinen Arm zu sich. Dann beißt er zu. Fest.

Ich schreie und lasse die Ruger fallen. Ich versuche mich aufzurichten, Knirps abzuschütteln, aber seine Zähne haben sich in meinen Oberarm gegraben und lassen nicht los. Ich ändere die Taktik und drücke mit meinem ganzen Gewicht nach unten.

Damit hat er nicht gerechnet, aber er ist so darauf konzentriert, mich in seinen Fängen zu behalten, dass er einfach mitgeht. Sein Hinterkopf knallt auf den Betonboden, und endlich lockert sich sein Biss.

Herrgott noch mal!

Ich rolle mich von ihm herunter und auf den Rücken. Ich atme Stakkato. Am liebsten würde ich einfach so da liegen bleiben und mich erholen, aber dafür ist jetzt keine Zeit.

Das Adrenalin tut seinen Job. Ich stehe auf. Blicke auf meinen Arm. Bissspuren. Blut. Okay, dann steht demnächst wohl ein Test an. Falls es ein Demnächst gibt.

Ich sehe auf Knirps hinunter. Er liegt da und stöhnt. Auf dem Boden ist Blut. Vielleicht habe ich ihm ernsthaft Schaden zugefügt. Aber es ist mir egal. Der Mistkerl hat's verdient.

Ich kicke die Ruger weg. Nur damit er nicht auf dumme Ideen kommt.

Knirps versucht, sich aufzusetzen, aber es hapert an der Kraft oder Koordination. Er gibt auf, lässt sich wieder zurücksinken. Sieht mich an. Sein Blick wirkt verschwommen. Er bewegt seine Lippen, bringt aber kein Wort heraus.

Ein Stück weiter liegt die Tasche. Ich nehme die Glock heraus.

Aber es ist nicht nötig. Er rührt sich nicht mehr. Diese Art von Reglosigkeit habe ich in letzter Zeit zu oft gesehen, um sie nicht zu erkennen. Es gibt einen Unterschied zwischen sich tot stellen und tot sein, und mittlerweile kenne ich ihn. Heiße ihn vielleicht sogar ein wenig willkommen. Wie einen alten Freund.

Ich gehe zu Buchan.

Stille.

Nur das leise Geräusch meiner Schritte auf dem Betonboden.

Er ist nicht weit gekommen. Er hat versucht davonzukriechen, aber auch dafür reicht die Kraft nicht mehr. Als er merkt, dass ich neben ihm stehe, dreht er sich auf den Rücken.

Ich hebe die Glock und ziele.

Genau auf sein Gesicht.

Ich will, dass der alte Giftzwerg sieht, was passiert.

Das ist es, was ich wollte. Genau so.

»Er hatte recht, was Sie betrifft.«

Ich sollte abdrücken.

Stattdessen zögere ich.

»Wer?«

»Smiley. Er hat gesagt, Sie sind ein Killer. Genau wie er. Er hatte recht.«

»Nein, ich bin nicht wie er.«

»Sie haben heute Abend zwei von meinen Männern getötet. Und wenn ich mich nicht sehr irre, haben Sie gerade Knirps' Gehirn auf dem Boden verteilt.«

»Ich tue das nicht, weil es mir Spaß macht.«

»Da lügen Sie sich was in die Tasche, meine Liebe. Es ist kein Zufall, dass in Ihrer Nähe ständig Menschen sterben. Dass Sie die Spuren vernichten. Dass Sie es immer wieder tun. Einmal ist ein Versehen. Zweimal ist vielleicht Achtlosigkeit … Aber dreimal? Viermal?«

Er versucht, mich zu ködern.

Erschieß ihn einfach, Jen.

Los.

Mach schon.

»Na los, töten Sie mich«, sagt er. »Dann wird Ihr Name in der ganzen Stadt bekannt sein. Die Leute werden sagen: *Das ist die Frau, die Glasgows mächstigsten Gangster erschossen hat*. Vielleicht vergessen sie sogar, dass Sie Ihren Freund, Ihre beste Freundin und sogar ein paar Polizisten getötet haben. Hauptsache, ich bin erledigt.«

Ich stelle mich breitbeinig hin. Ziele erneut.

Sehe ihm in die Augen.

Doch er sieht nur auf die Waffe.

»Na los«, sagt er. »Drücken Sie ab.«

50

Ich lasse die Waffe sinken.

Lege sie auf den Boden. Vorsichtig, als wäre sie ein kleines Tier.

»Was zum Teufel …?«

Ich stelle meinen Fuß auf die Innenseite von Buchans rechtem Bein, genau dahin, wo das meiste Blut ist. Er stößt einen schrillen Schrei aus und windet sich unter mir. Sehr befriedigend.

Davor hat er mehr Angst als vorm Sterben.

Gut.

Hier geht es nicht um Erbarmen. Oder darum, ein guter Mensch zu sein. Es geht darum, ihm nicht das zu geben, was er will. Ihn nicht gewinnen zu lassen.

Ich hebe den Fuß wieder hoch, beuge mich runter und greife mit der freien Hand in seinen Mantel.

»Was zum …?«

Ich nehme sein Handy aus der Tasche und richte mich wieder auf. Wische über den Bildschirm. Kein Code. Natürlich. Umso besser.

999.

»Scheiße, was soll das werden?«

»*Welchen Dienst benötigen Sie?*«

»Die Polizei.«

»Verfluchtes Mist …«

Ich hebe mit der anderen Hand die Pistole. Er verstummt. Mittlerweile hat er begriffen, dass ich ihn wahrscheinlich nicht töten werde, aber er weiß nicht, was ich sonst vielleicht noch vorhabe.

Ich könnte ihm die Eier wegschießen.

»Bitte schildern Sie die Art des Notfalls.«

»Drei tote Männer. Ein weiterer mit einer Schusswunde im Bein.«

»Können Sie mir bitte Ihren Namen sagen?«

»Mein Name tut nichts zur Sache.« Ich rattere die Adresse runter. »Bitte sagen Sie Detective Inspector Crawford aus der Zentrale in Glasgow, dass er herkommen soll.«

»Wir werden umgehend jemanden zu Ihnen schicken. Aber ich muss wissen …«

Ich beende das Gespräch. Lasse das Handy fallen und mit einem Tritt in der Dunkelheit verschwinden.

»Das wirst du mir büßen, du verfluchte kleine …« Er verstummt, als hätte ihm jemand die Luft rausgelassen. Als wüsste er, dass das Gepolter sinnlos ist.

»Haben Sie das Geld dabei?«

»Was soll die Frage?«

»Haben Sie es dabei?«

»Verfluchtes Miststück.«

Ich laufe los. Keine Zeit zu verlieren.

Draußen steht noch ein Auto neben dem, mit dem ich gekommen bin. Es passt nicht hierher. Ich greife mir einen Stein und schlage die Scheibe ein. Der Alarm jault los. Auf dem Rücksitz liegt eine Reisetasche. Ich ziehe sie heraus, überprüfe den Inhalt. Alles wie abgesprochen.

Die Gier hat Knirps das Leben gekostet. Wenn er sich an die Abmachung gehalten und mich an Buchan ausgeliefert hätte, hätte er sein Geld bekommen, sobald ich tot gewesen wäre. Auf seine Art ist Buchan ein Ehrenmann. Solange man ihm nicht in die Quere kommt. In gewisser Weise verstehe ich sogar, was er Mum angetan hat. Er wusste, dass ich ihm auf die eine oder andere Weise gefährlich werden würde. Warum sollte er da sein Versprechen halten?

Und Knirps wusste, dass wir fifty-fifty machen würden, wenn

es mir gelingen würde, Buchan zu töten. Vielleicht passte ihm das nicht. Wer bin ich denn schließlich? Und Buchan ist einer von diesen Männern, bei denen man denkt, sie würden sogar die Apokalypse überleben. Also erschien es Knirps wohl klüger, sich an ihn zu halten.

Tja, Pech für ihn.

Ich nehme den frühen Morgenzug nach Edinburgh. Vom Haymarket fahre ich mit dem Bus zum Flughafen und buche über eines der Internetterminals ein Flugticket nach New York, auf den Namen Dorothy Rose Harrow. Es dauert eine Weile, das Formular für die Einreisegenehmigung auszufüllen, und ich denke mir eine falsche letzte Anstellung aus. Nicht dass irgendwer das überprüfen würde. Die Bearbeitung geht dann flotter.

Alles klappt reibungslos. Knirps hat Buchan und mich gegeneinander ausgespielt, vielleicht weil er sich nicht sicher war, wer letzten Endes gewinnen würde. Alles, was ich von ihm wollte, hat er geliefert. Um auf Nummer sicher zu gehen, für den Fall, dass ich Buchan tatsächlich töte.

Dorothy Rose Harrow existiert. Und damit kann Jen Carter tot bleiben.

Ich weiß nicht so recht, wie ich das finde.

Irgendwie habe ich noch nicht begriffen, dass ich jetzt Dorothy bin. *Dot*.

Ich gehe in die Flughafenkapelle und setze mich auf einen der vorderen Plätze. Atme tief durch und sehe hoch zum gekreuzigten Jesus. Ich war nie sehr religiös, aber wie alle bin ich in der Schule indoktriniert worden und in schwierigen Zeiten wende ich mich immer noch an ihn. Vielleicht nur aus der vagen Hoffnung heraus, dass doch jemand da oben ist, auch wenn ich im Grunde die Wahrheit kenne.

Jesus blickt vom Kreuz zu mir herunter.

Ich weiß nicht, was ich in seinem Gesicht sehe.

Sein Leiden? Oder seinen Abscheu für mich?

Ich wollte niemanden töten. Ich will es auch nicht noch mal tun. Das bin ich nicht. Ich habe getötet, um mich zu schützen. Und die um mich herum.

Außer Ed.

Immer außer Ed.

Das mit ihm war ein Unfall. Es lag außerhalb meiner Kontrolle. Jesus in seiner unendlichen Weisheit, zumal er ja auch noch Gott und der Heilige Geist ist – wie auch immer das funktioniert –, müsste das eigentlich verstehen und mir vergeben. Aber ich werde aus seiner Miene nicht schlau.

Ein Mann mit Priesterkragen betritt den Raum. Er sieht zu mir. Ich erwidere den Blick. Außer uns ist niemand hier. Er kommt auf mich zu. »Entschuldigen Sie«, sagt er. »Ich möchte Sie nicht stören, aber Sie sehen aus, als hätten Sie Sorgen.«

»Nein«, erwidere ich.

Ich sehe wieder zu Jesus. Dann zu dem Mann mit dem Priesterkragen. Natürlich glaube ich nicht an göttliche Zeichen. Aber man weiß ja nie.

»Tut mir leid«, sage ich. »Das war unhöflich.«

»Wir alle brauchen Frieden.« Er hat ein freundliches Gesicht. Obwohl er noch nicht alt ist, hat er Falten. Aber sie deuten nicht auf Schmerz oder Gram hin. Um seine Augen sind Lachfältchen und er strahlt eine eigentümliche Gelassenheit aus. Es fühlt sich gleichzeitig tröstlich und beunruhigend an, mit ihm in einem Raum zu sein.

»Genau danach suche ich.«

»Im Allgemeinen?«

»Die letzten Wochen waren hart.«

»So?«

»Menschen, die ich kenne, sind gestorben. Ich fühle mich verantwortlich.«

»Haben Sie sie getötet?«

Ich zögere. Er ist provokant. Übertreibt, um mir zu zeigen,

dass es schlimmer sein könnte. Wenn er wüsste … »Ich habe das Gefühl, es ist meine Schuld.«

»Aber Sie haben diese Menschen nicht absichtlich getötet?«

»Nein.«

»Dann sollten Sie die Schuldgefühle loslassen«, sagt er. »Wir alle tun und sagen törichte Dinge. Manchmal sehen wir Zusammenhänge zwischen dem, was wir tun, und dem, was anderen widerfährt, die gar nicht wirklich da sind. Aber weil uns diese Menschen wichtig sind, haben wir das Gefühl, wir müssten diesen Zusammenhang herstellen, um irgendwie die Last zu teilen. Es erscheint uns ungerecht, wenn wir glücklich sind und sie unglücklich, oder wenn wir gesund sind und sie krank. Unser Glück macht uns ein schlechtes Gewissen.« Er schweigt einen Moment. »Ergibt das für Sie einen Sinn?«

»Vielleicht«, sage ich und stehe auf.

»Bleiben Sie doch noch eine Weile.«

»Ich muss gehen.«

Ich spüre seinen Blick auf mir, als ich hinausgehe, ein wenig zu schnell, als würde ich vor etwas weglaufen, das nur ich sehen kann.

51

»Ihren Pass, bitte.«

Ich reiche ihn der jungen Frau, zusammen mit der Bordkarte. Sie überprüft beides und nickt. Dann sieht sie mich an.

»Haben Sie Ihre Taschen selbst gepackt?«

»Ja.«

»Ihr erster Besuch in New York?«

Ich nicke.

»Tolle Stadt.« Sie befestigt Klebezettel an meinem Gepäck, und ich sehe zu, wie es davonrollt. Dann gibt sie mir Pass und Bordkarte zurück. »Vielen Dank, Miss Harrow, und guten Flug.«

Ich gehe nach oben, aber noch nicht zur Sicherheitskontrolle, sondern setze mich an einen der Imbissstände, einen aufgemotzten Wetherspoons. Auf den Fernsehbildschirmen laufen die Nachrichten. Gerade zeigen sie eine Luftaufnahme des Gebäudes, wo ich Knirps getötet und den alten Buchan in seinem Blut und seiner Pisse zurückgelassen habe.

Und die anderen beiden Männer, Jen. Vergiss sie nicht. Die, deren Namen du nicht mal kanntest. Aber du hast sie trotzdem getötet.

Unten am Bildschirmrand läuft der Text durch:

… führte zur Verhaftung des mutmaßlichen Gangsterbosses Solomon Buchan …

Darüber muss ich schmunzeln. Jahrelang sind sie um das Thema herumgeeiert, aber jetzt können sie ungehindert sagen, was sie wollen. Aus der Sache kann er sich nicht mehr herauswinden. Er hat keine Erklärung dafür, wieso er dort war, umgeben von Toten und Sterbenden.

Und dann sind da noch die Mails, die ich der Polizei geschickt habe: Die, in der drinstand, wo das Geld war, und die mit der Anregung, sich die Konten einiger ihrer Leute mal genauer anzusehen. Natürlich nenne ich Michael namentlich. Obwohl sie aufgrund der Art, wie er gestorben ist, vielleicht schon selbst ein paar von seinen Geheimnissen aufgedeckt haben.

Ich trinke eine Cola und sehe mir weiter die Nachrichten an.

… die Ereignisse überschlugen sich während der letzten vierundzwanzig Stunden förmlich …

Könnte man so sagen.

… Weitere Nachrichten. Die Polizei weigert sich nach wie vor, die Identität der toten Frau, die vor zwei Tagen im Clyde gefunden wurde, offiziell zu bestätigen. Es wird angenommen, dass es sich dabei um die mutmaßliche Mörderin Jennifer Carter handelt, die für den Tod von mindestens fünf Menschen verantwortlich sein soll …

Mein Foto erscheint auf dem Bildschirm. Das Alte. Mit anderer Frisur. Anderen Kleidern. Vielleicht bin ich ja wirklich Dorothy. Dot. Ich sehe der Frau, die ich mal war, nicht mehr ähnlich.

Na ja, vielleicht im richtigen Licht.

Jemand setzt sich mir gegenüber an den Tisch.

»Tut mir leid«, sage ich, »aber …«

Ich verstumme. Kriege keinen Ton mehr raus. Die Worte in meinem Hirn lösen sich auf.

Crawford.

»Miss Carter«, sagt er. »Oder vielleicht auch nicht. Ich nehme an, Sie werden den Namen nicht mehr benutzen. Sie sind ja nicht dumm.«

»Es war einen Versuch wert«, sagte ich.

»Wohin wollen Sie?«

»Fort.«

Ich glaube, ich habe nicht die Kraft wegzulaufen. Wozu auch?

»Eine gute Antwort«, sagt er. »Ich wollte Sie nur noch mal sehen.«

»Bevor Sie mich einbuchten?«

»Haben Sie Ihren Freund getötet?«

»Das war ein Unfall.«

»Und Ihre Freundin Caroline?«

»Nein.« Ich hole tief Luft. »Und die Polizistin habe ich auch nicht erschossen.« Ich spüre, wie mir die Hitze in die Wangen steigt. Ich habe ihren Namen vergessen. Sie ist kaum mehr als ein Tropfen in dem Blutbad, zu dem mein Leben geworden ist.

Ich habe kein schlechtes Gewissen ihretwegen. Es ist mir unangenehm, dass ich ihren Namen nicht mehr weiß, aber da ist keine Scham, kein Entsetzen.

»Dann war da noch dieser Polizist. Sie nannten ihn einfach nur Michael. Noch ziemlich jung. Ich musste zusehen, wie ein Hund ihm die Kehle durchgebissen hat, weil Buchan mir zeigen wollte, wie ernst es ihm war.«

»Sie sind wirklich … Sie haben … Das ist Ihnen einfach alles passiert?«, fragt er.

Ich nicke. »Aber jetzt ist es vorbei.« Auf die eine oder andere Art. »Wie haben Sie mich gefunden?«

Er lächelt. »Tja, was man so alles tun kann, wenn man Zeit hat. Nach dem Debakel mit Buchan und dem kleinen Stunt im Verhörraum haben sie mich beurlaubt. Wahrscheinlich versuchen sie erst mal rauszukriegen, was sie mir alles um die Ohren hauen können. Das ist das zweite Mal in drei Jahren, dass ich richtig Mist gebaut habe, was die Glasgower Unterwelt angeht. Aber da ich ja nichts Besseres zu tun hatte, habe ich einen Freund von Ihnen aufgestöbert und mich ein bisschen mit ihm unterhalten.«

»Wen denn?«

»Chris. Als sie Knirps bei dem Massaker tot aufgefunden haben, hat es bei mir klick gemacht. Ich weiß zwar nicht, woher Sie ihn kannten, aber ich schätze, das ist auch nicht weiter wichtig.«

»Ach ja?«

»Er hat mir alles erzählt. Als ich Bescheid wusste, war es nicht allzu schwer, Dorothy Harrows Kreditkarten zu verfolgen.« Er sieht mich mit schief gelegtem Kopf an. »Aber ich finde, der Name Dorothy passt nicht so recht zu Ihnen.«

»Meine Freunde nennen mich Dot.«

»Sie haben bereits Freunde?«

Das ist es also. Das Ende. Ich warte die ganze Zeit darauf, dass sich eine Hand schwer auf meine Schulter legt und Crawford die Handschellen rausholt.

»Das alles ist ja schön und gut, nur … ich glaube nicht, dass Sie die sind, die ich suche. Sie sind nicht die Frau, die alle diese Menschen getötet hat.«

Ich traue ihm nicht. »Warum sagen Sie das?«

»Nun, zum einen ist sie tot.« Er beugt sich auf dem Tisch vor. »Nennen wir es eine Ermessensentscheidung. Vielleicht ist es eine Fehlentscheidung, aber die passiert uns allen mal.«

»Was ist, wenn jemand es herausfindet?«

»Sie sehen anders aus. Ich werde jedem, der mich fragt, sagen, Sie hätten mich überzeugt. Wenn Ihre Papiere gut genug sind, um damit die Passkontrolle zu täuschen, dann sind sie auch gut genug, um mich zu täuschen.«

»Ich wusste nicht, was ich sonst tun sollte.«

»Ich weiß. Und dann habe ich noch versucht, Sie zu benutzen. Eine dumme Idee. Sehr dumm.«

»Stimmt.«

»Ich treffe oft unkluge Entscheidungen. Deshalb bin ich ja auch kein DCI mehr.«

»Das haben Sie mir erzählt.«

»Die Operation, die das Leben Ihrer Freundin Kat ruiniert hat … Ich habe mich immer gefragt, was aus ihr geworden ist. Ich wollte mich bei ihr entschuldigen. Wirklich. Nicht im Rahmen meines Jobs. Sondern von Mensch zu Mensch.«

Ich zucke die Achseln. »Ich kann also gehen?«

»Ja.«

»Das ist kein Trick?«

»Ich könnte meine Meinung noch ändern.«

Aber das wird er nicht.

Für einen Moment tut er mir beinahe leid, wie er da am Tisch sitzt mit seinen allmählich grau werdenden Haaren und dem Gesicht, das gut aussehen könnte, wenn er nicht immer so trübsinnig dreinschauen würde. Die grauen Augen genauso. In ihnen ist eine Traurigkeit, die nicht richtig raus kann.

Ich stehe auf und gehe, ohne mich umzusehen. Ich kann nicht glauben, dass er mich wirklich ziehen lässt. Vielleicht ändert er ja doch noch seine Meinung.

Aber ich stelle mich an. Passiere die Sicherheitskontrolle.

Und bin auf der anderen Seite.

Letzter Aufruf.

Ich gehe mit den anderen durch die Röhre zum Flugzeug und denke, alle müssten sehen, wie bedrückt ich bin. Selbst die Amerikaner wirken munter, als wäre die Verlockung ihres Heimatlandes so groß, dass es ihnen nichts ausmacht, dass ihr Urlaub vorbei ist.

Ich lasse mich auf meinem Platz nieder – am Fenster – und schließe die Augen.

»Hat ganz schön gedauert, was?«, sagt eine Stimme. Ich öffne die Augen wieder und eine dunkelhaarige Frau, die entweder schlecht erhaltene Vierzig oder gut gepflegte Fünfzig ist, setzt sich auf den Platz neben mir. »Ich hasse Flughäfen.«

Ich lächle, nicht sonderlich erpicht auf eine Unterhaltung. Doch sie bemerkt es nicht.

»Sind Sie aus Schottland?«

Ich nicke.

»Waren Sie schon mal in New York?«

Ich verneine.

»Es wird Ihnen gefallen.«

Ich schließe die Augen.

»Sie hatten ’nen langen Tag, was?«

»Tut mir leid«, sage ich. »Sie wissen ja, wie das vor einer Reise ist.«

»Schätzchen, ich hab die Nacht durchgemacht. Man will ja schließlich seinen Urlaub auskosten, stimmt’s?«

Ich gebe einen zustimmenden Laut von mir.

»Ruhen Sie sich ruhig aus. Gibt bestimmt ’n paar gute Filme, die ich mir anschauen kann. Vielleicht ist ja *Braveheart* dabei. Den liebe ich. Wie ihr es den Engländern gezeigt habt.«

Ich sage nichts mehr und lasse die Augen zu.

Meine Träume sind ruhig.

Ich bin in einem Ruderboot weit draußen auf dem Meer. Zumindest vermute ich das, weil ich nirgends Land sehen kann. Nur ich und mein Boot inmitten von all diesem Wasser.

Kein Sturm braut sich zusammen, nichts deutet auf Gefahr hin. Alles, was ich hören kann, ist das Klatschen des Wassers gegen das Boot. Das Geräusch ist sanft und beruhigend.

Ich sollte mich fürchten, so ganz allein hier draußen.

Aber ich habe keine Angst. Ich genieße die Stille und Einsamkeit.

Als ich aufwache, schläft mein Arm noch. Ich versuche, ihn auszuschütteln, und dabei sehe ich aus dem Fenster.

»Willkommen zurück«, sagt meine Nachbarin. »Und gerade rechtzeitig.«

New York sollte nicht real sein. Das ist mein erster Gedanke. Für mich ist es ein Ort der Träume. Es existiert nur im Fernsehen oder im Kino. Ich sollte es nicht so unter mir sehen, als die Maschine eine Kurve fliegt, um zum Landeanflug anzusetzen. Ich sehe die vertrauten Gebäude und dann sehe ich Wasser und dann …

»Eine Wahnsinnsstadt, nicht?«, sagt die Frau mit einer Ehrfurcht in der Stimme, die echt sein muss. »Ganz egal, was Sie sonst noch machen, wenn Sie Gelegenheit dazu haben, gehen Sie runter zum Battery Park, um sich die Freiheitsstatue anzusehen. Den Anblick werde ich nie leid. Wenn ich sie sehe, weiß ich, dass ich zu Hause bin.«

»Ach ja?«

»Wegen dem, wofür sie steht. Sie ist der Traum dieses Landes, der wahre Traum, meine ich. Dass jeder, der hierher kommt, neu anfangen kann, der sein kann, der er sein will, oder, wenn er das noch nicht weiß, herausfinden kann, wer er sein könnte.«

Offenbar habe ich geschmunzelt, denn sie plustert sich ein wenig auf und sagt: »Ich mein's ernst, Schätzchen. Ich glaube an das, was ich gesagt habe. Mein Ur-Ur-Ur – oder vielleicht auch nur Ur-Ur – egal, jedenfalls mein Ur-Soundso-Großvater ist mit dem Schiff hier rübergekommen und an ihr vorbeigesegelt. Und er hat meinem Großvater als Kind immer wieder erzählt, wie er an der Statue hochgeschaut hat und wusste, dass sie ein Versprechen war. Jeder konnte in dieses Land kommen und sein wahres Ich finden. In seiner Heimat war er eine Art Vagabund gewesen, aber als er hierher kam, beschloss er, von vorn zu beginnen und jemand Besseres zu werden. Und das hat er getan. Wirklich.«

Die Statue ist jetzt verschwunden. Ich sehe nur noch Gebäude und auf der anderen Seite des Wassers das flachere Land von New Jersey. Aber in diesem kurzen Moment, als sie zu sehen war, da habe ich, glaube ich, verstanden, was die Frau meint.

Ein Neubeginn. Freiheit.

Jennifer Carter ist tot.

Sie ist zusammen mit Ed gestorben.

Und ich glaube, zum ersten Mal seit diesem Moment ist es für mich in Ordnung, sie endgültig zu vergessen.

Danksagung

Ed ist tot begann mit einem Witz, den mir jemand erzählt hat und der auf einer ziemlich gruseligen Anekdote beruhte. Ich danke den Betroffenen, dass sie mir erlaubt haben, daraus eine Geschichte zu machen (sämtliche Namen wurden geändert, um Unschuldige zu schützen).

Genau wie Jen war ich auch lange Zeit Buchhändler. Dieser Roman ist natürlich allen Buchhändlern gewidmet, aber ganz besonders den bedauernswerten Seelen, die gezwungen waren, mit mir zusammen zu arbeiten. Und M. aus Glasgow, deren Adleraugen Jen (und mich) vor ein paar peinlichen Fehlern bewahrt haben.

Ein besonderer Dank geht an:

Sara Hunt von Saraband/Contraband, die sicher einer der am härtesten arbeitenden Menschen in der Verlagsbranche ist. Und einer der nettesten.

Louise Hutcheson, dafür, dass sie mir schonend beigebracht hat, dass die Geschichte eine Wendung zu viel hatte, und mir dann ebenso schonend geholfen hat, sie herauszunehmen. Eine Lektorin *par excellence*.

Al Guthrie für seine fortwährende Unterstützung und dafür, dass er mir bei den ersten Entwürfen immer wieder versichert hat, das würde funktionieren.

Jay Stringer und *Dave White* für all die Mails, die mich jedes Mal in Labyrinthe der Ablenkung schicken, wenn ich eigentlich arbeiten sollte.

Helen Fitzgerald, dafür, dass sie mir liebenswürdigerweise gestattet hat, die Anfangszeile ihres großartigen Romans *Viral* zu zitieren (kauft ihn euch, Leute!).

Lesley McDowell, die immer wieder dafür sorgt, dass es die Mühe wert ist (und den Prosecco bringt).

Moriarty, *Mycroft* und *Magwitch* – denn wer seinen Katzen nicht dankt, ist ein Ungeheuer.

Mum und *Dad*, die sich vermutlich mit jedem Buch größere Sorgen machen, mit was für Leuten ihr Sohn zu tun hat …

Den *Contrabandistas* – die elendste Bande von Schurken, mit denen man nur hoffen kann, gemeinsame Sache zu machen.

Den Leuten von *Noir at the Bar* – überall auf der Welt und vielleicht sogar jenseits davon …

Allen meinen Wegbereitern da draußen – es sind viel zu viele, um sie alle zu nennen, aber wenn Sie auch nur vermuten, Sie wären einer von ihnen, dann sind Sie es auf jeden Fall, und Sie sind absolut unglaublich! Ohne Sie wäre ich nicht hier.

Und *Sie*. Ja. Sie. Denjenigen, der das hier gerade liest. Ohne Sie, den Leser, wäre das alles sinnlos. Darum danke.

ÜBER DEN AUTOR

Russell D. McLean hat bereits sechs Romane geschrieben, zuletzt *And When I Die* (2016) sowie die Serie um den Privatdetektiv J. McNee. *Ed ist tot* ist sein erster Roman, der auf Deutsch erscheint. Zwei Jahre lang hatte er eine Krimi-Kolumne im *Herald*. Er war zehn Jahre lang Buchhändler in Dundee und Glasgow, und jetzt arbeitet er als freier Lektor, wenn er nicht gerade selbst schreibt.

GOLKONDA
HAP AND LEONARD
Das Sundance TV Serienereignis
JOE R.
LANSDALE
HAP & LEONARD
DIE STORYS